明鈔本歐陽文忠公毛詩本義

第一册

宋 歐陽脩撰

山東省圖書館藏明鈔本

山東人民出版社·濟南

圖書在版編目（CIP）數據

明鈔本歐陽文忠公毛詩本義 /（宋）歐陽脩撰 .— 濟南：山東人民出版社，2024.3
（儒典）
ISBN 978-7-209-14317-2

Ⅰ．①明… Ⅱ．①歐… Ⅲ．①《詩經》- 注釋 Ⅳ．① I222.2

中國國家版本館 CIP 數據核字（2024）第 039047 號

項目統籌：胡長青
責任編輯：張艷艷
裝幀設計：武　斌
項目完成：文化藝術編輯室

明鈔本歐陽文忠公毛詩本義
〔宋〕歐陽脩撰

主管單位　山東出版傳媒股份有限公司
出版發行　山東人民出版社
出 版 人　胡長青
社　　址　濟南市市中區舜耕路517號
郵　　編　250003
電　　話　總編室（0531）82098914
　　　　　市場部（0531）82098027
網　　址　http://www.sd-book.com.cn
印　　裝　山東華立印務有限公司
經　　銷　新華書店

規　　格　16開（160mm×240mm）
印　　張　49.25
字　　數　394千字
版　　次　2024年3月第1版
印　　次　2024年3月第1次
ISBN 978-7-209-14317-2
定　　價　118.00圓（全三册）

《儒典》選刊工作團隊

學術顧問　杜澤遜　李振聚　徐　泳

項目統籌　胡長青

責任編輯　劉　晨　劉嬌嬌　張艷艷

　　　　　吕士遠　趙　菲　劉一星

前言

中國是一個文明古國、文化大國，中華文化源遠流長，博大精深。在中國歷史上影響較大的是孔子創立的儒家思想，因此整理儒家經典、注解儒家經典，爲儒家經典的現代化闡釋提供权威、典范、精粹的典籍文本，是推進中華優秀傳統文化創造性轉化、創新性發展的奠基性工作和重要任務。

中國經學史是中國學術史的核心，歷史上創造的文本方面和經解方面的輝煌成果，大量失傳了。西漢是經學的第一個興盛期，除了當時非主流的《詩經》毛傳以外，其他經師的注釋後來全部失傳了。東漢的經解衹有鄭玄、何休等少數人的著作留存下來，其餘也大都失傳了。南北朝至隋朝興盛的義疏之學，其成果僅有皇侃《論語疏》幸存於日本。五代時期精心校刻的《九經》、北宋時期國子監重刻的《九經》以及校刻的單疏本，也全部失傳。南宋國子監刻的單疏本，我國僅存《周易正義》、《爾雅疏》、《春秋公羊疏》（三十卷殘存七卷）、《春秋穀梁疏》（十二卷殘存七卷），日本保存了《尚書正義》、《毛詩正義》、《禮記正義》（七十卷殘存八卷）、《周禮疏》（日本傳抄本）、《春秋公羊疏》（日本傳抄本）、《春秋正義》（日本傳抄本）。南宋兩浙東路茶鹽司刻八行本，我國保存下來的有《周禮疏》、《禮記正義》、《春秋左傳正義》（紹興府刻）、《論語注疏解經》（二十卷殘存十卷）、《孟子注疏解經》（存臺北『故宫』），日本保存有《周易注疏》《尚書正義》（凡兩部，其中一部被清楊守敬購歸）。南宋福建刻十行本，我國僅存《春秋穀梁注疏》、《春秋左傳注疏》（六十卷，一半在大陸，一半在臺灣），日本保存有《毛詩注疏》《春秋左傳注疏》。從這些情況可以看出，經書代表性的早期注釋和早期版本國内失傳嚴重，有的僅保存在東鄰日本。

鑒於這樣的現實，一百多年來我國學術界、出版界努力搜集影印了多種珍貴版本，但是在系統性、全面性和準確性方面都還存在一定的差距。例如唐代開成石經共十二部經典，石碑在明代嘉靖年間地震中受到損害，明代萬曆初年西安府學等學校師生曾把損失的文字補刻在另外的小石上，立於唐碑之旁。近年影印出版唐石經拓本多次，都是以唐代石刻與明代補刻割裂配補的裱本爲底本。由於明代補刻采用的是唐碑的字形，這種配補本難以區分唐刻與明代補刻，不便使用，亟需單獨影印唐碑拓本。

爲把幸存於世的、具有代表性的早期經解成果以及早期經典文本收集起來，系統地影印出版，我們規劃了《儒典》編纂出版項目。

《儒典》出版後受到文化學術界廣泛關注和好評，爲了滿足廣大讀者的需求，現陸續出版平裝單行本。共收録一百十一種元典，共計三百九十七册，收録底本大體可分爲八個系列：經注本（以開成石經、宋刊本爲主。開成石經僅有經文，無注，但它是用經注本删去注文形成的）、經注附釋文本、纂圖互注本、單疏本、八行本、十行本、宋元人經注系列、明清人經注系列。

《儒典》是王志民、杜澤遜先生主編的。本次出版單行本，特請杜澤遜、李振聚、徐泳先生幫助酌定選目。特此説明。

二〇二四年二月二十八日

目録

第一册

第二册

第三册

歐陽文忠公毛詩本義卷第一

翰林學士兼龍圖閣學士朝散大夫給事中知制誥充史館修撰判秘閣歐陽　脩

關雎五章章四句 故言三章一章章四句二章章八句

關雎后妃之德也樂得淑女以配君子憂在進賢不淫其色哀窈窕思賢才而無傷善之心焉 哀蓋字之誤也哀當爲衷衷謂中心恕之也無傷害之心焉是謂好逑也 ○關關雎鳩在河之洲 興也關關和聲也雎鳩王雎也鳥摯而有別水中可居者曰洲后妃說樂君子之德無不和諧又不以淫其色慎固幽深若雎鳩之有別焉然后可以風化天下而正夫婦夫婦有別則父子親父子親則君臣敬君臣敬則朝廷正朝廷正則王化成○箋云摯之言至也謂王雎之鳥雄雌情意至然而有別也 窈窕淑女君子好逑

窈窕幽閒也淑善也逑匹也言后妃有關雎之德是幽閒貞專之善女宜為君子之善好逑匹也○箋云怨偶曰逑言后妃之德和諧則幽閒處深宮貞專之善女能為君子和好衆妾之怨者言皆化后妃之德不嫉妬謂三夫人以下也參差荇菜左右流之荇菜接余也流求也后妃有關雎之德乃能共荇菜備庶物以事宗廟也○箋云左右助也言后妃將共荇菜之葅必有助而求之者謂三夫人九嬪已下皆樂后妃之事窈窕淑女寤寐求之寤覺也寐寢也○箋云后妃覺寐則常求此賢女欲與之共己職事也求之不得寤寐思服服思之也○箋云服事也求賢女而不得覺寐則思已職事當誰與共悠哉悠哉輾轉反側悠思也○箋云后妃思之哉思之哉言己誠思之也臥而不周曰輾參差荇菜左右采之箋云言后妃既得荇菜必有助而采之窈窕淑女琴瑟友之宜以琴瑟友樂之也○箋云同志為友言賢女之助后妃共荇菜其情意乃與琴瑟之志同共荇菜之時樂必作也參差荇菜左右芼

之芼擇也○箋云后妃既得荇菜必有助而擇之者窈窕淑女鍾鼓樂之德盛者宜有鍾鼓之樂○箋云琴瑟在堂鍾鼓在庭言共荇菜之時上下之樂作其盛禮也

論曰為關雎之說者既差其時世至於大義亦已失之蓋關雎之作本以雎鳩比后妃之德故上言雎鳩在河洲之上關雎（關）然雄雌和鳴下言淑女以配君子以述（述）文王太姒為好匹如雎鳩雄雌之和諧爾毛鄭則不然謂詩所斥淑女者非太姒也是太姒有不妬忌之行而幽閒深宮之善女皆得進

御於文王所謂淑女者是三夫人九嬪御以下衆宫人爾然則上言雎鳩方取物以爲比興而下言淑女自是三夫人九嬪御以下則終篇更無一語以及太姒且關雎本謂文王太姒而終篇無一語及之此豈近於人情古之人簡質不如是之迂也先儒辨雎鳩者甚衆皆不離於水鳥惟毛公得之曰鳥摯而有別謂水上之鳥捕魚而食鳥之猛摯者也而鄭氏轉釋摯爲至謂雌雄

情意至者非也鳥獸嶋雄皆有情意孰知
雎鳩之情獨至也哉或曰詩人本述后妃淑
善之德反以猛摯之物比之豈不戾哉對
曰不取其摯取其别也雎鳩之在河洲聽
其聲則和視其居則有别此詩人之所取
也孟子曰不以文害辭不以辭害志鄭氏
見詩有荇菜之文遂以琴瑟鍾鼓爲祭時
之樂此孟子之所誚也
本義曰詩人見雎鳩雌雄在河洲之上聽

其聲則關關然和諧視其居則常有别有似淑女匹其君子不淫其色亦常有别而不黷也淑女謂太姒君子謂文王也參差荇菜左右流之者言后妃采彼荇菜以供祭祀以其有不妬忌之行左右樂助其事故曰左右流之也流求也此淑女與左右之人常勤其職至日夜寢起不忘其事故曰寤寐求之輾轉反側之類是也后妃進不淫色以專君退與左右勤其職事能如

此則宜有琴瑟鍾鼓以友樂之而不厭也
此詩人憂之之辭也關雎周衰之作也大
史公曰周道缺而關雎作盖思古以刺今
之詩也謂淑女配於君子不淫其色而能
與其左右勤其職事則可以琴瑟鍾鼓友
樂之爾皆所以刺時之不然先勤其職而
後樂故曰關雎樂而不淫其思古以刺
今而言不指（一作道）切故曰哀而不傷

葛覃三章章六句

葛覃后妃之本也后妃在父母家則志在於女功之事躬儉節用服澣濯之衣尊敬師傅則可以歸安父母化天下以婦道也躬儉節用由於師傅之教而又言尊師傅者亦見其情性亦自然也可以歸安父母言嫁而得意猶不忘孝也○葛之覃兮施于中谷維葉萋萋興也覃延也葛所以為絺綌女功之事煩辱者也施移也中谷谷中也萋萋茂盛貌也○箋云葛者婦人之所有事此因葛之性以興焉興焉者葛延蔓于谷中喻女在父母之家形体浸浸日長大也葉萋萋然喻其容色美盛也黃鳥于飛集于灌木其鳴喈喈黃鳥摶黍也灌木藂木也喈喈和聲遠聞者也○箋云葛延蔓之時則摶黍飛鳴亦因以興焉飛集于藂木也興女有嫁于君子之道也和聲遠聞興女有才貌之称達于遠方也葛之覃兮施于中谷維葉莫莫

莫莫成就之皃也○箋云成就者可采用之時也

是刈是濩為絺為綌服之無斁

濩煑之也葛之精曰絺麤曰綌斁厭也古者王后親織玄紞公侯夫人紘綖卿之内子大帶命婦成祭服士妻朝服庶士已下各衣其夫○箋云服整也女在父母之家未知將所適故習之以絺綌煩辱之事乃能整治之無厭倦是其性之貞專也

言告師氏言告言歸

言我也師氏女師也古者女師教以婦德婦言婦容婦功祖廟未毀教于公宮三月祖廟既毀教于宗室婦人謂嫁爲歸○箋云我告師氏者言我見教於女師也教告我以適人之道也重言我者尊重師付之教也公宮宗室於族人皆為貴也

薄汙我私薄澣我衣

汙煩辱也私燕服也於婦人有副褘盛飾以朝事于舅姑接見于宗廟進見于君子其餘則私也○箋云汙煩撋之事也用功深澣謂濯之耳衣謂褘衣以下至褖衣也

害澣害否歸寧父母

害何也私服宜澣公服宜否寧安也父母在則有歸寧矣○箋云我之衣服今者何所當澣乎何所當否乎言常自潔清以事君子也

論曰葛覃之首章毛傳為得而鄭箋失之
葛以為絺綌爾據其下章可驗安有取喻
女之長大哉黃鳥栗留也麥黃椹熟栗留
鳴蓋知時之鳥也詩人引之以志夏時草
木盛葛欲成而女功之事將作爾豈有喻
女有才貌之聲遠聞哉如鄭之說則與下
章意不相屬可謂衍說也卒章之義毛鄭
皆通而鄭說為長

本義曰詩人言后妃為女時勤于女事見

葛生引蔓于中谷其葉萋萋然茂盛葛常生于叢木之間故又仰見叢木之上黄鳥之𣪊喈喈然知此黄鳥之鳴乃盛夏之時草木方茂葛將成就而可采因時感事樂女功之將作故其次章遂言葛以成就刈濩而爲絺綌也其卒章之義毛鄭之説是矣

卷耳四章章四句

卷耳后妃之志也又當輔佐君子求賢審官知臣下之勤勞内有進賢之志而無險詖

二

私謁之心朝夕思念至於憂勤也謁請○采采
卷耳不盈頃筐憂者之興也采采事采之辭卷耳苓耳也頃筐畚屬也易盈之器也○箋云器易盈
而不盈者志在輔佐君子憂思深也嗟我懷人寘彼周行懷思也寘置也行列也思君子
官賢人置之列位也○箋云周之列位謂朝廷之臣也陟彼崔嵬我馬虺隤陟升也崔嵬土
山之戴石也虺隤病也○箋云我我之使臣也臣以兵役之事行出使其列位身勤劳於山險而馬又病君子宜知其然也我
姑酌彼金罍維以不永懷姑且也人君黃金罍永長也○箋云我我君也臣
出使功成而反君且當設享燕之禮與之飲酒以劳之我則以是不復長憂思也言且者君賞功臣或多於此也陟彼高
岡我馬玄黃我姑酌彼兕觥維以不永傷山脊
曰岡玄馬病則黃兕觥角爵也○箋云傷思也此章謂意不盡申殷勤也觥罰爵也享燕所以有之者飲酒禮自立司正之後旅酬

必有醉而失禮者罰之所以謂樂也陟彼砠矣我馬瘏矣我僕痡矣云何吁矣石山戴土曰砠瘏病也痡亦病吁憂也○箋云此章言臣既勤勞於外僕馬皆病也君子宜知之矣今亦云何吁乎其亦憂矣深閔之辭

論曰卷耳之義失之久矣云卷耳易得頃筐易盈而不盈者以其心之憂思在於求賢而不在於采卷耳此荀卿子之說也婦人無外事求賢審官非后妃之職也臣下出使歸而宴勞之此庸君之所能也國君不能官人於列位使后妃越職而深憂至

勞心而廢事又不知臣下之勤勞闕宴勞之常禮重貽后妃之憂傷如此則文王之志荒矣序言知臣下之勤勞以詩三章考之如毛鄭之說則文意乖離而不相屬且首章方言后妃思欲君子求賢而置之列位以其未能也故憂思至深而忘其手有所采二章三章乃言君能以罍觥酌罰使臣與之飲樂則我不傷痛矣前後之意頓殊如此豈其本義哉

本義曰卷耳易得頃筐小器也然采采而不能頃盈后妃以采卷耳之不盈而知求賢之難得因物託意諷其君子以謂賢才難得宜愛惜之因其勤勞而宴犒之酌以金罍不為過禮但不可以長懷於飲樂爾故曰維以不永懷養愛臣下慰其勞苦而接以恩意酒懽禮失觥罰以為樂亦不為過而於義未傷故曰維以不永傷也所以宜然者由賢臣勤國事勞苦之甚如卒章

之所陳也詩人述后妃此意以為言以見周南君后皆賢其宮中相語者如是而已非有私謁之言也蓋疾時之不然

樛木三章章四句

樛木后妃逮下也言能逮下而無嫉妬之心焉以色曰妬以行曰忌后妃而能和諧衆妾不嫉妬其容貌恒以善言逮下而安之○南有樛木葛藟纍之興也南南土也木枝下曲曰樛南山之葛藟茂盛也○箋云木枝以下垂之故葛也藟也得纍延蔓之而上下俱盛興者喻后妃能以恩意下逮衆妾使得其次序則衆妾上下附事之而礼儀俱盛也南土荊揚之域也樂只君子福履綏之履禄也綏安也○箋云妃妾以禮義相與和合又能以礼樂樂其君子

使爲福禄所安也南有樛木葛藟荒之樂只君子福履將之荒奄也將大也○箋云此章申殷勤之意也將猶扶助南有樛木葛藟縈之樂只君子福履成之縈旋也成就也

論曰毛傳葛藟尤爲簡畧然以其簡故未見其失鄭箋所說皆詩意本無考於序文亦不述雖詩之大義未甚失然於說爲衍也據序止言后妃能逮下而無嫉妬之心爾鄭謂常以善言逮言下而安之又云衆妾上附事之而禮儀俱盛又云能以禮樂樂

其君子使福禄所安考詩及序皆無此意
凡詩每章重復前語者甚多乃詩人之常爾
豈獨於此二章見殷勤之意故曰衍説也
本義曰詩人以樛木下其枝使葛藟得託而
並茂如后妃不嫁嫉妬下其意以和衆妾衆
妾得附之而並進於君子后不嫉妬則妾
無怨曠云樂只君子福禄綏之者衆妾愛
樂其君子之辭也

螽斯三章章四句

螽斯后妃子孫衆多也言若螽斯不妬忌則子孫衆多也忌謂有所諱惡於人也○螽斯羽詵詵兮螽斯蚣蝑也詵詵衆貌也○箋云凡物有陰陽情慾者無不妬忌蚣蝑不爾各得受氣而生子故能詵詵然衆多后妃之德乃能如是則亦宜然宜爾子孫振振兮振振仁厚也○箋云后妃之德寬容不嫉妬則宜汝之子孫使其無不仁厚也螽斯羽薨薨兮宜爾子孫繩繩兮薨薨衆多也繩繩戒愼也螽斯羽揖揖兮宜爾子孫蟄蟄兮揖揖會聚也蟄蟄和集也

論曰螽斯大義甚明而易得惟其序文顚倒遂使毛鄭從而解之失也螽斯蝗類微蟲爾詩人安能知其心不妬忌執尤不近

人情者蜇螽多子之蟲也大率蟲子皆多
詩人偶取其一以爲比爾所比者但取其
多子似螽斯也據序宜言不妬忌則子孫
衆多如螽斯也今其文倒故毛鄭遂謂螽
斯有不妬忌之性者失也振振群行貌繩
繩齊一貌蟄蟄衆聚貌皆謂子孫之多而
毛訓仁厚戒愼和集皆非詩意其大義則
不遠故不復云

兎罝三章章四句

兎罝后妃之化也關雎之化行則莫不好德賢人衆多也○肅肅兎罝椓之丁丁肅肅敬也兎罝兎罟也丁丁椓伐聲也○箋云罝兎之人鄙賤之事猶能恭敬則是賢者衆多也赳赳武夫公侯干城赳赳武貌也干扞也○箋云干也城也皆所以禦難也此罝兎之人賢者也有武任爲將帥之德諸侯可任以爲國守扞城其民折衝禦難於未然者肅肅兎罝施于中逵逵九達之道也赳赳武夫公侯好仇箋云怨耦曰仇此罝兎之人賢者敵國有來侵伐者可使和好之亦言賢也施于中林中林林中也赳赳武夫公侯腹心言可以制斷公侯之腹心○箋云此罝兎之人賢於行征伐可用爲策謀之臣使之慮無亦言賢也

論曰兎罝小人之賤事也士有既賢且武

又有將帥之德可任以國守扞城其民其謀慮深長可以折衝禦難於未然若鄰國有來相侵則可使往而和好以平其患及國有出兵攻伐則又可用爲策謀之臣論其材智可爲難得之臣也有人如此棄而不用使在田野張罝椓杙躬小人鄙賤之事則周南國君詩可以刺矣亦何所美哉如鄭箋所謂武夫者論材較德在周之盛不過方叔召虎吉甫之徒三數人而已春

秋所載諸侯之臣號稱賢大夫者亦不過
國有三數人而已今爲詩説者泥於序文
莫不好德賢人衆多之語因以謂周南之
人舉國皆賢無復君子小人之别下至兎
罝之人皆負方叔召虎吉甫春秋賢大夫
之材德則又近誣矣就如其説則舉國人
人可用卷耳后妃又安用輔佐君子求賢
審官至於憂勤者乎肅肅嚴整貌而毛傳
以爲敬且布罝椓杙何容施敬亦其失也

春秋左氏傳晉郤至爲楚子反言天下有道則諸侯有享宴以布政成禮而息民此公侯所以扞城其民也及其亂也諸侯貪冒爭尋常以盡民則略其武夫以爲腹心二者皆引赳赳武夫之詩以爲言如郤至之説則公侯扞城爲美公侯腹心爲刺是兔罝一篇有美有刺郤左皆毛鄭前人其説如此與今詩義絶異然郤至所引緜詩四句疑當時別自有詩亦爲此語故今不

敢引據弟考今詩序文以求詩義亦可見矣

本義曰捕兎之人布其網罟於道路林木之下肅肅然嚴整使兎不能越逸以興周南之君列其武夫爲國守禦赳赳然勇力使姦民不得竊發爾此武夫者外可以扞城其民内可以爲公侯好匹其忠信又可倚以爲腹心以見周南之君好德樂善得賢衆多所任守禦之夫猶如此也

漢廣三章章八句

漢廣德廣所及也文王之道被于南國美化行乎江漢之域無思犯禮求而不可得也紂時淫風大行偏於天下唯江漢之域先受文王之教化也○南有喬木不可休息漢有游女不可求思興也南方之木美喬木上竦思辭也漢上有游女無求思者○箋云不可求者本有可道也木以高其枝葉之故故人不就而止息興者喻女雖出游漢水之上無敢求犯者亦由貞潔使之然也漢之廣矣不可泳思江之永矣不可方思潛行爲泳永長也方泭也○箋云漢也江也其欲渡之者本有潛行乘泭之道今以廣也長也之故故不可渡也又論女之貞潔犯禮者而往將不得至也翹翹錯薪言刈其楚翹翹薪長大之貌也錯雜也○箋云楚在雜薪之中尤高翹翹者我欲刈

取之以諭衆女皆貞潔我又欲取其中尤高潔者也之子于歸言秣其馬秣養也六尺以上曰馬○箋云之子是子也謙不敢斥其言適已于是子之嫁我願秣其馬致禮餼示有意焉漢之廣矣不可泳思江之永矣不可方思翹翹錯薪言刈其蔞蔞草之翹翹然高貌也之子于歸言秣其駒五尺已上曰駒漢之廣矣不可泳思江之永矣不可方思

論曰據序但言無思犯禮者而鄭箋謂犯禮而往正女將不至則是女皆正潔男獨有犯禮之心焉而行露序亦云彊暴之男不能侵陵正女如此則文王之化獨能使

婦人女子知禮義而不能化男子也此甚不然蓋當紂時淫風大行男女相奔犯者多而江漢之國被文王之化男女不相侵如詩所陳爾夫政化之行可使人顧禮義而不敢肆其欲不能使人盡無情欲心也紂時風俗男女恣其情欲而相奔犯今被文王之化男子雖悅慕游女而自顧禮法不可得而止也考詩三章皆是男子見出游之女悅其美色而不可得爾若鄭箋則

不然其一章乃云男欲犯禮而往二章三章乃云欲擇尤正潔者使嫁我則一篇之中前後意殊且序但云無思犯禮本無欲女嫁我之義葢雖正女無不嫁之理苟以禮求婚安得不嫁由鄭以于歸爲嫁乃失之爾

本義曰南方之木高而不可息漢上之女美而不可求此一章之義明矣其二章云薪刈其楚者言衆薪錯雜我欲刈其尤翹

翹者衆女雖遊我欲得其尤美者既知不可得乃云之子既出遊而歸我則願秣其馬此悦慕之辭猶古人言雖爲執鞭猶忻慕焉者是也既述此意矣末乃陳其不可之辭如漢廣而不可泳江永而不可方爾蓋極盡懷男女之情雖可悦而不可求則見文王之政化被人深矣

汝墳三章章四句

汝墳道化行也文王之化行乎汝墳之國婦

人能閔其君子猶勉之以正也言此婦人被文王之化能厚事其君子也

○遵彼汝墳伐其條枚遵循也汝水名也墳大防也枝曰條幹曰枚○箋云伐薪於汝水之側非婦人之事也以言己之君子賢者而處勤勞之職亦非其事也未見君子惄如調飢惄飢意調朝也○箋云惄思也未見我君子之時如朝飢之思食也遵彼汝墳伐其條肄肄餘也斬而復生曰肄既見君子不我遐棄既已也遐遠也○箋云已見君子君子及餘於已得見之知其不遠棄我死亡於思則愈故下章而勉之魴魚赬尾王室如燬赬赤也魚勞則尾赤燬火也○箋云君子仕於亂世其顏色瘦病如魚勞則尾赤也所以然者畏王室之酷烈是時紂存焉雖則如燬父母孔邇孔甚也邇近也○箋云此避此勤勞之處或時得罪父母甚近當思念之以免於害不能為疏遠者計也

論曰序言婦人能閔其君子君子謂周南之大夫以國事勤勞於外者然則所謂婦人者大夫之妻也如鄭氏之說伐薪非婦人之事意謂此婦人不宜伐薪而令伐薪如君子之賢不宜處勤勞而令處勤勞其意如此乃是以謂周南大夫之妻自出伐薪爾爲國者必有尊卑之別大夫之妻自伐薪雖古今不同其必不然理不待論則鄭説之失可知矣矧賢者固當勤勞於國

而反謂排其事則又遠勉之以正之言也鄭氏又以王室如燬父母孔邇謂紂爲酷暴君子避此勤勞之事或時得罪則害及父母不惟詩文本無此意且君子所勤者周南之事爾紂雖虐刑必不爲周誅避事之臣玆理亦有所不通矣

本義曰周南大夫之妻出見循汝水之墳以伐薪者爲勞役之事念己君子以國事奔走于外者其勤勞亦可知思之欲見如

飢者之思食爾其二章云既見君子不我遐棄者謂君子以事畢來歸雖不我遠去我亦不敢偷安其私故卒章則復勉之云魚劳則尾赤今王室酷烈如火之将焚紂雖如此而周南父母之邦自當宣力勤其國事以圖安爾

麟之趾三章章三句

麟之趾關雎之應也關雎之化行則天下無犯非禮雖衰世之公子皆信厚如麟趾之時

也關雎之時以麟爲應後世雖衰猶存關雎之化者君子之宗族猶尚振振然雖有麟應之時而無以過也○麟之趾振振公子興也趾足也麟信而應禮以足至者振振信厚也○箋云興者喻今之公子亦信與禮相應之時有似於麟者也于嗟麟兮于嗟歎也麟之定振振公姓定題也公姓公同姓也于嗟麟兮麟之角振振公族角麟所以表其德也公族公同族也○箋云麟角之末有肉示有武而不用也于嗟麟兮

論曰孟子去詩世近而最善言詩推其所說詩義與今序意多同故後儒異說爲詩害者常賴序文以爲證然至於二南其序多失而麟趾騶虞所失尤甚特不可以爲

信疑此二篇之序爲講師以已說汨之不然安得謬論之如此也據詩旨以國君有公子如麟有趾爾更無他義也若序言關雎之應乃是關雎化行天下太平有瑞麟出而爲應不惟怪妄不經且與詩意不類關雎麟趾作非一人作麟趾者了無及關雎之意故前儒爲毛鄭學者自覺其非乃爲曲說云實無麟應太師編詩之時假設此義以謂關雎化成宜有麟出故借此麟

趾之篇列於最後使若化成而麟至爾然則序之所述乃非詩人作詩之本意是太師編詩假設之義也毛鄭遂執序意以解詩是以太師假設之義解詩人之本意宜其失之遠也如毛言麟以足至者鄭謂角端有肉示有武而不用者尤爲衍說此篇序既全乖不可引據但直考詩文自可見其意

本義曰周南風人美其國君之德化及宗

族同姓之親皆有信厚之行以輔衛其公
室如麟有足有題有角以輔衛其身爾其
義止於此也他獸亦有蹄角然亦不以爲
比而遠取麟者何哉麟遠人之獸也不害
人物而希出故以爲仁獸所以詩人引之
以謂仁獸無鬬害之心尚以蹄角自衛如
我國君以仁德爲國猶須公族相輔衛爾

歐陽文忠公毛詩本義卷第一

歐陽文忠公毛詩本義卷第二

翰林學士兼龍圖閣學士朝散大夫給事中知制誥充史館修撰判秘閣歐陽修

鵲巢三章章四句

鵲巢夫人之德也國君積行累功以致爵位夫人起家而居有之德如鳲鳩乃可以配焉起家而居有之者謂嫁於諸侯也彼國君夫人而有均一之德如鳲鳩然而後可以配國君也○維鵲有巢維鳩居之興也鳲鳩鴶鵴也鳲鳩不自為巢而居鵲之成巢○箋云鵲之作巢冬至加功至春乃成猶國君積行累功以致爵位故以興焉興焉者鳲鳩因鵲成巢而居之而有均一之德諭猶國君夫人來嫁居君子之室其德亦然也室者燕寢也之子于歸百兩御之百兩百乘也諸侯之子嫁於諸侯送迎之車皆百乘○箋云之子是子也迓迎也是子如鳲鳩之子其往

嫁也家人送之良人迎之車皆百乘象有百官之盛維鵲有巢維鳩方之方有之也之子于歸百兩將之將送也維鵲有巢維鳩盈之盈滿也○箋云滿者言衆媵姪娣之多也之子于歸百兩成之能成百兩之禮○箋云是子有鳲鳩之德宜配國君故以百兩之礼送迎成之

論曰據詩但言維鳩居之而序言德如鳲鳩乃可以配鄭氏因謂鳲鳩有均一之德以今物理考之失自序始而鄭氏又增之爾且詩人本義直謂鵲有成巢鳩來居爾初無配義況鵲鳩異類不能作配也鳩之

種類最多北居鶻巢之鳩詩人直謂之鳩以今鳩考之詩人不謬但序與箋傳誤爾且鶻鳩爾雅謂之秸鞫鞠而諸家傳釋或以爲布穀或以爲戴勝今之所謂布穀戴勝者與鳩絶異惟今人直謂之鳩者拙鳥也不能作巢多在屋瓦間或於樹上架構樹枝初不成窠巢便以生子往往墜鷇殞雛而死蓋詩人取北拙鳥不能自營巢而有鶻之成巢者以爲興爾今鶻作巢甚堅既

生雛散飛則棄而去在於物理容有鳩來處彼空巢古之詩人取物比興但取其一義以喻意爾此鵲巢之義詩人但取鵲之營巢用功多以比周室積行累功以成王業鳩居鵲之成巢以比夫人起家來居已成之周室爾其所以云之意以興夫人來居其位當思周室創業積累之艱難宜輔佐君子共守而不失也此意詩雖無文但詩既言鵲成巢之用功多而鳩乃來居之

則其意自然可見下言百兩者述其來歸之禮甚盛美其得正也

草蟲三章章七句

草蟲大夫妻能以禮自防也卿大夫之妻待禮而行隨從君子也○

喓喓草蟲趯趯阜螽興也喓喓声也草虫常羊也趯趯跳躍也阜螽蠜螽也卿大夫也之妻待禮而行隨從君子○箋云草虫鳴而阜螽躍而從之異種同類猶男女嫁時以禮相求呼也未見君子憂心忡忡忡忡猶衝衝也婦人雖適人猶有歸宗之義○箋云未見君子者謂在塗之時也在塗之時而憂憂不當君子無以自寧父母故心衝衝然是其不自絕於其族之情也亦既見止亦既覯止我心則降止辭也覯遇也降下也○箋云既見君子謂已同牢而食既覯謂已婚礼也始者憂於不當今君子待已以禮庶幾自此

可以寧父母故心下也易曰男女覯精萬物化生也陟彼南山言采其蕨南山周南山也蕨鼈也。箋云言我也我采者在塗而見采鼈菜者得其所欲猶今之行嫁者欲得禮以自喻也未見君子憂心惙惙惙惙憂也亦既見止亦既覯止我心則說說服也陟彼南山言采其薇薇菜也未見君子我心傷悲嫁女之家不息火三日思相離也箋云惟父母思己故己亦傷悲也○亦既見止亦既覯止我心則夷夷平也

論曰草蟲阜螽異類而交合詩人取以爲戒而毛鄭以爲同類相求取以自比大夫妻實以嫁之婦而毛鄭以爲在塗之女其

於大義既乖是以終篇而失也蓋由毛鄭不以序意求詩義既失其本故枝辭衍說文義散離而與序意不合也序意止言大夫妻能以禮自防而爾毛鄭乃言在塗之女憂見其夫而不得禮又憂被出而歸宗皆詩文所無非其本義按爾雅阜螽謂之蠜草蟲謂之負蠜負形皆似蝗而異種二者皆名爲螽其生於陵阜者曰阜螽生於草間者曰草蟲形色不同種類亦異故以

阜草別之凡蟲鳥皆於種類同者相匹偶惟此二物異類而相合合其所不當合故詩人引以比男女之不當合而合者爾

本義曰召南之大夫出而行役妻留在家當紂之末世淫風大行彊暴之男侵陵貞（正）女淫泆之女犯禮求男其大夫之妻能以禮義自防不爲淫風所化見彼草蟲喓喓然而鳴呼阜螽趯趯然而從之有如男女非其匹偶而相呼誘以淫奔者故指以爲

戒而守禮以自防閑以待君子之歸故未見君子時常憂不能自守既見君子然後心降也其曰陟彼南山采蕨采薇云者婦人見時物之變新感其君子久出而思得見之庶幾自守能保其全之意也

行露三章一章三句二章章六句

行露召伯聽訟也衰亂之俗微貞信之教興彊暴之男不能侵陵貞女也衰亂之俗微貞信之教興者其殷之末世周之盛德當文王與紂之時也○厭浥行露豈不夙夜謂行多露興也

厭浥濕意也行道也豈不言有是也○箋云夙夜早暮也厭浥濕道中始有露謂二月中嫁娶之時也我豈不知當早夜成婚禮與謂道中之露太多故不早行爾彊暴之男以此多露之時禮不足而彊來不度時之可否故云然也周禮仲春之月令會男女之無夫家者仲春行事必以昏昕之時

誰謂雀無角何以穿我屋誰謂女無家何以速我獄不思物變而推其類雀之穿屋似有角者速召也獄訟也○箋云汝彊暴之男變異也人皆謂雀之穿屋似有角彊暴之男召我而獄似有室家之道於我也物有相似而不同者雀之穿屋不以角乃以咮今彊暴之男召我而獄不以室家之道於我乃以寢陵物有與事有似而非者士師當審也

雖速我獄室家不足婚禮紲帛不過五兩○箋云幣可以備也室家之道不足謂不以媒妁之言不和六禮之來彊委之也

誰謂鼠無牙何以穿我墉誰謂女無家何以速我訟墉墻也視墉之穿推其物類可謂鼠有穿也

雖速我訟亦不女

從不女從終不棄禮而隨此彊暴之男也

論曰：行露據序本爲美召伯能聽訟，而毛氏謂不思物變而推其類，鄭氏謂物有似而非者，士師所當審，乃是召伯不能審聽爾。至其下章但云「雖速我獄，室家不足」，則了無聽訟之意，與序相遠。且鄭又謂露濕道中是二月嫁娶之時，且男女淫奔，豈復更須仲春合禮之月？又謂六禮之來彊委之，且肆其彊暴以侵陵，豈復循備六禮？何其說之迂也詩人本述紂世禮俗大壞及文王之化既行而淫風漸止然彊暴難化之男猶思犯禮將加侵陵而女能守正不可犯自訴其事而召伯又能聽決之爾若如毛鄭之說雖有媒妁而言約未許不待期要而彊行六禮乃是男女爭婚之訟爾非訴彊暴侵陵之事也且男女爭婚世俗常事而中人皆能聽之豈足當詩人之所美乎

本義曰厭浥行露豈不夙夜謂行多露者正女自訴之辭也誰謂雀無角何以穿我屋者以興事有非意而相干者也女子自言我當多露之時豈不欲早夜而出行猶以露多將被霑汚而不行其自防閑以保其身如此然不意彊暴之男與我本無室家之道遠欲侵陵於我迫我與此獄訟雖然事終獲辨者由召伯聽訟之明也事獲辨者室家不足與下章亦不女從是也所

謂非意相干者謂雀無角不能穿屋矣今乃以咮而穿我屋謂鼠無牙不能穿墉矣今乃穴垣而居是皆出於不意也謂彼男子於我本無室家之道今乃直行彊暴欲見侵陵亦由非意相干也

摽有梅三章章四句

摽有梅男女及時也召南之國被文王之化男女得以及時也○摽有梅其實七兮興也摽落也盛極則墮落者梅也尚在樹者七○箋云興者梅實尚餘七未落喻始衰也謂女年二十春盛而不嫁至夏則衰矣求我

庶士迨其吉兮吉善也○箋云我我當嫁者也庶衆也迨及也求女之當嫁者衆士也宜及其善時善時謂女年二十雖夏未大衰也

摽有梅其實三兮在者三也○箋云此夏向晚梅之墮落差多在者餘三也

求我庶士迨其今兮今急辭也

摽有梅頃筐塈之塈取也○箋云頃筐取之謂夏之已晚以頃筐取之於地也

求我庶士迨其謂之不待備禮也三十之男二十之女禮未備則不待禮會而行之所以蕃育人民也○箋云謂勤也女年二十而無嫁端則有勤望之憂不待禮會而行謂明年仲春不待以禮會之也時礼雖不備相奔亦不禁也

論曰摽有梅本謂男女及時之詩也如毛鄭之說自首章梅實七兮以喻始衰二章三章喻衰落又甚乃是男女失時之詩也

序言召南之國被文王之化男女得以及時則是紂世男女不得及時獨被文王之化者乃得及時爾且不及時有二說禮義旣喪淫風大行犯禮相奔者不禁則遭彊暴橫見侵陵則男女有未及嫁娶之年先時而犯禮者矣世變多故兵飢喪亂民不安居與力不足則男女有過嫁娶之年後時而不得如禮者矣然則先時後時皆爲不及時而紂世男女常是先時犯禮爲不

及時而被文王之化者變其淫俗男女各得守禮待及嫁娶之年然後成婚姻爲及時爾今毛鄭以首章梅實七爲當盛不嫁至於始衰以二章迨其今爲急辭以卒章頃筐塈之爲時已晚相奔而不禁是終篇無一人得及時者與詩人之意異矣鄭氏又執仲春之月至夏爲過時此又其迂滯者也梅實有七至於落盡不出一月之間故前世學者多云詩人不以梅實記時早

晚獨鄭氏以爲過春及夏晚皆非詩人本義也古者婚禮不自爲主人求我庶士非男女自相求學者可以意得也

本義曰梅之盛時其實落者少而在者七已而落者多而在者三已而遂盡落矣詩人引此以興物之盛時不可久以言召南之人顧其男女方盛之年懼其過時而至衰落乃求於庶士以相婚姻也所以然者召南之俗被文王之化變其先時相奔犯

禮之淫俗男女各得待及嫁娶之年而始
求婚姻故惜其盛年難久而懼過時也吉
者宜也求其相宜者也今者時也欲及時
也謂者相語也遣媒妁相語以求之也

野有死麕三章二章章四句一章三
句

野有死麕惡無禮也天下大亂彊暴相遂陵
成淫風被文王之化雖當亂世猶惡無禮也
無禮謂不由媒妁鴈幣不至劫脅以成婚謂紂時之世也○野有死麕白茅包之郊外

曰野包裹也凶荒則殺禮猶有以將之野有死麕群田之所獲而分其肉也白茅取其絜清○箋云亂世之民貧而彊暴之男多行無禮故貞女之情欲令人以白茅裹束野中田者所分麕肉爲禮而來也

有女懷春吉士誘之懷思春不暇待秋也誘導也○箋云有貞女思仲春以禮與男會也欲吉氏使媒人導成之疾時無禮而言然

林有樸樕野有死鹿白茅純束樸樕小木也野有死鹿廣物也純束猶包之也○箋云樸樕之中及野若有死鹿皆可以白茅裹束以爲禮廣可用之物非獨麕肉也純讀爲屯也

有女如玉德如玉也○箋云如玉者取其堅而絜白也

舒而脫脫兮舒徐也脫脫舒遲貌也○箋云貞女欲吉士以禮來脫脫然舒也又疾時無禮彊暴之男相劫脅也

無感我帨兮感動也帨佩巾也箋云奔走失節則動其佩飾也帨音稅也

無使尨也吠尨狗也非禮相陵則狗吠

論曰詩序失於二南者多矣孔子曰三分

天下有其二以服事殷蓋言天下服周之
盛德者過半爾説者執文害意遂云九州
之内奄有六州故毛鄭之説皆云文王自
岐都豐建號稱王行化於六州之内此皆
欲尊文王而反累之爾就如其説則紂猶
在上文王之化止能自被其所治然於芣
苢序則曰天下和平婦人樂有子於麟趾
序則曰關雎化行天下無犯非禮者於騶
虞序則曰天下純被文王之化既曰如此

矣於行露序則反有彊暴之男侵陵正女而爭訟於桃夭摽有梅序則又云婚姻男女得時又似不應有訟據野有死麕序則又云天下大亂彊暴相陵遂成淫風惟被文王之化者猶能惡其無禮也其前後自相牴牾無所適從然而紂為淫亂天下成風獨文王所治不宜如此於野有死麕之序僅可爲是而毛鄭皆失其義詩三百篇大率作者之體不過三四爾有作詩者自

述其言以爲美刺如關雎相鼠之類是也
有作者録當時人之言以見其事如谷風
録其夫婦之言北風其凉録去衛之人之
語之類是也有作者先自述其事次録其
人之言以終之者如溱洧之類是也有作
者述事與録當時人語雜以成篇如出車
之類是也然皆文意相屬以成章未有如
毛鄭解野有死麕文意散離不相終始者
其首章方言正女欲令人以白茅包麕肉

爲禮而來似作詩者代正女告人之言其義未終其下句則云有女懷春吉士誘之乃是詩人言昔時吉士以媒道成思春之正女而嫉當時不然上下文義各自爲說不相結以成章其次章三句言女告人欲令以茅包鹿肉而來其下句則云有女如玉乃是作詩者歎其女德如玉之辭尤不成文理是以失其義也

本義曰紂時是男女淫奔以成風俗惟周人

被文王之化者能知廉耻而惡其無禮故見其男女之相誘而淫亂者惡之曰彼野有死麕之肉汝上（尚）以可食之故愛惜而包以白茅之潔不使爲物所污乃奈何彼女懷春吉士遂誘而污以非禮吉士猶然彊暴之男可知矣其次言樸樕之木猶可用以爲薪死鹿猶束以白茅而不污二物微賤者猶然況有女而如玉乎豈不可惜而以非禮污之其卒章遂道其淫奔之狀曰汝

無疾走無動我佩無驚我狗吠彼奔未必能動我佩蓋惡而遠卻之之辭

騶虞二章章三句

騶虞鵲巢之應也鵲巢之化行則人倫既正朝廷既治天下純彼文王之化則庶類蕃殖蒐田以時仁如騶虞則王道成也（應者應德自遠而至）○

彼茁者葭（茁出也葭蘆也○箋云記蘆始出者著春田之早晚也）一發五豝（豕牝曰豝虞人翼五豝以待公之發○箋云君射一發而翼五豝者戰禽獸之命必戰之者仁心之至也）于嗟乎騶虞（騶虞義獸白虎黑文不食生物有至信之德則應之○箋云于嗟者美之也）彼茁者蓬（蓬草

名也

一發五豵（一歲曰豵○箋云豕生三歲曰豵）于嗟乎騶虞

論曰騶虞爲鵲巢之應其義不然論於麟趾之篇詳矣毛鄭解彼茁者葭一發五豝得其本義惟以騶虞爲獸遂失一篇之大旨漢世詩說分爲四家毛公章句最後世當毛詩未出之前說者不以騶虞爲獸也漢儒皆好符命多言鳥獸之祥瑞然而猶不以爲言是初無此義也漢文帝時賈誼以能詩稱其爲新書引騶虞之義以謂騶

者文王之囿名虞者囿之司獸也以文義上下尋之誼説爲得若依毛鄭所解則文意分離不相聯屬豈有上句方叙文王田獵以時發矢射豝下句直歎騶虞不食生物若此乃是刺文王曾騶虞之不若也故知毛鄭爲失

本義曰召南風人美其國君有仁德不多殺以傷生能以時田獵而虞官又能供職故當彼葭草茁然而初生國君順時畋于

騶虞之中蒐索害田之獸其騶虞之虞官乃翼驅五田豕以待君之射君有仁心惟一發矢而已不盡殺也故詩之首句言田獵之德時次言君仁而不盡殺卒歎虞人之得禮

柏舟五章章六句

柏舟言仁而不遇也衛頃公之時仁人不遇小人在側不遇者君不受已之志也君近小人則賢者見侵害○汎彼柏舟亦汎其流興也汎汎流貌柏木所以宜爲舟亦汎其流不以濟渡也○箋云舟濟渡物今不見用而與衆物汎汎然俱流水中

興者喻仁人之不見用與群小並列亦猶是也 耿耿不寐如有隱憂 耿耿猶儆儆也隱痛也。箋云言仁人旣不遇憂在見侵害 微我無酒以遨以遊 非我無酒可以遨遊忘憂也 我心匪鑒不可以茹 鑒所以察形也茹度也。箋云鑒之察形但知方圓白黑不能度其真偽我心匪如是察也我於衆人之善惡外內心度知之 亦有兄弟不可以據 據依也。箋云兄弟至親當相據依言亦有不相據依以爲是也希爾責之以兄弟之道謂同姓之臣也 薄言往愬逢彼之怒 彼之兄弟 我心匪石不可轉也我心匪席不可卷也 石雖堅尚可轉也席雖平尚可卷也。箋云言已心至堅平過於石席也 威儀棣棣不可選也 君子望之儼然可畏禮容俯仰各有威儀耳棣棣冨而閑習也物有其容不可數也。箋云稱已威儀如此者言已德備而不遇所以慍也 憂心悄悄慍于羣小 慍怒也。

箋云情情憂也羣小衆小人在君側者

覯閔既多受侮不少閔病也靜言思之寤辟有摽靜安也辟拊心也摽亦拊心貌也○箋云言我也日居月諸胡迭而微箋云日君象也月臣象也微謂虧傷也君道當常明如日而月有虧盈今君失道而任用小人臣下專恣則日如月然也心之憂矣如匪澣衣如衣之不澣矣○箋云衣之不澣則潰亂垢辱無照察也靜言思之不能奮飛不能如鳥奮翼而飛去○箋云臣不遇於君猶不忍去厚之至也

論曰我心匪鑒不可以茹毛鄭皆以茹爲度謂鑒之察形不能度真僞我心匪鑒故能度知善惡據下章云我心匪石不可轉也我心匪席不可卷也毛鄭解云石雖堅

尚可轉席雖平尚可卷者其意謂石席可轉卷我心匪石席故不可轉卷也然則鑒可以茹我心匪鑒故不可茹文理易明而毛鄭反其義以爲鑒不可茹而我心可茹者其失在於以茹爲度也詩曰剛亦不吐柔亦不茹茹納也傳曰火日外景金水內景蓋鑒之於物納影在內凡物不擇妍媸皆納其景詩人謂衛之仁人其心非鑒不能善惡皆納善者納之惡者不納以其不

能兼容是以見嫉於在側之群小而獨不遇也憂心悄悄慍于群小者本謂仁人爲群小所怒故常懼禍而憂心也如鄭氏云德備而不遇所以慍者則是仁人慍群小爾以文理考之當是群小慍仁人也居諸語助也日月詩傳云日乎月乎者是也胡迭更互之辭也日居月諸胡迭而微者謂仁人傷衛日往月來而漸微爾猶言日朘月削也安有大臣專恣日如月然之義哉

擊鼓五章章四句

擊鼓怨州吁也衛州吁用兵暴亂使公孫文仲將而平陳與宋國人怨其勇而無禮也將者將兵以伐鄭平成也將兵伐鄭先告陳與宋以成其伐事春秋傳曰宋殤公之即位公子馮出奔鄭鄭人欲納之及衛州吁立將修先君之怨於鄭而求寵於諸侯以和其民使告於宋曰君若伐鄭以除君害君為主敝邑以賦與陳蔡從則衛國之願宋人許之於是陳蔡方睦於衛故宋公陳侯蔡人衛人伐鄭是也伐鄭在魯隱公四年也○

擊鼓其鏜踊躍用兵鏜然擊鼓聲也使眾踊躍用兵也○箋云此用兵謂使治兵時土國城漕我獨南行漕衛邑也○箋云言眾民皆勞苦也或修土功於國或修治漕城而我獨見使從軍南行伐鄭是尤勞苦之甚也

從孫子仲平陳與宋孫子仲謂公孫文仲也平陳與宋○箋云子仲字也平陳與宋謂使告宋曰君為王

弊邑以賦與陳蔡從也不我以歸憂心有忡憂心忡忡然也○箋云以猶與也與我南行不與我歸者兵凶事懼不得歸豫憂也爰居爰處爰喪其馬有不還者有亡其馬者○箋云爰於也不還謂死也傷也病也今於何居乎於何處乎於何喪其馬乎于以求之于林之下山木曰林○箋云于於也求不還者及亡其馬者當於山林之下軍行必依山林求其故處近得之死生契闊與子成說契闊勤苦也說數也○箋云從軍之士與其伍約生也死也相與處勤苦之中我與子成相說愛之恩志在相存救也執子之手與子偕老偕俱也○箋云執其手與之約誓示信也言俱老者庶幾俱免於難于嗟闊兮不我活兮不我生活也○箋云州吁阻兵安忍阻兵無衆安忍無親衆叛親離軍事弃其伍約離散而相遠故吁嗟歎之闊兮汝不與我相救活傷也于嗟洵兮不我信兮洵遠也信亟也○箋云嗟其弃約不與我相親信亦傷之也

論曰擊鼓五章自爰居爰處而下三章王肅以爲衛人從軍者與其室家訣別之辭而毛氏無説鄭氏以爲軍中士伍相約誓之言今以義考之當如王肅之説爲是則鄭於此詩一篇之失太半矣州吁以魯隱四年二月弑桓公而自立至九月如陳見殺中間惟從陳蔡伐鄭是其用兵之事而謂其阻兵安忍衆叛親離者蓋衛人以其有弑君之大惡不務以德和民而用以兵

自結於諸侯言其勢必有禍敗之事爾其曰衆叛親離者第言人心不附爾而鄭氏執其文遂以爲伐鄭之兵軍士離散按春秋左傳言伐鄭之師圍其東門五日而還兵出既不久又未嘗敗衂不得有卒伍離散之事也且衛人暫出從軍已有怨刺之言其卒伍豈宜相約偕老於軍中此又非人情也由是言之王氏之説爲得其義

本義曰州吁以弑君之惡自立内興工役

外舉兵而伐鄰國數月之間兵出者再國人不堪所以怨刺故於其詩載其士卒將行與其家室訣别之語以見其情云我之是行未有歸期亦未知於何所居處於何所喪其馬若求我與馬當於林下求之蓋爲必敗之計也因念與子死生勤苦無所不同本期偕老而今闊别不能爲生吁嗟我心所皆如此可信而在上者不我信也洵亦信也

匏有苦葉四章章四句

匏有苦葉，刺衛宣公也。公與夫人並爲淫亂。夫人謂夷姜也

○匏有苦葉，濟有深涉。興也匏謂之瓠葉苦不可食也濟渡也由膝以上爲涉○箋云瓠葉苦而渡處深也謂八月之時陰陽交會始可以爲婚禮納采問名也深則厲，淺則揭。以衣涉水爲厲由帶以上爲厲由膝以下爲揭揭者都揭衣也遭時制宜如遇水深則厲淺則揭以男女之際安可以無禮義將無以自濟也○箋云既以深淺記時因以水深淺喻男女才性賢與不肖及長幼也各順其人之宜爲之求偶妃

有瀰濟盈，有鷕雉鳴。瀰深水也盈滿也深水人之所難也鷕雌雉聲也衛夫人有淫佚之志授人以色假人以辭不顧禮義之難至使宣公有淫昏之行○箋云有瀰濟盈謂過於厲喻犯禮深矣濟盈不濡軌，雉鳴求其牡。濡漬也由輈以上爲軌違禮義不獨於道由雌鳴求其牡矣飛曰雌雄走曰牝牡○箋云

渡深水者必濡其軌言不濡者喻夫人犯禮而不自知雉鳴反求其牡喻夫人所求非所求也**雝雝鳴鴈旭日始旦**雝雝鴈聲和也納采用鴈旭日日始出大昕之時也○箋云鴈者隨陽而處似夫人從夫故昏禮用焉自納采至請期用昕親迎用昏也**士如歸妻迨冰未泮**迨及也泮散也○箋云歸妻使之來歸於已謂請期也冰未散謂正月中以前一月可以昏**招招舟子**招招號召之貌舟子舟人主濟渡者也卬我也○箋云舟人之子號召當渡者由媒人之會男女之無夫家者使為配匹也人皆從之而渡而我獨否之**人涉卬否卬須我友**人皆涉我友未至我獨待之而不涉以言室家之道非得所適貞女不行非得禮義昏姻不成也

論曰詩刺衛宣公與夫人並為淫亂而鄭氏謂夫人者夷姜也夷姜宣公之父妾也

宣姜者宣公子伋之婦也此二人皆稱夫人皆與宣公爲淫亂者考詩之言不可分別不知鄭氏何從知爲獨刺夷姜也按史記夷姜生子曰伋其後宣公爲伋娶齊女奪之是爲宣姜學者因附鄭說謂作詩時未爲伋娶故當是刺夷姜且詩作早晚不可知今直以詩之編次偶在前爾然則鄭說胡可爲據也據詩墻有茨刺公子頑云中冓之言不可道也所可道也言之醜也

蓋甚惡之之辭也宣公烝父妾淫子婦皆是鳥獸之行悖人倫之理詩人刺之宜爲甚惡之辭也今鄭氏以匏葉苦濟水深爲八月納采問名之時又以深厲淺揭喻男女才性賢不肖長幼宜相當乃是刺婚姻不時男女不相當之詩爾且烝父妾奪子婦豈有婚姻之禮安問男女賢愚長幼相當與否蓋毛鄭二家不得詩人之意故其說失之迂遠也昔魯叔孫穆子賦匏有苦

葉晉叔向曰苦匏不材供濟於人而已蓋謂要舟以渡水也春秋國語所載諸侯大夫賦詩多不用詩本義第略取一章或一句假借其言以苟通其意如鵲巢黍苗之類故皆不可引以爲詩之證至於鳥獸草木諸物常用於人者則不應謬妄苦匏爲物當毛鄭未說詩之前其詩如此蓋穆子去詩時近不應謬妄也今依其說以解詩則本義得矣毛鄭又謂飛曰雌雄曰走牝

牡然周曰書牝雞無晨豈為走獸乎古語通用無常也

本義曰詩人以匏葉以涉濟者不問水深浅惟意所欲期於必濟如宣公烝淫夷宣二姜不問可否惟意所欲期於必得不懼烖亡之罪如涉濟者不思没溺之禍也濟盈不濡軌者濟盈無不濡之理而涉者貪於必進自謂不濡又宣與公貪於淫欲身蹈罪惡而不自知也雉鳴求其牡者又

與夫人不顧禮義而從宣公如禽鳥之相
求惟知雌雄爲匹而無親疎父子之别雝
雝鳴鴈旭日始旦士如歸妻迨氷未泮言
士之娶妻猶有禮刺宣公曾庻士之不若
也招招舟子人涉卬否人涉卬否卬須我
友者謂行路之人衆皆涉矣有招之而獨
不涉者以待同行不忘其友也以刺夫人
忘已所當從而隨人所誘曾行路之人不
如也凡涉水者淺則徒行深則舟渡而胥

匏以涉者水深而無舟蓋急遽而蹈危險者也故詩人引以爲比

歐陽文忠公毛詩本義卷第二

歐陽文忠公毛詩本義卷第三

翰林學士兼龍圖閣學士朝散大夫給事中知制誥充史館修撰判秘閣歐陽　脩

北風三章章六句

北風刺虐也衛國並爲威虐百姓不親莫不相攜持而去焉○北風其涼雨雪其雱興也北風寒涼之風也雱盛貌也○箋云寒涼之風病害萬物興者喻君政教酷暴使民散亂去也惠而好我攜手同行惠愛也行道也○箋云性仁愛之人而又好我者與我相攜持同道而去疾時政也其虛其邪既亟只且虛虛也亟急也○箋云邪讀如徐言今在位之人其故威儀虛徐寬仁者今皆以爲急刻之行也所以當去以此教也北風其喈雨雪其霏喈疾貌也霏甚貌也惠

而好我攜手同歸（歸有德也）其虛其邪既亟只且莫赤匪狐莫黑匪烏（狐赤烏黑莫能别也○箋云赤則狐也黑則烏也猶今之君臣相承為惡如一）惠而好我攜手同車（攜手就車）其虛其徐既亟只且

論曰北風本刺衛君暴虐百姓苦之不避風雪相攜而去爾鄭謂北風其涼雨雪其雱喻君政教暴酷者非也其虛其邪既亟只且者承上攜手同行之語云其可虛徐而不進乎謂當亟去爾皆民相招之辭而鄭謂在位之人故時威儀寬徐今為刻急

之行者亦非也詩人必不前後述衛君臣而中以民去之辭閒之若此豈成文理莫赤匪狐莫黑匪烏者鄭謂喻君臣相承爲惡如一且赤黑狐烏之自然非其惡也豈以喻君臣之惡皆非詩之本義也

本義曰詩人刺衛君暴虐衛人逃散之事述其百姓相召招而去之辭曰北風其凉雨雪其雱惠而好我攜手同行者民言雖風雪如此有與我相惠好者當與相攜手衛

風冒雪而去爾其虛其邪既亟只且者言無暇寬徐當急去也莫赤匪狐莫黑匪烏謂孤鳥各有類也言民各呼其同好以類相攜而去也故其下文云惠而好我攜手同車是也

靜女三章章四句

靜女刺時也衛君無道夫人無德以君及夫人無道德故陳靜女遺我以彤管之法德如是可以易之為人君之配也○靜女其姝俟我於城隅靜貞靜也女德貞靜有而法度乃可說也姝美色也俟待也城隅以言高而不可踰也○箋云女德貞靜然後可畜美色然後

可安又能服從待禮而動自防如城隅故可愛也 愛而不見搔首踟躕 言志往而行止○箋云志往謂踟躕行止謂愛之而不往見也 靜女其孌貽我彤管 既有靜德又有美色又能遺我以古人之法可以配人君也古者后夫人必有女史彤管之法史不記過其罪殺之后妃群妾以禮御於君所女史書其日月授之以環以進退之生子月辰則以金環退之當御者以銀環進之著于左手既御著于右手事無大小記以成法○箋云彤管筆赤管也 彤管有煒悅懌女美 煒赤貌也彤管以赤心正人也○箋云悅懌當作說釋赤管煒煒然女史以之說釋妃妾之德美之 自牧歸荑洵美且異 牧田官也荑茅之始生也本之於荑取其有始有終也○箋云洵信也茅絜白之物也自牧田歸荑其信美而異者可以共祭祀也猶貞女在窈窕之處媒氏達之可以配人君 匪女之為美美人之貽 非為其徒說美色而已美其人能遺我法則也○箋云遺我者遺我以賢妃也

論曰靜女之詩所以爲刺也毛鄭之說皆以爲美既非陳古以刺今又非思得賢女以配君子直言衛國有正靜之女其德可以配人君考序及詩皆無此義然則既失其大旨而一篇之内隨事爲說訓解不通者不足怪也詩曰靜女其姝俟我於城隅愛而不見搔首踟躕據文求義是言靜女有所待而城隅不見而傍偟爾其文顯而義明灼然易見而毛鄭乃謂正靜之女自

防如城隅則是捨其一章但取城隅二字以自申其臆說爾彤管不知爲何物如毛鄭之說則是女史所執以書后妃群妾功過之筆之赤管也以謂女史所書是婦人之典法彤管是書典法之筆故云遺以古人之法何其迂也據詩云靜女其孌貽我彤管所謂我者誰乎以文求意是靜女以彤管所貽之人也若彤管是王宮女史之筆靜女從何得以遺人使靜女家自有彤

管用以遺人則因彤管自媒何名靜女若謂詩人假設以爲言是又不然且詩人本以意有難明故假物以見意如彤管之說左右不通如此詩人假之何以明意理必不然也其下文云彤管有煒說懌女美鄭既不能爲說遂改爲說釋以曲就已義改經就注先儒固已非之矣荑茅之始生而秀者何取其有始有終毛義既失鄭又附之謂可以共祭祀據詩但言其美爾安有

共祭祀之文皆衍説也據序言静女刺時也衛君無道夫人無德謂宣公與二姜淫亂國人化之淫風大行君臣上下舉國之人皆可刺而難於指名以徧舉故曰刺時者謂人時皆可刺也據此乃是述衛風俗男女淫奔之詩爾以此求詩則本義得矣古者鍼筆皆有管樂器亦有管不知此彤管是何物也但彤是色之美者蓋男女相悦用此美色之管相遺以通情結好爾

本義曰衛宣公旣與二夫人烝淫爲鳥獸之行衛俗化之禮義壞而淫風大行男女務以色相誘悅矜誇自道而不知爲惡雖幽靜難誘之女亦然舉靜女猶如此則其他可知故其詩述衛人之言曰彼姝然靜女約我而俟我於城隅與我相失而不相見則踟躕而不能去又曰彼孌然靜女贈我以彤管此管之色煒然甚盛如女之美可悅懌也其卒章曰我自牧田而歸取彼

茅之秀者信美且異矣然未足以比女之爲美聊貽美人以爲報爾

新臺三章章四句

新臺刺衛宣公也納伋之妻作新臺于河上而要之國人惡之而作是詩也伋宣公之世子○新臺有泚河水瀰瀰泚鮮明貌也瀰瀰盛貌也水所以潔汙穢反於河上而爲淫昏之作燕婉之求籧篨不鮮燕安婉順也籧篨不能俯者○箋云鮮善也伋之妻齊女來嫁於衛其心本求燕婉之人謂伋也反得籧篨不善爲宣公也籧篨口柔常觀人顏色而爲之辭故不能俯也新臺有洒河水浼浼洒高峻也浼浼平地也燕婉之求籧篨不殄殄絕也箋云殄當作

腆善也

魚網之設鴻則離之言所得非所求也○箋云設魚網者宜得魚鴻乃鳥也反離焉猶齊女以禮來求世子而得宣公燕婉之求得此戚施戚施不能仰者○箋云戚施面柔下人以色故不能仰也

論曰毛傳新臺訓詁而已其言既簡不知其意如何未可遽言其得失至鄭轉釋籧篨爲口柔戚施爲面柔然後一篇之義皆失國語晉胥臣對文公言籧篨不可使俯注謂籧篨偃人不可使俛戚施不可使仰注謂戚施僂人不可使仰與僬僥侏儒矇瞍嚚瘖聾聵僮昏之類皆是人

之不幸而身病者故謂之八疾鄭旣以謂籧篨戚施並斥衛宣公據詩宣公淫亂不恤國事兵革數起北風刺其虐政衛人怨怒相攜持而叛去二子乘舟又殺伋壽乃是衛之暴君似非柔者其淫於子婦鳥獸之行最爲大惡詩人刺之宜加以深惡（音汚）之言不當但言其口柔面柔而已鄭意自謂籧篨戚施本是病人以口柔面者似之故取以爲言爾使宣公口面不柔邪詩人

刺其大惡何故委曲取此小疾以斥之使
宣公性實柔邪不當兼此二事蓋公柔不
能俯則是仰矣又安得戚施面柔不能仰
則是俯矣又安得籧篨哉一人之身不容
兼此二事此尤可笑者鮮少殄絶訓釋甚
明而鄭解鮮爲善又改殄爲腆以曲成己
説此尤不可取也今以毛傳訓詁求詩本
義又據毛解卒章則毛雖簡略於義爲得
本義曰衛人惡宣公淫其子婦乃臨河上

築高臺而邀迹之以求燕婉之樂國人過其下者多仰面視之不少不絕言國人仰視者多也此惡宣公淫不避人如鳥獸爾卒章言齊姜本嫁其子反與其父於此臺上共求燕婉之樂使國人見此又或俯面而不欲視之得此猶遇此也言遇此人而俯面不欲視據詩公在臺上其下之人甚衆有仰而視者有俯而不欲視者然則不欲視者惡之尤深

二子乘舟二章章四句

二子乘舟思伋壽也衛宣公之二子爭相爲死國人傷而思之作是詩也○二子乘舟汎汎其景二子伋壽也宣公爲伋取于齊女而美公奪之生壽及朔朔與其母愬伋於公公令伋之齊使賊先待於隘而殺之壽知之以告伋使去之伋曰君命也不可以逃壽竊其節而先往賊殺之伋至曰君命殺我壽有何罪賊又殺之國人傷其涉危遂往如乘舟而無所薄汎汎然迅疾不而礙也願言思子中心養養願每也養養然憂不知所定○箋云願念也念我思此二子心爲之憂養養然二子乘舟汎汎其逝逝往也願言思子不瑕有害言二子之不遠害○箋云瑕猶過也我念思此二子之事於行無過差有何不可而不去也

論曰二子乘舟汎汎其景毛謂國人傷二子涉危遂往如乘舟而無所薄汎汎然迅疾而不礙也據傳言壽伋相繼而往皆見殺豈謂汎汎然不礙引譬不類非詩人之意也宣公奪伋妻爲鳥獸之行使伋之齊而殺之伋當逃避使宣公無殺子之事不陷於罪惡乃爲得禮若壽者益不當先往而就死二子舉非合理死不得其所聖人之所不取但國人憐而哀其不幸故詩人

述其事以譬夫乘舟者汎汎然無所維制至於覆溺可哀而不足尚亦猶語謂暴虎憑河死而無悔者也詩人之意如此而已不瑕有害毛說是矣

牆有茨三章章六句

牆有茨衛人刺其上也公子頑通乎君母國人疾之而不可道也宣公卒惠公幼其庶兄頑烝於惠公之母生子五人齊子戴公文公宋桓夫人許穆夫人〇牆有茨不可埽也興也牆所以防非常茨蒺藜也欲埽去之反傷牆也〇箋云國君以禮防制一國今其宮內有淫昏之行者猶牆之生蒺藜中冓之言不可道也中冓

內冓也○箋云內冓之言謂宮中所冓成頑與夫人淫昏之語所可道也言之醜也於君醜也牆有茨不可襄也襄除也中冓之言不可詳也詳審也所可詳也言之長也長惡長也牆有茨不可束也束而去之中冓之言不可讀也讀抽也○箋云抽猶出也所可讀也言之辱也

論曰牆有茨文義皆簡而易明由毛公一言之失鄭氏從而附之遂汩詩之本義公子頑通乎宣姜鳥獸之行人所共當惡加誅戮然宣姜是國君之母誅公子頑則暴

宣姜之罪傷惠公子母之道故不得而誅爾人詩乃引蒺藜人所惡之草今乃生於牆理當埽除然欲埽除則懼損牆以此公子頑罪當誅戮欲誅則懼傷惠公子母之道其義如此而已所謂毛公一言之失者謂牆所以防非常也且詩人取物比興本以意有難明假物見意爾若謂牆以防非常則雖有蒺藜生其上何害其制非常也且所謂牆以防非常者爲内外之限爾若

上有蒺藜則人益不可履而喻是於牆反有助爾此豈詩人之本意哉詩人本意但惡公子頑當誅懼有所傷而不得誅如蒺藜當去懼損牆而不得去爾毛公言去之傷牆則近矣

相鼠三章章四句

相鼠刺無禮也衛文公能正其羣臣而刺在位承先君之化無禮儀也○相鼠有皮人而無儀相視也無禮儀者雖居尊位猶爲闇昧之行○箋云儀威儀也視鼠有皮雖處高顯之處偷食苟得不知廉恥亦與

人無威儀者同人而無儀，不死何為！箋云：人以有威儀為貴，今反無之，傷化敗俗，不如其死，無所害也。相鼠有齒，人而無止。止，所止息。○箋云：止，容止。孝經曰：容止可觀。人而無止，不死何俟！俟，待也。相鼠有體，體，支體也。人而無禮。人而無禮，胡不遄死！遄，速也。

論曰：經義固常簡直明白，而未嘗不為詭者汙回汩亂而失之彌遠也。相鼠之義，不多直刺衛之群臣無禮儀爾。據詩之意，言人不如鼠，而爾毛鄭以鼠比人，此其失也。毛言居尊位為闇昧之行，考序及詩，皆無此義而鄭氏又從而附之謂偷食苟得不知廉耻皆詩所無鼠穴處詩人不以譬高位也本刺無禮儀何取鼠之偷食詩言鼠猶有皮毛以成其體而人反無威儀容止以自飭其身曾鼠之不如也人不如鼠則何不死爾此甚嫉之之辭也三章之意皆然更無他義也

考槃三章章四句

考槃刺莊公也不能繼先公之業使賢者退

而窮處（窮猶終也）○考槃在澗碩人之寬（考成槃樂也山夾水曰澗○箋云碩大也有窮處成樂在於此澗者形貌大人而寬然有虛乏之色）獨寐寤言永矢弗諼（箋云寤覺永長矢誓諼忘也在澗獨寐覺而獨言長自誓以不忘君之惡志在窮處故云然）考槃在阿碩人之薖（曲陵曰阿薖寬大貌○箋云薖飢意）獨寐寤歌永矢弗過（箋云弗過者不復入君之朝也）考槃在陸碩人之軸（軸進也○箋云軸病也）獨寐寤宿永矢弗告（無所告語也○箋云不復告君以善道）

論曰考槃本述賢者退而窮處鄭解永矢弗諼以謂誓不忘君之大惡永矢弗過謂誓不復入君之朝永矢弗告謂誓不告君

以善道如鄭之説進則喜樂退則怨懟乃不知命之狠人爾安得爲賢者也孔孟常不遇矣所居之國其君召之以禮無不往也顔子常窮處矣人不堪其憂而不改其樂也使詩人之意果如鄭説孔子録詩必不取也

本義曰考成槃樂也考槃在澗碩人之寛獨寐寤言永矢弗諼謂碩人居於山澗之間不以爲狹而獨言自謂不忘此樂也碩

人之寬潤居雖狹賢者以爲寬也永失弗過者謂安然樂居潤中不復有所他之也永矢弗告者自得其樂不可妄以語人也

氓六章章十句

氓刺時也宣公之時禮義消亡淫風大行男女無別遂相奔誘華落色衰復相棄背或乃困而自悔喪其妃耦故序其事以風焉美反正刺淫泆也○氓之蚩蚩抱布貿絲氓民也蚩蚩敦厚之貌布幣也○箋云幣者所以貿賣物也季春始蠶孟夏賣絲匪來貿絲來即我謀箋云

匪非也即就也此民匪來貿絲但來就我欲與我謀爲室家也送子涉淇至于頓丘丘一成爲頓丘○箋云子者男子之通稱言民誘己已乃送之涉淇水至此頓丘定室家之謀且會爲期匪我愆期子無良媒愆過也○箋云良善也非我心欲過子之期子無善媒來告期時將子無怒秋以爲期將願也○箋云將請也民欲爲近期故語之曰請子無怒秋以與子爲期乘彼垝垣以望復關垝毀也復關君子所近也○箋云前既與民以秋爲期期至故登毀垣鄉其所近而望之猶有廉恥之心故因復關以託號民云此時始秋也不見復關泣涕漣漣言其有一心乎君子故能自悔○箋云用心專者怨必深既見復關載笑載言箋云則笑則言喜之爾卜爾筮體無咎言龜曰卜蓍曰筮體兆卦之體○箋云爾女也復關既見此婦人告之曰我卜女筮女宜爲室家矣兆卦之繇無凶咎之辭言其皆吉又誘定之以爾車來以我

賄遷賄財遷徙也○箋云女女復關也信其卜筮皆吉故答之曰徑以女車來迎我我以所有財賄徙就女也桑之未落其葉沃若于嗟鳩兮無食桑葚于嗟女兮無與士耽桑女功之所起沃若猶沃沃然鳩鶻鳩也食桑葚過則醉而傷其性耽樂也女與士耽則傷禮義○箋云桑之未落謂其時仲秋也於是時國之賢者刺此婦人見誘故于嗟而戒之鳩以非時食葚猶女子嫁不以禮耽非禮之樂士之耽兮猶可說也女之耽兮不可說也箋云說解也士有百行可以功過相除至於婦人無外事維以貞信爲節桑之落矣其黃而隕自我徂爾三歲食貧淇水湯湯漸車帷裳隕隋也湯湯水盛貌帷裳婦人之車也○箋云桑之落矣謂其時季秋也復關以此時車來迎已徂往也我自是往之女家女家乏穀食已三歲貧矣言此者明已之悔不以女今貧故也帷裳童容也我乃渡深水至漸車童容猶冒此難而往

又明已專心於女女也不爽士貳其行爽差也○箋云我心於女故無差貳而復

閔之行有二意士也罔極二三其德極中也三歲爲婦靡室

勞矣箋云靡無也無居室之勞言不以婦事見困苦有舅姑曰婦夙興夜寐靡有朝

矣箋云無有朝者常早起夜臥非一朝然言已亦不解惰言既遂矣至于暴矣箋云

言我也遂猶久矣謂三我既久矣謂三歲之後見遇浸薄乃至見酷暴兄弟不知咥其笑

矣咥咥然笑○箋云兄弟在家不知我之見酷暴若其知之則咥咥然笑我靜言思之躬自

悼矣悼傷也○箋云靜安躬身也我安思君子之遇已無終則身自哀傷及爾偕老老

使我怨箋云及與也我欲與女俱至於老老乎女反薄我使我怨也淇則有岸隰

則有泮泮坡也○箋云泮讀爲畔畔厓也言淇與隰皆有厓岸以自拱持今君子放恣心意曾無所拘制總

角之宴言笑宴宴信誓旦旦總角結髮也晏晏和柔也信誓旦旦然。箋云我爲童女未笄結髮宴然之時女與我言笑晏晏然而和柔我其以信相誓旦旦然言其懇惻款誠不思其反箋云反復也今老而使我怨曾不念復其前言反是不思亦已焉哉箋云已焉哉謂此不可柰何死生自決之辭

論曰氓據序是衛國淫奔之女色衰而爲其男子所棄困而自悔之辭也今考其詩一篇始終皆是女責其男之語凡言子言爾者皆是女謂其男也鄭於爾卜爾筮獨以謂告此婦人曰我卜汝宜爲室家且上

下文初無男子之言語忽以此一句爲男告女豈成文理據詩所述是女被棄逐怨悔而追序與男相得之初殷勤之篤而責其終始棄背之辭云子初來即我謀我既許子而爾乃決以卜筮於是我從子而往爾推其文理爾卜爾筮者女爾其男子也桑之未落其葉沃若于嗟鳩兮無食桑葚于嗟女兮無與士耽皆是女被棄逐困而自悔之辭鄭以爲國之賢者刺此婦人見誘

故于嗟而戒之今據上文以我賄遷下文
桑之落矣皆是女之自語豈於其間獨此
數句爲國之賢者之言據序但言序其事
以風則是詩人序述女語爾不知鄭氏何
從知爲賢者之辭蓋臆說也桑之沃若喻
男情意盛時可愛至黄而隕又喻男意易
得衰落爾鄭以桑未落爲仲秋時又謂鳩
非時而食葚且桑在春夏皆未落豈獨仲
秋而仲秋安得有葚此皆其失也蓋女謂

我愛彼男子情意盛時與之耽樂而不思後患譬如鳩愛葚而食之過則爲患也兄弟不知咥其笑矣據文本謂不知而笑鄭箋云若其知之則笑我與詩義正相反也詩述女言我爲男子誘而奔也兄弟不知我今被其酷暴乃笑我爾意謂使其知我今困於棄逐則當哀我也其義如此而已

竹竿四章章四句

竹竿衛女思歸也適異國而不見答思而能

以禮者也○籊籊竹竿以釣于淇興也籊籊長而殺也釣以得魚如婦人待禮以成爲室家也豈不爾思遠莫致之箋云我豈不思與君子爲室家乎君子疏遠已已無由致此道泉源在左淇水在右泉源小水之源淇水大水也○箋云小水有流入大水之道猶婦人有嫁於君子之禮今水相與爲左右而已亦以喻已不見答女子有行遠兄弟父母箋云行道也女子有道當嫁爾不以不答而違婦禮淇水在右泉源在左巧笑之瑳佩玉之儺瑳巧笑貌儺行有節度○箋云已雖不見答猶不惡君子美其容貌與禮儀也淇水滺滺檜楫松舟滺滺流貌檜柏葉松身楫所以櫂舟也舟楫相配得水而行男女相配得禮而備○箋云此傷已今不得夫婦之禮駕言出遊以寫我憂出遊思鄉衛之道○箋云適異國而不見答其除此憂維有歸爾

詩曰竹竿之詩據文求義終篇無比興之言直是衛女嫁於異國不見答而思歸之詩爾其言多述衛國風俗所安之樂以見己志思歸而不得爾而毛鄭曲爲之說常以淇水爲比喻詩曰籊籊竹竿以釣于淇毛謂釣以得魚如婦人待禮以成爲室家取物比事既非倫類又與下文不相屬詩下文云豈不爾思遠莫致之且衛女嫁在夫家但恩意不相厚爾是所謂近而不相

得也而詩云遠莫致之故知毛說難通也
鄭又以泉源小水當流入淇大水今不入
淇而相左右喻女當歸夫家而不見答如
鄭此說是以泉源喻女而以淇水喻夫家
也若然則小水自不流入淇是衛女自不
歸夫家爾義豈得安又其下章云淇水滺
滺檜楫松舟謂舟楫相配得水而行如男
女相配得禮而備則又以淇水喻禮也不
唯淇水喻禮儀自不倫且上章以其水喻

夫家下章又以淇水喻禮詩人不必二三其意雜亂以惑人也
本義曰衛女之思歸者述其國俗之樂云有籊籊然執竿以釣于淇者我在家時常出而見之今我豈不思復見之乎而遠嫁異國不得歸爾又言泉淇二水之間衛人之所常遊處也今我嫁在異國與父母兄弟皆不得相近况此二水乎因又思衛女之在其國者巧笑佩玉威儀閒暇樂然於

二水之上念已有所不如也又言淇水滺滺然有乘舟而遊者亦可樂也序言思而能以禮者謂雖不見答而不敢道夫家之過惡亦不敢有欲去之心但陳衛國之樂以見思歸之意爾若俗風及氓則多述夫家之過惡也

揚之水三章章六句

揚之水刺平王也不撫其民而遠屯戍于母家周人怨思焉 怨平王恩澤不行於民而久令屯戍不得歸思其鄉里之處者言周人者時諸侯亦

有使人戍焉平王母家申國在陳鄭之南迫近彊楚王室微弱而數見侵伐王是以戍之○揚之水不流束薪興也揚激揚也○箋云激揚之水至湍迅而不能流移束薪興者喻平王政教煩急而恩澤之令不行于下民彼其之子不與我戍申戍守也申姜姓之國平王之舅○箋云之子是子也彼其是子獨處鄉里不與我來守申是思之言也其字或作記或作己讀声相似懷哉懷哉曷月予還歸哉箋云懷安也思鄉里處者故曰今亦安不哉安不哉何月我得還歸見之哉思之甚揚之水不流束楚楚木也彼其之子不與我戍甫甫諸姜也懷哉懷哉曷月予還歸哉揚之水不流束蒲蒲草也○箋云蒲蒲柳彼其之子不與我戍許許諸姜也懷哉懷哉曷月予還歸哉

論曰據詩三章周人以出戍不得更代而怨思爾其序言不撫其民者謂劳民以遠戍也鄭氏不原其意遂以不流束薪爲恩澤不行於民且激揚之水本取其力弱不能流移束薪與恩澤不行意不類由鄭氏泥於不撫其民而不考詩之上下文義也

本義曰激揚之水其力弱不能流移於束薪猶東周政衰不能召發諸侯獨使周人遠戍久而不得代爾彼其之子周人謂他

諸侯國人之當戍者也曷月還歸者久而不得代也

兎爰三章章七句

兎爰閔周也桓王失信諸侯背叛構怨連禍王師傷敗君子不樂其生焉不樂其生者寐不欲覺之謂也有兎爰爰雉離于羅興也爰爰緩意鳥網爲羅言爲政有緩有急用心之不均○箋云有緩者有所聽從也有急者有所操蹙也我生之初尚無爲尚無成人爲也○箋云尚庶幾也言我幼稚之時庶幾於無所爲謂軍役之事也我生之後逢此百罹尚寐無吪罹憂也吪動也○箋云我長大之後乃遇此軍役之多憂今但庶幾於寐不欲見動無所樂生之甚有兎爰爰

雉離于罦罦覆車也我生之初尚無造造為也我生之後逢此百憂尚寐無覺有兔爰爰雉離于罿罿罬也我生之初尚無庸庸用也○箋云庸勞也我生之後逢此百凶尚寐無聰聰聞也○箋云百凶者王構怨連禍之凶

論曰鄭氏於詩其失非一或不取序文致乖詩義或遠棄詩義專泥序文或序與詩皆所無者時時自爲之說兔爰之義據序文及詩本以桓王之時周道衰微諸侯背叛君子惡居君亂世不樂其生之詩也而鄭

氏泥於王師傷敗之言遂以逢此百羅爲軍役之事又以兎雉喻政有緩急且詩言欲寐而不覺其惡時甚矣政有緩急未爲大害也矧夫政體自當有緩有急就令寬猛失中詩人未至欲寐而不覺也

本義曰有兎爰爰雉離于羅者歎物有幸不幸也謂兎則爰爰而自得雉則陷身於羅網則幸而雉不幸也其曰我生之物尚無爲者謂昔時周人尚幸世無事而閑緩

如兔之爰爰也我生之後逢此百罹者謂今時周人不幸遭此亂世如雉陷於網羅蓋傷已適丁其時也

采葛三章章三句

采葛懼讒也桓王之時政事不明臣無大小使出者則為讒人所毀故懼之○彼采葛兮一日不見如三月兮興也葛所以為絺綌也事雖小一日不見於君憂懼於讒矣○箋云興者以采葛喻臣以小事使出彼采蕭兮一日不見如三秋兮蕭所以共祭祀○箋云彼采蕭者喻臣以大事使出彼采艾兮一日不見如三歲兮艾所以療疾○箋云彼采艾者喻臣以急事使出

論曰詩人取物爲比比所刺美之事爾至於陳己事可以直述不假曲取他物以爲辭采葛采蕭采艾皆非王臣之事此小臣賤有司之爲也讒人者害賢材離間親信此乃大臣賢士之所懼彼詩人不當引小臣賤有司之賢以自陳此毛鄭未得於詩而彊爲之說爾故毛直以謂采葛者自懼讒而鄭覺其非因轉釋以爲喻臣以小事出使者二家之說自相違異皆由失其本

義也

本義曰詩人以采葛采蕭采艾者皆積少以成多如王聽讒積微而成惑夫讒者踈人之所親疑人之所信奪人之所愛非一言可効一日可爲必須累積而後成或漸入而日深或多言之並進故曰浸潤之譖又謂積毀銷骨也是以詩人刺讒常以積少成多爲患采葛之義如是而已至於菜苓防有鵲巢卷伯青蠅其義皆然

丘中有麻三章章四句

丘中有麻思賢也莊王不明賢人放逐國人思之而作是詩也思之者思其來已得見之○丘中有麻彼留子嗟留大夫氏子嗟字也丘中墝埆之處盡有麻麥草木乃彼子嗟之所治○箋云子嗟放逐於朝去治卑賤之職有而功所在則治理所以爲賢彼留子嗟將其來施施施施難進之意○箋云施施舒行伺間獨來見己之貌丘中有麥彼留子國子國子嗟父○箋云言子國使丘中有麥著其世賢彼留子國將其來食子國復來我乃得食○箋云言其將來食庶其親己己得厚待之丘中有李彼留之子箋云丘中而有李又留氏之子所治彼留之子貽我佩玖玖石次玉者言能遺我美寶○箋云留氏之子於思者則朋友之子庶其

欲已而遺已也

論曰留爲姓氏古固有之然考詩人之意所謂彼留子嗟者非爲大夫之姓留者也莊王事跡略見春秋史記當時大夫留氏亦無所聞於人其被放逐亦不見其事既其事不顯著則後世何從知之詩人但以莊王不明賢人多被放逐所以刺爾必不専主留氏一家及其云子國則毛公又以爲子嗟之父前世諸儒皆無考據不知毛

公何從得之若以子國爲父則下章云彼留之子復是何人父子皆賢而並被放逐在理已無若汎言留氏舉族皆賢而皆被棄則愈不近人情矣况如毛鄭之説留氏所以稱其賢者能治麻麥種樹而已矣夫周人衆矣能此者豈一留氏乎况能之未足爲賢也此詩失自毛公而鄭又從之

本義曰莊王之時賢人被放逐退處於丘壄國人思之以謂麻麥之類生於丘中以

其有用皆見收於人惟彼賢如子嗟子國者獨留於彼而不見録其未施難於自進也將其來食思其未而禄之也貽我佩玖謂其有美德也子嗟子國當時賢士之字子汎言之也

歐陽文忠公毛詩本義卷第三

歐陽文忠公毛詩本義卷第四

翰林學士兼龍圖閣學士朝散大夫給事中知制誥充史館修撰判秘閣歐陽　脩

叔于田三章章五句

叔于田刺莊公也叔處于京繕甲治兵以出于田國人說而歸之（繕之言善也甲鎧也）○叔于田巷無居人（叔大叔段也田取禽也巷里塗也○箋云叔往田国人注心于叔似如無人處）豈無居人不如叔也洵美且仁（箋云洵信也言叔信美好而又仁）叔于狩巷無飲酒（冬獵曰狩○箋云飲酒謂燕飲也）豈無飲酒不如叔也洵美且好叔適野巷無服馬（箋云適之也郊外曰野服馬猶乘馬也）

豈無服馬不如叔也洵美且武箋云武有武節
論曰叔于田之義至簡而明毛鄭於飲酒
服馬無所解說而謂巷無居人者國人注
心於叔似如無人處不惟其說迂踈且與
下二章飲酒服馬文義不類以此知非詩
人本意也雖爲小失不可不正
本義曰詩人言大叔得衆國人愛之以謂
叔出于田則所居之巷若無人矣非實無
人雖有而不如叔之美且仁也其二章又

言叔出則巷無可共飲酒之人矣雖有而不如叔之美且好也其三章又言叔出則巷無能服馬之矣人雖有而不如叔之美且武也皆愛之人之辭

羔裘三章章四句

羔裘刺朝也言古之君子以風其朝焉言猶道也鄭自莊公而賢者陵遲朝無忠正之臣故刺之○羔裘如濡洵直且侯如濡潤澤也洵均侯君也○箋云緇衣羔裘諸侯之朝服也言古朝廷之臣皆忠直且君也君者言正其衣冠尊其瞻視儼然人望而畏之彼其之子舍命不渝渝變也○箋云舍猶處也之子是子也是子處命不變謂守死善道

見危授命之等羔裘豹飾孔武有力豹飾緣以豹皮也孔甚也彼其之子邦之司直司主也羔裘晏兮三英粲兮晏鮮盛貌三英三德也○箋云三德剛克柔克正直也粲衆意彼其之子邦之彥兮彥士之美稱

論曰羔裘晏兮三英粲兮毛鄭皆以三英爲三德者本無所據蓋旁取書之三德曲爲附麗爾六經所載三數甚多苟可曲以附麗則何說不可據詩三章皆上兩言述羔裘之美下兩言稱其人之善其一章曰羔裘如濡洵直且侯者言彼裘潤澤信可

以爲君朝服洵信也至其下言則稱其人曰彼其之子守命不變也其二章曰羔裘豹飾孔武有力言裘所以用豹爲飾者以豹有武力之獸也故其下言稱其人云彼其之子邦之司直者謂服以武力之獸爲飾而彼剛彊正直之人稱其服爾其三章曰羔裘晏兮三英粲兮亦當是述羔裘之美其下言始云彼其之子邦之彥兮者謂稱其服也英美也粲衣服鮮明貌但三英

失其義不知其爲何物爾故闕其所未詳

女曰雞鳴三章章六句

女曰鷄鳴刺不説德也陳古義以刺今不説德而好色也德謂士大夫賓客有德者○女曰鷄鳴士曰昧旦箋云此夫婦相警覺以夙興言不留色也子興視夜明星有爛言小星已不見也○箋云明星尚爛爛然早於别色時將翺將翔弋鳧與鴈閒於政事則翺翔習射○箋云弋繳射也言無事則往弋射鳧鴈以待賓客爲燕具弋言加之與子宜之宜肴也○箋云言我也子謂賓客也所弋之鳧鴈我以爲加豆之實與君之共肴也宜言飲酒與子偕老箋云宜乎我燕樂賓客而飲酒與之俱至老親愛之言也琴瑟在御莫不静好

君子無故不徹琴瑟賓主和樂無不安好知子之來之雜佩以贈之雜佩者珩璜琚瑀衝牙之類○箋云贈送也我若知子之必來我則豫儲雜佩去則以送子也與異國賓客燕時雖無此物猶言之以致其厚意其若有之固將行之士大夫以君命出使主國之臣必以燕禮樂之助君之歡知子之順之雜佩以問之問遺也○箋云順謂與己和順知子之好之雜佩以報之箋云好謂與己同好

論曰女曰雞鳴士曰昧旦是詩人述夫婦相與語爾其終篇皆是夫婦相語之事蓋言古之賢夫婦相語者如此所以見其妻之不以色取愛於其夫而夫之於其妻不

說其色而內相勉勵以成其賢也而鄭氏於其卒章知子之來之以爲子者是異國之賓客有言豫儲珩璜雜佩又云雖無此物猶言之以致意皆非詩文所有委曲生意而失詩本義且既解卒章以此又因以宜言飲酒與子偕老亦爲賓客斯又泥而不通者也今徧考詩諸國風言偕老者多矣皆爲夫婦之言也且賓實（客）一時相接豈有偕老之理是殊不近人情以此求詩何

由得詩之義

本義曰詩人刺時好色而不説德乃陳古賢夫婦相警勵以勤生之語謂婦勉其夫早起往取鳧鴈歸以爲具飲酒以相樂御其琴瑟樂而不淫以相期於偕老凡云子者皆婦謂其夫也其卒章又言知子之來相和好者當有以贈報之以勉其夫不獨厚於室家又當尊賢友善而因物以結之此所謂説德而不好色以刺時之不然也

有女同車二章章六句

有女同車刺忽也鄭人刺忽之不昬于齊也
大子忽嘗有功于齊齊侯請妻之齊女賢而
不取卒以無大國之助至于見逐故國人刺
之忽鄭莊公世子祭仲逐之而立突有女同車顔如舜華親迎同車也舜木槿也○
箋云鄭人刺忽不取齊女親迎與之同車故稱同車之禮齊女之美將翺將翔佩玉瓊琚
佩有琚瑀所以納間彼美孟姜洵美且都孟姜齊長女都閑也○箋云洵信也言孟
姜信美好又閑習歸礼有女同行顔如舜英行行道也英猶華也○箋云女始乘
車壻御輪三周御者代壻將翺將翔佩玉將將將將鳴玉而後行彼美

孟姜德音不忘箋云不忘者後世傳道其德也

山有扶蘇二章章四句

山有扶蘇刺忽也所美非美然言忽所美之人實非美人〇

山有扶蘇隰有荷華興也扶蘇扶胥小木也荷華扶渠也其華菡萏言高下大小各得其宜也〇箋云興者扶胥之木生于山喻忽置不正之人于上位也荷華生於隰喻忽置有美德者于下位此言其用臣顛倒失其所也不見子都乃見狂且子都世之美好者也狂狂人也且辭也〇箋云人之好美色不往覩子都乃反往覩醜狂之人以興忽好善不任用賢者反任用小人其意同山有橋松隰有游龍松木也龍紅草也〇箋云游龍猶放縱也橋松在山上喻忽無恩澤於大臣也紅草放縱支葉於隰中喻忽聽恣小臣此又言養臣顛倒失其所也不見子充乃見狡童子充良人也狡童昭公也〇箋云人之好忠良之人不往覩子

充乃反往覲狡童狡童有貌而無實

論曰有女同車序言刺忽不昏於齊卒以無大國之助至於見逐今考本篇了無此語若於山有扶蘇義則有之山有扶蘇序言刺忽所美非美考其本篇亦無其語若於有女同車義則有之二篇相次疑其戰國秦漢之際六經焚滅詩以諷誦相傳易爲差失漢興承其訛謬不能考正遂以至今然不知魯韓齊三家之義又爲何說也

今移其序文附二篇之首則詩煥義然不求自得定本有女同車刺忽也所美非美然山有扶蘇刺忽也鄭人刺忽之不昏于齊太子忽嘗有功于齊齊侯請妻之齊女賢而不取卒以無大國之助至於見逐故國人刺之毛鄭之說與予之本義學者可以擇焉

本義曰有女同車顔如舜華將翱將翔佩玉瓊琚彼美孟姜洵美且都云者詩人極

陳齊女之美如此而鄭忽不知爲美反娶於他國是所美非美也又曰山有扶蘇隰有荷華不見子都乃見狂且云者詩人以草木依託山隰皆得茂盛榮華以刺鄭忽不能依託大國以自安全遂斥其君比狂狡之童爾各舉一章則下章之義不異也

褰裳二章章五句

褰裳思見正也狂童恣行國人思大國之正已也狂童恣行謂突與忽爭國更出更入而無大國正之○子惠思我褰裳涉

溱惠愛也溱水名也○箋云子者斥大國之正卿子若愛而思我我國有突篡國之事而可征而正之我則揭衣渡溱水往告難也子不我思豈無他人箋云言他人者先鄉齊晉宋衛後之荊楚狂童之狂也且狂行童昏所化也○箋云狂童之人日爲狂行故使我言此也子惠思我褰裳涉洧洧水名也子不思我豈無他士士事也○箋云他事猶他人也大國之卿當天子之上士狂童之狂也且

論曰褰裳之詩鄭有忽突爭國之事思大國來定其亂也據詩但怨諸侯不來而箋意謂鄭人不往義正相反非其失也其曰子惠思我褰裳涉溱者謂彼大國有惠然

思念我鄭國之亂欲來爲我討正之者非道遠而難至但褰其裳行涉溱水而來則至矣言甚易而不來爾而鄭謂有大國思我則我揭衣渡水往告以難也且以難告人豈待其思而後往告亦不以艱難而不往也子不我思豈無他人者但言諸侯衆矣子不我思則當有他國思我者爾詩人假爲此言以述鄭怨諸侯不相救卹爾而鄭謂先鄉齊晉宋衛後之荆楚者穿鑿之

衍説也又曰豈無他士者猶言他人爾鄭謂大國之卿當天子之上士者亦拘儒之説也

子衿三章章四句

子衿刺學校廢也亂世則學校不修焉鄭國謂學爲校言可以校正道藝○青青子衿悠悠我心青衿青領也學子之所服○箋云學子而俱在學校之中已留彼去故隨而思之爾理父母在衣純以青縱我不往子寧不嗣音嗣習也古者教以詩樂誦之歌之弦之舞之○箋云嗣續也女曾不傳声問我以恩責其忘巳青青子佩悠悠我思佩佩玉也士佩瓀珉而青組綬縱我不往子寧不來

不來者言不一來也挑兮達兮在城闕兮挑達往來相見貌乘城而見闕○箋云周亂人廢學業但好登高見於城闕以候望為樂一日不見如三月兮言禮樂不可一日而廢○箋云君子之學以文為友以友輔仁獨斈而無友則孤柄而寡聞故思之甚

論曰子衿據序但刺鄭人學校不修爾鄭以學子在學中有留者有去者毛又以嗣為習謂習詩學樂又以一日不見如三月謂禮樂不可一日而廢苟如其[說]則學校修而不廢其有去者猶為居者責其求[來]學然則詩人復何所刺哉鄭謂子寧不嗣音為

責其忘已則是矣據詩三章皆是學校廢而生徒分散朋友不復群居不相見而相思之辭爾挑達城闕間日遨遊無度者也

東方之日二章章五句

東方之日刺衰也君臣失道男女淫奔不能以禮化也○東方之日兮彼姝者子在我室兮興也日出東方人君明盛無不照察也姝者初昏之貌○箋云言東方之日者愬之乎爾有姝姝美好之子來在我室欲與我爲室家我無如之何也日在東方其明未融興者喻君不明在我室兮履我即兮履禮也○箋云即就也在我室者以禮來我則就之與之去也言今者之子不以礼來也東方之月兮彼姝

者子在我闥兮月盛於東方君明於上若日也臣察于下若月也闥門内也○箋云月以興臣月在東方亦言不明在我闥兮履我發兮發行也○箋云以禮來則我行而與之去

論曰東方之日毛鄭皆以喻君而毛謂日出東方人君明盛鄭謂其明未融喻君不明東方之月毛鄭皆以喻臣而毛亦謂月盛於東方鄭又以爲不明以詩文考之日月非喻君臣毛鄭固皆失之矣至於明不明之說二家特相反而日出東方明最盛皆知愚所共見而鄭以爲不明者蓋遷就

已說爾若毛既謂日月在東方爲君臣盛明則於詩序所謂君臣失道者義豈得通此其又失也

本義曰東方之日日之初升也蓋言彼姝之子顔色奮然美盛如日之升也在我室兮履我即兮者相邀以奔之辭也此述男女淫風但知稱其美色以相誇榮而不顧禮義所謂不能以禮化也下章之義亦然

南山四章章六句

南山刺襄公也鳥獸之行淫乎其妹大夫遇是惡作詩而去之襄公之妹魯桓公夫人文姜也襄公素與淫通及嫁公謫之公與夫人如齊夫人愬之襄公襄公使公子彭生乘公而搤殺之夫人久留於齊莊公即位後乃來猶復會齊侯于禚于祝丘又如齊師齊大夫見襄公行惡如是作詩以刺之又非魯桓公不能禁制夫人而去之○南山崔崔雄狐綏綏興也南山齊南山也崔崔高大也國君尊嚴如南山崔崔然雄狐相隨綏綏然無別失陰陽之配○箋云雄狐行求匹耦於南山之上形貌綏綏然興者喻襄公居人君之尊而爲淫泆之行其威儀可耻惡如狐魯道有蕩齊子由歸蕩平易也齊子文姜也○箋云婦人謂嫁曰歸言文姜既以礼從此道嫁于魯侯也既曰歸止曷又懷止懷思也○箋云懷來也言文姜既曰嫁于魯侯矣何復來爲乎非其來也葛屨五兩冠緌雙止葛屨服之賤者冠緌服之尊者○箋云葛屨五兩喻文姜與姪娣及傅姆同處冠緌喻襄

公也五人為奇而襄公往從而雙之冠緌不宜同処猶襄公文姜不宜為夫婦之道魯道有蕩齊子庸止庸用也既曰庸止曷又從止箋云此言文姜既用此道嫁於魯侯襄公何復送而從之為淫泆之行蓺麻如之何衡從其畝蓺樹也衡獵之從獵之種之然後得麻○箋云樹麻者必先耕治其田然後樹之以言人君取妻必先議於父母取妻如之何必告父母必告父母廟○箋云取妻之礼議於生者卜於死者此之謂告既曰告之曷又鞫止鞫窮也○箋云鞫盈也魯侯女既告父母而取何復盈從令至于齊乎又非魯桓析薪如之何匪斧不克克能也○箋云此言析薪必待斧乃能也取妻如之何匪媒不得箋云此言取妻必待媒可得也既曰得止曷又極止極至也○箋云女既以媒得之矣何不禁制而恣極其邪意令至齊乎又非魯桓

論曰南山刺齊襄與魯文姜之事毛鄭得

之多矣其曰葛屨五兩冠緌雙止毛但云葛屨服之賤者冠緌服之尊者而不究其説鄭謂葛屨五兩喻文姜與娣姪傅姆同處冠緌喻襄公文姜與姪娣傅姆五人爲奇襄公往從而雙之詩人之意必不如此然本義已失矣故闕其所未詳

蟋蟀三章章八句

蟋蟀刺晉僖公也儉不中禮故作是詩以閔之欲其及時以禮自虞樂也此晉也而謂之

唐本其風俗憂深思遠儉而用禮乃有堯之遺風焉憂心思遠謂宛其死矣百歲之後之類也○蟋蟀在堂歲聿其莫今我不樂日月其除蟋蟀蛬也九月在堂聿遂除去也○箋云我我僖公也蛬在堂歲時之侯是時農功畢君可以自樂矣今不自樂日月且過去不復暇爲之謂十二月當復命農計耦耕事無已大康職思其居已甚康樂職主也○箋云君雖當自樂亦無甚大樂欲其用礼爲節也又當主思於所居之事謂國中政令好樂無荒良士瞿瞿荒大也瞿瞿然顧礼義也○箋云荒廢亂也良善也君之好樂不當至於廢亂政事當如善士瞿瞿然顧禮義也蟋蟀在堂歲聿其逝今我不樂日月其邁邁行也無已大康職思其外外礼樂之外○箋云外謂国外至四竟好樂無荒良士蹶蹶蹶蹶動而敏於事蟋蟀在堂役車其

休箋云庶人乘役車役車休農功畢無事也今我不樂日月其慆慆過也無已太康職思其憂憂可憂也○箋云憂者謂鄰國侵伐之憂好樂無荒良士休休休休樂道之心

論曰蟋蟀之義簡而易明鄭氏以農功爲說考序及詩但刺僖公不能以禮自娛樂爾初不及農功也國君之尊以禮宴樂自有時豈如庶人必待農隙乎鄭惟此爲衍說爾職思其外毛謂禮樂之外鄭謂國外至四境鄭又謂職思其憂爲鄰國侵伐之

事皆失之詩曰蟋蟀在堂者著歲將晚而日月之速宜爲樂也職思其外也謂國君行樂有時使不廢其職事而更思其外爾謂廣爲周慮也一國之政所憂非一事不專備侵伐也

揚之水三章二章章六句一章四句

揚之水刺晉昭公也昭公分國以封沃沃盛彊昭公微弱國人將叛而歸沃焉封沃者封叔父桓叔于沃沃也曲沃晉之邑也○揚之水白石鑿鑿興也鑿鑿然鮮明貌○箋云激揚之水波流湍疾洗去垢濁使

白石鑿鑿然興者喻桓叔盛彊除民所惡民得以有礼義也素衣朱襮從子于沃襮領也諸侯繡黼丹朱中衣沃曲沃也○箋云繡當為綃綃黼丹朱中衣中衣以綃黼為領丹朱為純也國人欲進此服去從桓叔既見君子云何不樂箋云君子謂桓叔揚之水白石皓皓皓皓絜白也素衣朱繡從子于鵠繡黼也鵠曲沃邑也既見君子云何其憂言無憂也揚之水白石粼粼粼粼清澈也我聞有命不敢以告人聞曲沃有善政命不敢以告人○箋云不敢以告人而去者畏昭公謂已動民心

論曰詩人本刺昭公封沃而桓叔盛彊而毛鄭謂波流湍疾洗去垢濁使白石鑿鑿然如桓叔除民所患民得有禮義遂如二

家之說則是桓叔善治其民非其國疆爲
晉患也據序所陳直謂昭公微弱不能制
桓叔之疆民將捨弱就疆叛而歸沃爾非
謂民知就禮義也使民知就禮義則晉雖
弱而不叛也詩王風鄭風及此有揚之水
三篇其王鄭二篇皆以激揚之水力弱不
能流移束薪豈獨於此篇謂波流湍疾洗
去垢濁以意求之當是刺昭公微弱不能
制沃與不流束薪義同則得之矣

本義曰激揚之水其力弱不能流移白石以興昭公微弱不能制曲沃而桓叔之疆於晉國如白石鑿鑿然見於水中爾其民從而樂之則詩文自見毛鄭之說亦通也

采苓三章章八句

采苓刺晉獻公也獻公好聽讒焉○采苓采苓首陽之巔興也苓大苦也首陽山名也采苓細事也首陽幽辟也細事喻小行也幽辟喻無徵也○箋云采苓采苓者言采苓之人衆多非一也皆云采此苓於首陽山之上首陽山之上信有苓矣然而今之采者未必於此山然而人必與之與者喻事有似而非人之爲言苟亦無信舍旃舍旃舍

苟矣亦無然苟誠也○箋云苟且也爲言謂爲人爲善言以稱薦之欲使見進用也旃之言焉也舍之言焉舍之焉謂謗訕人欲使見貶退也此二者且無信受之且無答然人之爲言胡得焉箋云人以此言來不信受之不答然之從後察之或時見罪何所得采苦采苦首陽之下苦苦菜也人之爲言苟亦無與舍旃舍旃苟亦無然無與勿用也人之爲言胡得焉采葑采葑首陽之東葑菜名也人之爲言苟亦無從舍旃舍旃苟亦無然人之爲言胡得焉

論曰毛以采苓爲細事與采葛傳同予於采葛論之矣鄭又轉釋細事以爲小行詩

人之意明白固不使後人須轉釋而後知也首陽山名人所共見而易知者毛以爲幽僻鄭以爲無徵皆踈矣至於人之爲言苟亦無信舍旃舍旃苟亦無然以文意考之本是述一事而鄭分爲二謂人之爲言是稱薦人欲使見進用舍旃舍旃是謗訕人欲使見貶退者考詩之意不然也蓋其下文再舉人之爲言而不復舉舍旃舍旃者知非二事也

本義曰采苓者積少成多如讒言漸積以成感與采葛義同其曰人之爲言苟亦無信舍旃舍旃苟亦無然人之爲言胡得焉者戒獻公聞人之言且勿聽信置之且勿以爲然更考其言何所得謂徐察其虛實也義止如是而已

蒹葭三章章八句

蒹葭刺襄公也未能用周禮將無以固其國焉秦處周之舊土其人被周之德教日久矣今襄公新爲諸侯未習周之禮法故國人未服焉○蒹葭蒼蒼

白露爲霜 興也蒹蒹葭蘆也蒼蒼盛也白露凝戾爲霜然後歲事成國家待礼然後興○箋云蒹葭在衆草之中蒼蒼然彊盛至白露凝戾爲霜則成而黄興者喻衆民之不從襄公政令者得周礼以教之則服 所謂伊人在水一方 伊維也一方難至矣○箋云伊當作繄繄猶是也所謂是知周禮之賢人乃在大水之一邊假喻以言遠 遡洄從之道阻且長 逆流而上曰遡洄逆禮則莫能以至也○箋云此言不以敬順往求之則不能得見 遡游從之宛在水中央 順流而涉曰遡游順礼求濟道來迎之○箋云宛坐見貌以敬順求之則近爾易得見也 蒹葭凄凄白露未晞 凄凄猶蒼蒼也晞乾也○箋云未晞未有霜 所謂伊人在水之湄 湄水隒也 遡洄從之道阻且躋 躋升也○箋云升者言其難至如升阪 遡游從之宛在水中坻 坻小者也 蒹葭采采白露未已 采采猶凄凄也未已猶未至也 所謂伊

人在水之涘涘厓也遡迴從之道阻且右右出其右也○箋云右者言其
迂迴也遡游從之宛在水中沚小渚曰沚
論曰據詩序但言刺襄公未能用周禮爾
鄭氏以謂秦處周之舊土其人被德周教
日久襄公新爲諸侯未習周之禮法故國
人未服按史記秦本紀周幽王時西戎犬
戎與申侯伐周殺幽王秦襄公將兵救周
戰有功周避犬戎難東徙洛邑襄公以兵
送周平王平王封襄公爲諸侯賜之岐以

西之地曰戎無道侵奪我岐豐之地秦能
攻逐戎即有其地襄公於是始國與諸侯
通十二年伐戎至岐而卒子文公立居西
垂宫十六年以兵伐戎戎敗走於是遂收
周餘民有之地至岐又據詩小戎序云襄
公備其兵甲以討西戎西戎方彊而征伐
不休但言征伐而不言敗逐之以史記及
小戎序考之蓋自西戎侵奪岐豐周遂東
遷雖以岐豐賜秦使自攻取而終襄公之

世不能取之但嘗一以兵岐至而卒至文公立丕十六年始逐戎而取岐豐之地然則當詩人作蒹葭之時秦猶未得周之地鄭氏謂秦處周之舊土大旨既乖其餘失詩本義不論可知

本義曰秦襄公雖未能攻取周地然已命爲諸侯受顯服而不能以周禮變其夷狄之俗故詩人刺之以謂蒹葭水草蒼蒼然茂盛必待霜降以成其質然實〔後〕堅實而可

用以比秦雖彊盛必用周禮以变其夷狄之俗然後可列於諸侯所謂伊人者斥襄公也謂彼襄公如水旁之人不知所適欲逆流而上則道遠而不能達欲順流而下則不免困於水中以興襄公雖得進列諸侯而不知所爲歆慕中國之禮義旣邈不能及退循其舊則不免爲夷狄也白露未晞未已謂未成霜爾

歐陽文忠公毛詩本義卷第四

歐陽文忠公毛詩本義卷第五

翰林學士兼龍圖閣學士朝散大夫給事中知制誥充史館修撰判秘閣歐陽　脩

東門之枌三章章四句

東門之枌，疾亂也。幽公淫荒，風化之所行，男女棄其舊業，亟會於道路，歌舞於市井爾。○

東門之枌，宛丘之栩。枌，白楡也。栩，杼也。國之交會，男女之所聚。子仲之子，婆娑其下。子仲，陳大夫氏。婆娑，舞也。○箋云：之子，男子也。

穀旦于差，南方之原。穀，善也。原，大夫氏。○箋云：旦，明。于，曰。差，擇也。朝日善明，曰相擇矣，以南方原氏之女可以爲上處。不績其麻，市也婆娑。箋云：績麻者，婦人之事也。疾其今不爲。

穀旦于逝，越以鬷邁

逝往鬷數邁行也○箋云越於鬷摠也朝日善明曰往矣謂之所會處也於是以摠行欵男女合行視爾如荍貽我握椒荍芘芣也椒芬香也○箋云男女交會而相說曰我視女之顏色美如芘芣之華然女乃遺我一握之椒交情好也此本淫亂之所由

論曰子仲之子莫知為男也女也而鄭謂之男子穀旦者善旦也猶今言吉日爾鄭謂朝日善明者何其迂邪南方之原毛以為陳大夫原氏而鄭因以此原氏國中之最上處而家有美女附其說者遂引春秋莊公時季友如陳葬原仲為此原氏且原

氏陳之貴族宜在國中而曰南方之原者何哉據詩人所陳當在陳國之南方也而說者又以不績其麻而舞於市者遂爲原氏之女皆詩無明文以意增衍而惑學者非一人之失也

本義曰陳俗男女喜淫風而詩人斥其尤者子仲之子常婆娑於國中樹下以相誘說因道其相誘之語曰當以善旦期於國南之原野而其婦女亦不務績麻而婆娑

於市中其下章又述其相約以往而悅慕其容色贈物以爲好之意蓋男女淫奔多在國之郊野所謂南方之原者猶東門之墠也

衡門三章章四句

衡門誘僖公也愿而無立志故作是詩以誘掖其君也誘進也掖扶持也○衡門之下可以棲遲衡門橫木爲門言淺陋也棲遲遊息也○箋云賢者不以衡門之淺陋則不遊息於其下以喻人君不可以國小則不興治致政化泌之洋洋可以樂飢○泌泉水也洋洋廣大也樂飢可以樂道忘飢○箋云飢者不足於食也泌水之流洋洋然

飢者見之可飲以樂飢以喻人君慤愿任用賢臣則政教成亦猶是也豈其食魚必河之魴豈其娶妻必齊之姜箋云此言何必河之魴然後可食取其口美而已何必大國之女然後可妻亦取貞順而已以喻君任臣何必聖人亦取忠孝而以齊姜姓豈其食魚必河之鯉豈其取妻必宋之子箋云宋子姓

論曰毛鄭解衡門之下可以棲遲其義是矣自泌之洋洋以下鄭解爲任用賢人則詩無明文大抵毛鄭之失在於穿鑿皆此類也鄭改樂爲療謂飲水療飢理豈然哉

本義曰詩人以陳僖公其性不愆故可以

勉進於善而惜其懦無自立之志故作詩以誘進之云衡門雖淺陋若居之不以爲陋則亦可以遊息於其下泌水洋洋然若閔之而樂則亦可以忘飢言陳國雖小若有意於立事則亦可以爲政以扎勉其不能而誘進之也其首章既言雖小亦有可爲其二章三章則又言何必大國然後可爲譬如食魚者凡魚皆可食若必待魴鯉則不食魚矣譬如取妻諸姓之女皆可娶

若必待齊宋之族則不取妻矣是首章之意言小國皆可有爲而二章三章言大國不可待而得此所謂誘掖之也

防有鵲巢二章章四句

防有鵲巢憂讒賊也宣公多信讒君子憂懼焉○防有鵲巢邛有旨苕興也防邑也邛丘也苕草也○箋云防之有鵲巢邛之有美苕處勢自然興者喻宣公信多言之人故致此讒人誰侜予美心焉忉忉侜張誑也○箋云誰誰讒人也女衆讒人誰侜張誑欺我所美之人乎使我心忉忉然所美謂宣公中唐有甓邛有旨鷊中中庭也唐堂塗也甓令適也鷊綬草也誰侜予美心焉惕惕

惕惕猶忉忉也

論曰詩人刺讒之意予於采葛論之矣鄭以防之有鵲巢卭之有旨苕處勢自然喻宣公信讒致此讒人其説汗漫不切於理若謂處勢自然則何物不然而獨引鵲巢旨苕邪至於中唐有甓則無所解蓋理有不通不能爲説也

本義曰詩人刺陳宣公好信讒言而國之君子皆憂懼及已謂譖言惑人非一言一

日之致必由累積而成如防之有鵲巢漸積累成之爾又如苕饒蔓引牽連將及我也中唐有甓非一甓也亦以積累而成旨鷊綬草雜衆色以成文猶多言交織以成惑義與貝錦同

匪風三章章四句

匪風思周道也國小政亂憂及禍難而思周道焉○匪風發兮匪車偈兮發發飄風風非有道之風偈偈疾驅非有道之車顧瞻周道中心怛兮怛傷也下國之亂周道滅也○箋云周道周之政令也迴首曰顧匪

風飄兮，匪車嘌兮。迴風爲飄，嘌嘌無節度也。顧瞻周道，中心弔兮。弔，傷也。

誰能亨魚？漑之釜鬵。漑，滌也。鬵，釜屬。亨魚煩則碎，治民煩則散，知亨魚則知治民矣。○箋云：誰能者，言人偶能割亨者。誰將西歸？懷之好音。周道在乎西，懷，歸也。○箋云：誰將者，亦言人偶能輔周道治民者也。檜在周之東，故言西歸。有能西仕於周者，我則懷之以好音，謂周之舊政令。

論曰：毛傳「發發飄風，偈偈疾驅」是矣，而云「非有道之風，非有道之車」者，非也。至於「誰能亨魚，漑之釜鬵」，則惟以老子「亨小鮮」之說解「亨魚」二字。今考詩人之意，云「誰能亨魚」者，是設爲發問之辭，而其意在下文也。

毛鄭止解烹魚至於漑之釜鬵則無所說遂失詩人之意

本義曰詩人以檜國政亂憂及禍難而思天子治其國政以安其人民其言曰我顧瞻鄉周之道欲往告以所憂而不得往者非爲風之飄發非爲車之偈偈而不安我中心自有所傷怛而不寧也其卒章曰誰能烹魚漑之釜鬵者謂有能烹魚者必先滌濯其器器潔則可以烹魚若言誰能治

安我人民必先平其國之亂政國亂平則我民安矣故其下文又問誰將西至于周使其慰我以好音者謂思周人來平其國亂也

候人四章章四句

候人刺近小人也共公遠君子而好近小人焉○彼候人兮何戈與祋候人道路送賓客者何揭祋殳也言賢者之官不過候人○箋云是謂遠君子也彼其之子三百赤芾彼彼曹朝也芾韠也一命緼芾黝珩再命芾赤黝珩三命赤芾葱珩大夫以上赤芾乘軒○箋云之子是子也佩赤芾者三百人維鵜在梁不濡其

翼鵜洿澤鳥也梁水中之梁鵜在梁可謂不濡其翼乎○箋云鵜在梁當濡其翼而不濡者非其常也以喻小人在朝亦非其常彼其之子不稱其服箋云不稱者言德薄而服尊維鵜在梁不濡其咮咮喙也彼其之子不遂其媾媾厚也○箋云遂猶久也不久其厚言終將薄於君也

薈兮蔚兮南山朝隮薈蔚雲興貌南山曹南山也隮升雲也○箋云薈蔚之小雲朝升於南山不能爲大雨以喻小人雖見任于君終不能成其德教婉兮孌兮季女斯飢婉少貌孌好貌季人之少子也女民之弱者○箋云天無大雨則歲不熟而幼弱者飢猶國之無政令則下民困病

論曰候人箋傳往往得之至維鵜不濡其翼則毛鄭各自爲說然皆不得詩之本義而鄭猶近之毛云鵜在梁可謂不濡其翼

手詳其語謂在梁則濡翼矣此非詩人意也鄭謂當濡翼而不翼爲非常考詩之意謂鵜不宜在梁如小人竊位爾豈謂不濡其翼爲非常耶不遂其媾毛鄭訓媾爲厚鄭又以遂爲久今徧考前世訓詁無厚久之訓訓釋既乖則失之遠矣鄭又謂天無大雨歲不熟則幼弱者飢此尤迂濶之甚也據詩本無天旱歲飢之事但以南山朝隮之雲不能大雨假設以喻小人不足任

大事爾安有幼弱者飢之理況歲凶飢人不止幼弱也鄭箋朝隮其說是矣至幼弱者飢則何其迂哉媾婚媾也馬融謂重婚爲媾不知其何據而云也鄭於注易又以媾爲會大抵婚媾古人多連言之蓋會聚合好之義也

本義曰曹共公遠賢而親不肖詩人刺其斥遠君子至有爲候人執戈祋以走道路者而近彼小人寵以三命之芾於朝者三

百人因取水鳥以比小人鵜鶘澤也俗謂
淘河常群居泥水中飢則没水求魚以食
者謂此鵜當居泥水中以自求魚而食今
乃邈然高處漁梁之上竊人之魚以食而
得不濡其翼味如彼小人竊禄以高位而
不稱其服也其曰不遂其媾者婚媾之義
責賤匹偶各以其類彼在朝之小不人下
從群小居卑賤而越在高位處非其宜而
失其類也其卒章則言彼小人者婉孌然

佼好可愛至使之任事則材力不彊敏如小人弱女之飢乏者言其但以便柔佞媚悦人而不勝任用也

鳲鳩四章章六句

鳲鳩刺不壹也在位無君子用心之不壹也

○鳲鳩在桑其子七兮興也鳲鳩秸鞠也鳲鳩之養其子朝從上下莫從下上平均如一○箋云興者喻人君之德當均一於下也以刺今在位之人不如鳲鳩淑人君子其儀一兮箋云淑善儀義也善人君子其執義當如一也其儀一兮心如結兮言執義一則用心固鳲鳩在桑其子在梅飛在梅也淑人君子其帶伊絲其

帶伊絲其弁伊騏騏騏文也弁皮弁也○箋云其帶伊絲謂大帶也大帶用素絲有雜色飾焉騏當作璂以玉爲之言此帶弁者刺不稱其服鳲鳩在桑其子在棘淑人君子其儀不忒忒疑也其儀不忒正是四國正長也○箋云執儀不疑則可爲四國之長言任爲侯伯鳲鳩在桑其子在榛淑人君子正是國人正是國人胡不萬年箋云正長也能長人則人欲其壽考

論曰鳲鳩之詩本以刺曹國在位之人用心不一也如毛鄭以鳲鳩有均一之德而所謂淑人君子又如三章所陳可以正國人則乃是美其用心均一與序之義特相

反也比由以鳲鳩爲均一之鳥而謂淑人君子爲詩人所刺之人故也其既以鳲鳩有均一之德至於其子在梅在棘在榛則皆無所說者由理既不通故不能爲說也又其三章皆美淑人君子獨於中間一章刺其不稱其服詩人之意豈若是乎至爲疏義者覺其非是始略言淑人君子刺曹無比人而在梅在棘彊爲之說以附之然非毛鄭之本意也序言在位之人非止曹

君蓋刺其臣事國懷私不一心於公室爾
本義曰鳲鳩之鳥所生七子皆有愛之之
意而欲各盡其愛也故其哺子也朝從上
而下則顧後其下者爲不足故暮則從下
而上又顧後其上者爲不足則復自上而
下其勞如此所謂用心不一也及其子長
而飛去在他木則其心又隨之故其身則
在桑而其心念其子則在梅在棘在榛也
此亦用心之不一也故詩人以此刺曹臣

之在位者困思古淑人君子用心一者其衣服儼然可以外正四國內正國人歎其何不長壽萬年而在位以此刺今在位之不然也胡不萬年者已死之辭也

鳲鳩四章章五句

鴟鴞周公救亂也成王未知周公之志公乃爲詩以遺王名之曰鴟鴞焉未知周公之志者未知其欲攝政之意

○鴟鴞鴟鴞既取我子無毀我室興也鴟鴞鸋鴂也無能毀我室者攻堅之故也寧亡二子不可以毀我周室○箋云重言鴟鴞者將述其意之所欲言丁寧之也室猶巢也鴟鴞言以取我子

者幸無毀我巢我巢積日累功作之甚苦故愛惜之也時周公竟武王之喪欲攝政成周道致太平之功管叔蔡叔等流言云公將不利於孺子成王不知其意而多罪其屬黨與者喻此諸臣乃世臣之子孫其父祖以勤勞有此官位土地今若誅殺之無絕其位奪其土地王意欲誚公此之由然

恩斯勤斯鬻子之閔斯恩愛鬻稚閔病也稚子成王也○箋云鴟鴞之意殷勤如此稚子當哀閔之此取鴟鴞子者恒稚子也以喻諸臣之先臣亦殷勤於此成王亦宜哀閔之

迨天之未陰雨徹彼桑土綢繆牖户迨及徹逮也桑土桑根也○箋云綢繆猶纏綿也此鴟鴞自說作巢至苦如是以喻諸臣之先臣亦及文武未定天下積日累功以固定此官位與土地

今女下民或敢侮予箋云我至苦矣今女我巢下之民寧有敢侮慢欲毀之者乎意欲恚怒之以喻諸臣之先固臣定此官位土地亦不欲見其絶奪

予手拮据予所捋荼予所蓄租予口卒瘏拮据撠挶也荼萑苕也租為瘏病也手病口病故能免乎大鳥之難○箋云此言作之至

苦故能攻聖人不得取其子曰予未有室家謂我未有室家○箋云我作之至苦如是者曰我未有室家之故予羽譙譙予尾翛翛譙譙殺也翛翛敝也○箋云手口既病羽尾又殺敝言已勞苦甚予室翹翹風雨所漂搖予維音嘵嘵翹翹危也嘵嘵懼也箋云巢之翹翹而危以其所託枝條弱也以喻今我子孫不肯故使我家道危也風雨喻成王也音嘵嘵然恐懼告愬之意

論曰毛鄭於鴟鴞失其大義者二由是一篇之旨皆失詩三百五篇皆據序以爲義惟鴟鴞一篇見於書之金縢其作詩之本意最可據而易明而康成之箋與金縢之書特異此失其大義一也但據詩義鳥之

愛其策者呼鴟鴞而告之曰寧取我子勿毀我室毛鄭不然反謂鴟鴞自呼其名非失其大義者二也金縢言周公先攝政中誅管蔡後爲詩以貽王毛鄭謂先爲冢宰中避而出作詩貽王已作詩後乃攝政而誅管蔡二說不同而知金縢爲是毛鄭爲非者理有通不通也武王崩成王幼周公攝政管蔡疑其不利於幼君遂有流言周公乃東征而誅之懼成王之怪已誅其二

叔乃序其意作鴟鴞詩以貽王此金縢之說也其義簡直而易明毛鄭乃謂武王崩成王即位居喪不言周公以冢宰聽政而二叔流言且冢宰聽政乃是常禮二叔何疑而流言此其不通者一也金縢言周公居東二年罪人斯得謂東征二年而得三監淮夷叛者誅之爾毛鄭乃謂二叔既流言周公避而居東者二年又謂罪人斯得者成王多得周公官屬而誅之且周公本

以成王幼未能行事遂攝政若避而居東則周之國政成王當自行之若已能臨政二年何待周公歸而攝乎此其不通者二也刑賞國之大事也周公國之尊親大臣也使周公有間隙而出避成王能以周法刑其尊親大臣之屬周公復歸其勢必不得攝且周公所以攝者以成王幼而不能臨政爾若已能臨政二年矣又能刑其尊親大臣之屬則周公將以何辭奪其政而

攝乎此其不通者三也矯周公誅管蔡前世説者多同而成王誅周公官屬六經諸史皆無之可知其臆説也詩謂我子者管蔡也我室者周室也鄭謂子者周公官屬也室者官屬之世家也毛又謂子爲成王此又其失也諸儒用爾鵄（雅）謂鴟鴞爲鸋鴂爾雅非聖人之書不能無失其又謂鸋鴂爲巧婦失之愈遠今鴟多攫鳥子而食鴞鴟類也

本義曰周公既誅管蔡懼成王疑已戮其兄弟乃作詩以曉諭成王云有鳥之愛其巢者呼彼鴟鴞而告之曰鴟鴞鴟鴞爾寧取我子無毀我室我之生育是子非無仁恩非不勤勞然未若我作巢之難至於口手羽尾皆病弊積日累功乃得成此室以譬寧誅管蔡無使亂我周室者我祖宗積德累仁造此周室以成王業甚艱難其有言鴟鴞者丁寧而告之也又云予室翹翹

懼爲風雨所漂搖故予維音嘵嘵者喻王室不安懼有動摇傾覆使我憂懼爾其他訓詁則如毛鄭

破斧三章章六句

破斧美周公也周大夫以惡四國焉（惡四國者惡其流言毀周公也）○既破我斧又缺我斨（隋銎曰斧斧斨民之用也禮義國家之用也○箋云四國流言既破毀我周公又損傷我成王以此二者爲大罪）周公東征四國是皇（四國管蔡商奄也皇匡也○箋云周公既反攝政東伐此四國誅其君罪正其民人而已）哀我人斯亦孔之将（将大也○箋云此言周公之哀我民人其德亦甚大也）既破我斧又缺我錡（鑿屬曰錡）

周公東征四國是吪吪化也哀我人斯亦孔之嘉箋云嘉善也既破我斧又缺我錶木屬曰錶周公東征四國是遒遒固也○箋云遒斂也哀我人斯亦孔之休休美也

論曰破斧箋傳意同而說異然皆失詩人本意毛謂斧斨民之用禮義國家之其用言雖簡其意謂四國流言破缺國家之禮義所以周公征之且詩人所惡者本以四國流言毀傷周公爾況今考詩經文無禮義之說詩人引類比物長於譬喻以斧斨

本作序並

比禮義其事不類況民之日用不止斧斨爲說汗漫理不切當非詩人之本義也至康成又以斧比周斨比成王則都無義類矣

本義曰斧斨刑戮征伐之用也四國爲亂周公征討凡三年至於斧斨缺然後克之其難如此然周公必往往之者以哀此四國之人陷於逆亂爾斨丹可缺斧無破理蓋詩人欲甚其事者其言多過故孟子曰

不以辭害意者謂此類也錡釴義與首章同

伐柯二章章四句

伐柯美周公也周大夫刺朝廷之不知也（成王既得雷雨大風之變欲迎周公而朝廷群臣猶惑於管蔡之言不知周公之聖德疑於王迎之禮是以刺之）○伐柯如何匪斧不克（柯斧柄也礼義者亦國之柄○箋云克能也伐柯之道唯斧乃能之此以類求其類也以喻成王欲迎周公當使賢者先往）取妻如何匪媒不得（媒所以用礼也治國不能用礼則不安○箋云媒者能通二姓之言定人室家之道以喻王欲迎周公當先使曉王與周公之意者又先往）伐柯伐柯其則不遠（以其所願乎上交乎下以其所願乎下事乎上不遠求也○箋云則法也伐柯者必用柯其大小長短近取法於何所謂不遠求也王欲迎周公使還其道亦不遠人心足以知之）我覯之子籩

豆有踐踐行列貌○箋云覯見也之子是子也亦周公也王欲迎周公當以享燕之饌行至則歡樂以説之

論曰毛傳謂禮義治國之柄又云治國不以禮則不安至於所頤上下等語不惟簡略汗漫而已考之詩序都無此意且詩序言刺朝廷之不知者謂武王崩成王幼周公攝政三監及淮夷叛周公出往討之及罪人既獲猶懼成王君臣疑惑乃作鴟鴞詩示王以明已所以討叛之意而成王未啓金縢不見周公欲代武王之事雖得鴟

鴟鴞之詩未敢誚公而心有流言之惑故周公盤桓居東不歸於此之時周之大夫作伐柯詩以刺朝廷不知周公之忠也康成不然反謂成王既遭雷風之變已啓金縢之後群臣猶不知周公則與詩書之說異矣且成王已得金縢之書見周公欲代武王之事乃捧書涕泣君臣悔過出郊謝天遂迎公以歸是已知周公矣群臣復何所惑而疑於王迎之禮哉康成區區止說王

迎之事由是失詩之大旨也

本義曰伐柯如何者發問之辭也詩人刺成王君臣譬彼伐柯者不知以何物伐之乃問云如何可伐而答者曰必以斧伐也以斧伐柯易知之事而猶發問是謂不知也娶妻必以媒其義亦然其卒章又云伐柯伐柯其則不遠者謂所伐之柯即手執之柯是也亦謂其易知而不知以譬周公近親而有聖德成王君臣皆不能知也又

云我覯之子籩豆有踐者謂歆見之子非難事第列籩豆爲相見之禮即可見矣其如王不知公使久居於外而不召何

九罭四章一章四句三章章三句

九罭美周公也周大夫刺朝廷之不知也○

九罭之魚鱒魴興也九罭緵罟小魚之網也鱒魴大魚也○箋云設九罭之罟乃後得鱒魴之魚言取物各有器也興者喻王欲迎周公之來當有其禮我覯之子袞衣繡裳所以見周公也袞衣卷龍也○箋云王迎周公當以上公之服往見之鴻飛遵渚鴻不宜循渚也○箋云鴻大鳥也不宜與鳧鷖之屬飛而循渚以喻周公今與凡人處東都之邑失其所也公歸無所於女信處周公未得礼也再宿曰信

○箋云信誠也時東都之人欲周公留不去故曉之云公西歸而無所居則可就女誠處是東都也今歸當公復其位不得留也鴻飛遵陸陸非鴻所宜止公歸不復於女信宿宿猶處也是以有衮衣兮無以我公歸兮無於與公歸之道也○箋云是是東都也東都之人欲周公留爲之君故云是以有衮衣謂成王所齎來衮衣願其封周公於此以衮衣命留之無以公西歸無使我心悲兮箋云周公西歸而東都之人心悲恩德之愛至深也

論曰九罭之義毛鄭自相違戾以文理考之毛說爲是也爾雅云緵罟謂之九罭者謬也當言緵罟謂之罭前儒解罭爲囊謂緵罟百囊網也然則網之有囊當有多少

之數不宜獨言九囊者是緵罟當充言緵
罟謂之罭而罭之多少則隨網之大小大
網百囊小網九囊於理通也九罭既爲小
網則毛說得矣鴻飛遵渚遵陸毛皆以爲
不宜於理近是而言略不盡其義且鴻鴈
水鳥而遵渚乃曰不宜至遵陸又曰不宜
則彼鴻鴈者捨水陸皆不可止當何所止
耶蓋獨不詳詩文鴻飛之語爾鴻鴈喜高
飛今不得翱於雲際而飛不越水渚又下

飛田陸之間由周公不得在朝廷而留於東都也此是詩人之意爾至於衮衣毛鄭又爲二說毛云所以見周公意謂斥成王當被衮衣以見周公鄭謂成王當遣人持上公衮衣以賜周公而迎之其說皆疎且迂矣且周大夫方患成王君臣不知周公尚安能賜衮衣而迎之迎猶未能東都之人安能使賜衮留封於東都也

本義曰周大夫以周公出居東都成王君

臣不知其心而不召使久處于外譬猶鱒
魴大魚反在久罭小罟因斥言周公云我
覯之子衮衣繡裳者上公之服也上公宜
在朝廷者也其二章三章云鴻飛遵渚遵
陸亦謂周公不得居朝廷而留滯東都譬
夫鴻鴈不得飛翔於雲際而下循渚陸也
因謂東都之人曰我公所以留此者未得
所歸故處此信宿間爾言終當去也其曰
公歸不復者言公但未歸爾歸則不復來

也其卒章閔道東都之人留公之意云爾是以有衮衣者雖宜在朝廷然無以公歸使我人思公而悲也詩人述東都之人猶能愛公所以深刺朝廷之不知也

狼跋二章章四句

狼跋美周公也周公攝政遠則四國流言近則王不知周大夫美其不失其聖也不失其聖者聞流言不惑王不知不怨終立其志成周之王功致大平復成王之位又爲之大師終始無愆聖德著焉○狼跋其胡載疐其尾興也跋躐疐跲也老狼有胡進則躐其胡退則跲其尾進退有難然而不失其猶○箋云興者喻周

公進則躐其胡猶始欲攝政四國流言辟之而居東都也退則跲其尾謂後復成王之謂而老成王又留之其如是聖德無玷缺公孫碩膚赤舃几几公孫成王也豳公之孫也碩大膚美也赤舃人君之盛屨也几几絇貌○箋云公周公也孫讀當如公孫于齊之孫孫之言孫遁也周公攝政七年致太平復成王之位孫遁辟此成功之大美欲老成王又留之以為大師復赤舃几几然狼疐其尾載跋其胡公孫碩膚德音不瑕瑕過也○箋云不瑕言不可疵瑕也

論曰據序言遠則四國流言近則王不知而周公不失其聖考於金縢自成王啓鑰見書之後悔泣謝天遂迎公歸以是已知公矣而狼跋詩序止言王不知則未啓金縢以前攝政之初流言方興管蔡未誅而

周公居東都時所作之詩也康成乃言致太平復成王之位又爲大之師終始無愆皆是已迎公歸後事與序所言乖矣至於公孫碩膚又以孫爲遁謂周公攝政七年之後遁避成功之大美而復成王之位因以遂其謬說可謂惑矣毛傳跋胡疐尾是矣而謂公孫爲成王是亟公之孫亦已疎矣且詩本美周公而毛以謂成王有大美又不解赤舄之義固知其疎謬也然鄭皆

釋碩膚爲美此其所以失也膚體也碩大也碩膚猶言膚革充盈也孫當讀如遜順之遜

本義曰周公攝政之初四國流言於外成王見疑於内公於此時進退之難譬彼狼者進則疐其胡退則跋其尾而狼能不失其猛公亦不失其正和順其膚體從容進退履舄几几然舉止有儀法也然序本言周公不失其聖謂不損其德爾今詩乃但

言和順膚體從容進退者蓋以見周公遭
讒疑之際而無惶懼之色身體充盈心志
安定故能履危守政而不失爾其卒章則
直言其德不可瑕疵也

歐陽文忠公毛詩本義卷第五

歐陽文忠公毛詩本義卷第六

翰林學士兼龍圖閣學士散朝大夫給事中知制誥充史館修撰判秘閣歐陽　脩

鹿鳴三章章八句

鹿鳴燕群臣嘉賓也既飲食之又實幣帛筐篚以將其厚意然後忠臣嘉賓得盡其心矣

飲之而有幣酬幣也食之而有幣侑幣也○呦呦鹿鳴食野之苹興也苹萍也鹿得萍呦呦然鳴而相呼懇誠發乎中以興嘉樂賓客當有懇誠相招呼以成禮也○箋云苹藾蕭我有嘉賓鼓瑟吹笙吹笙鼓簧承筐是將簧笙也吹笙而鼓簧矣筐篚屬所以行幣帛也○箋云承猶奉也書曰厥篚玄黃人之好我示我周行周至行道也○箋云示當作寘寘置也周行周之列位也

好猶善也人有以德善我者我則置之於周之列位言已維賢是用

呦呦鹿鳴食野之蒿蒿菣也

我有嘉賓德音孔昭視民不恌君子是則是傚恌愉也是則是傚言可法傚也○箋云德音先王道德之教也孔甚昭明也視古示字也飲酒之禮於旅也語嘉賓之語先王德教甚明可以示天下之民使之不愉於禮儀是乃君子所法傚言其賢也

我有旨酒嘉賓式燕以敖敖遊也

呦呦鹿鳴食野之芩芩草也

我有嘉賓鼓瑟鼓琴鼓瑟鼓琴和樂且湛湛樂之久

我有旨酒以燕樂嘉賓之心燕安也夫不能致其樂則不能得其志不能得其志則嘉賓不能竭其力

論曰鹿鳴言文王能燕樂嘉賓以得臣下之懽心爾考詩之意文王有酒食以與群

臣燕飲如鹿得美草相呼而食爾其義止於如此而傳云懇誠發于中者衍說也聖人不窮所不知鳥獸之類安能知其誠不誠考上下經文初無此意可謂衍說也其曰人之好我示我周行者謂示我於周行恩禮之勤若此爾古字多通用示視同義而鄭改示爲寘遂失詩義毛傳德音孔昭旣簡略未知其得失鄭飲引酒之禮於旅也語謂此嘉賓語國君以先王德教國君

以此賓語示天下之民使其化之皆不偷於禮義者非也且使庶民不薄於禮義必須君臣漸漬教化使然豈飲酒之際一言可致此其曲說也考詩之意使君子則傚我者謂傚我享嘉賓也

本義曰文王有酒食能與群臣共其燕樂三章之義皆然其首章言人之好我示我周行云者言我有賢臣與其同樂既飲食之又奏以笙簧將以幣帛凡人之歡與我

相好者示我於周行之臣恩意如此爾其
二章云德音孔昭視民不恌君子是則是
傚者又言我此嘉賓皆有令德之音遠聞
我待之以享禮所以示民遇此嘉賓不薄
之意使凡爲君子者當則傚我所爲常厚
禮有德者故其下言文又云我有旨酒嘉賓
式燕以敖者謂君子當傚我享嘉賓也其
卒章之義甚明不煩曲解

皇皇者華五章章四句

皇皇者華君遣使臣也送之以禮樂言遠而有光華也言臣出使能揚君之美延其譽於四方則爲不辱命也○皇皇者華于彼原隰皇皇猶煌煌也高平曰原下隰曰隰忠臣奉使能光君命無遠無近如華不以高下易其色○箋云無遠無近維所之則然駪駪征夫每懷靡及駪駪衆多之貌征夫行人也每私懷和也○箋云春秋外傳曰懷私爲每懷也和當爲私衆行夫既受君命當速行每人懷其私相稽留則於事將無所及我馬維駒六轡如濡箋云如濡言鮮澤也載馳載驅周爰咨諏忠信爲周訪問於善爲咨咨事爲諏○箋云爰於也大夫出使馳驅而行見忠信之賢人則於之訪問求善道也我馬維騏六轡如絲言調忍也載馳載驅周爰咨謀咨事之難易爲謀我馬維駱六轡沃若載馳載驅周爰咨度咨礼義所宜爲度我

馬維駰六轡既均陰白雜毛曰駰均調也載馳載驅周爰咨詢親戚之謀爲詢兼此五者雖有中和當自謂無所及成於六德也○箋云中和謂忠信也五者咨也諏也謀也度也詢也雖得此於忠信之賢人猶當云已將無所及於事則成六德言慎其事

論曰皇華序及箋傳皆失之然其大義僅存也據序止言君遣使臣遠而有光華此但解首章一句爾其所以累章丁寧之意甚多不止有光華而已也其云送之以禮樂則詩文無之又衍說也毛鄭之失在乎皆用魯穆叔之說爲箋傳故其穿鑿泥滯於義不通也凡詩五章悉用此爲解則一

篇之義皆失矣毛以懷爲和初無義理鄭
改爲私用穆叔之説爾其忠信爲周訪問
於善爲咨意謂大夫出見忠信之賢人就
之訪問今詩文乃曰周爰咨諏是出見忠
信之賢人止一周字豈成文理若直以周
爲周詳周徧之周則其義簡直不解自明
也又曰訪問於善爲咨於事爲諏則所問
何者非事而獨以咨諏爲咨事其下咨謀
咨度咨詢非事而何其又以謀事之難易

爲咨謀而穆叔直爲咨難爲謀若書曰汝有大疑謀及卿士庶人則凡問於人皆可曰謀以書又云爾有嘉謀入告于君則又不止問於人爲謀以事告人亦曰謀已其又以咨禮義所宜爲度而穆叔止云咨禮二說亦自不同且度忖度也於施於何事不可奚專於咨禮義哉其又以親戚之謀爲詢書曰詢于衆豈皆親戚乎若此之類甚多故可知其穿鑿泥滯於義不通而六德

之説可廢也據詩首章直言使臣將命而出有光華爾毛鄭所謂遠近高下不易其色亦衍説也

本義曰周之國君遣其臣出使其首章稱美其賢材能將君命爲國光華于外爾云于原隰者其道路所經也既又勉於其事每思惟恐不及也懷思也其二章以下則戒其謂御車馬雖有驅馳之勞不忘國事周詳訪問因以博采廣聞不徒將一事而

出也詩人述此以見周之興國之初其君臣勤勞於事如此爾諏謀度詢其義不異但變文以叶韻爾詩家若此其類甚多

常棣八章章四句

常棣燕兄弟也閔管蔡之失道故作常棣焉周公弔二叔之不咸而使兄弟之恩踈召公爲作此詩而歌之以親之

○常棣之華鄂不韡韡興也常棣棣也鄂猶鄂鄂然言外發也韡韡光明也○箋云承華者曰鄂不當作拊拊鄂足也鄂足得華之光明則韡韡然盛興者喻弟以敬事兄兄以榮覆弟恩義之顯亦韡韡然聲不拊同

凡今之人莫如兄弟聞常棣之言爲今也○箋云聞常棣之言始聞常棣華鄂之説也如此則人之恩親無如兄弟之最厚

死喪之威兄弟

孔懷威畏懷思也○箋云死喪可畏怖之事維兄弟之親甚相思念原隰裒矣兄弟求矣裒聚也求矣言求兄弟也○箋云原也隰也以相與聚居之故故能定高下之名猶兄弟相求故能立榮顯之名脊令在原兄弟急難脊令雝渠也飛則鳴行則搖不能自舍耳急難言兄弟之相救於急難○箋云雝渠水鳥而令在原失其常處則飛則鳴求其類天性也猶兄弟之於急難每有良朋况也永歎况茲永長也○箋云每有雖也良善也當急難之時雖有善同門來茲對之長歎而已兄弟鬩于牆外禦其務鬩狠也○箋云禦禁務侮也兄弟雖內鬩而外禦侮也每有良朋烝也無戎烝填戎相也○箋云當急難之時雖有善同門來久也猶無相助己者古聲填寘塵同喪亂既平既安且寧雖有兄弟不如友生兄弟尚恩怡怡然朋友以義切切然○箋云平猶正也安寧之時以礼相琢磨則友生急儐爾籩豆飲酒之飫儐陳飫私也不

脫屨升堂謂之飫○箋云私者圖非常之事若議大疑於堂則有飫禮焉聽朝爲公兄弟既具和樂且孺九族會曰和孺屬也王與親戚燕則尚毛○箋云九族從已上至高祖下及玄孫之親也屬者以昭穆相次序妻子好合如鼓瑟琴箋云好合志意合也合者如鼓瑟琴之聲相應和也王與族人燕則宗婦內宗之屬亦從后於房中兄弟既翕和樂且湛翕合宜爾家室樂而妻帑帑子也○箋云族人和則得保樂其家中之大小是究是圖亶其然乎究深圖謀亶信也○箋云女深謀之信其如是

論曰毛傳鄂不韡韡但云鄂鄂然光明其言雖簡然於義未失而鄭改不爲拊先儒固已知其非矣且不韡韡者韡韡也古詩

之義如此者多何煩改字爲摲蓋已言鄂則足見相承之意矣毛謂聞常棣之言爲今者蓋嫌作詩之人指當時爲今而義不通於後故言後世之誦是詩以相戒者所誦詩之時即爲今矣意謂後世之人亦莫如兄弟矣此義雖不解亦可在毛氏已爲衍而鄭又從而爲說曰如聞常棣之說也如此則人之恩親無如兄弟之厚皆衍說也毛解原隰裒矣兄弟求矣止言裒聚也

求矣言求兄弟於詩雖無所發明然未爲
害義鄭則不然且詩止言兄弟求矣而鄭
謂能立榮顯之名既於詩無文箋何從而
得此義又云原隰以相與聚居之故能
定高下之名者亦非也且原也隰也乃土
地高下之別名爾土地不動無情之物或
高或下不相爲謀安有相與聚居之理此
尤爲曲說也毛謂飲酒之飫爲私者燕私
之意也鄭乃云圖非常大疑之事豈詩人

本意哉惟不如友生之説毛鄭意同而皆
失且詩人本欲親兄弟如毛鄭之説則是
作詩者教人急難時親兄弟安平時不如
親友生也
本義曰作詩者見時兄弟失道乃取常棣
之木花萼相承韡韡然可愛者以比兄弟
之相親宜如此因又極陳人情以謂人之
親莫如兄弟凡人有死喪可畏之事惟兄
弟是念雖在原隰廣野衆聚之中必求其

兄弟如脊令飛鳴而求其類比既言兄弟之相親者如是又言兄弟雖有内鬩者至逢外侮猶共禦之又言當急難時雖有朋友但能長歎而無相助者惟兄弟自相求如此及乎喪亂平而安寧則反視兄弟不如友生比乃責之之辭所謂弔其不咸也由是盛陳籩豆飲酒之樂以謂兄弟宜以比相樂則妻子室家皆和樂矣使其深思如此爲是乎

伐木六章章六句

伐木燕朋友故舊也自天子至於庶人未有不須友以成者親親以睦友賢不棄不遺故舊則民德歸厚矣○伐木丁丁鳥鳴嚶嚶興也丁丁伐木聲也嚶嚶驚懼也○箋云丁丁嚶嚶相切直也言昔日未居位在農之時與友生於山巖伐木爲勤苦之事猶以道德相切正也嚶嚶兩鳥聲也其鳴之志似於有友道然故連言之出自幽谷遷于喬木幽深喬高也○箋云遷徙也謂鄉時之鳥出從深谷今移處高木嚶其鳴矣求其友聲君子雖遷於高位不可以忘其朋友○箋云嚶其鳴矣迁從高木者求其友聲求其尚在深谷者其相得則復鳴嚶嚶然相彼鳥矣猶求友聲矧伊人矣不求友生矧況也○箋云相視

也鳥尚知居高木呼其友況是人乎可不求之神之聽之終和且平箋云以可否相增減曰和平齊
苷也此言心誠求之神若聽之使得如志則友終相與和而齊功也伐木許許釃酒有藇許許
柹貌以筐曰釃以藪曰湑藇美貌○箋云此言前者伐木許許之人今則有酒而釃之本其故也既有肥羜以速
諸父羜未成羊也天子謂同姓諸侯諸侯謂同姓大夫皆曰父異姓則稱舅國君友其賢臣大夫士友其宗族之仁者○箋云速召也有
酒有羜今以召族人飲酒寧適不來微我弗顧微無也○箋云寧召之適自不來無使言我不顧念
也於粲洒埽陳饋八簋粲鮮明貌圓曰簋天子八簋○箋云粲然已灑擭矣陳其黍稷矣謂
爲食禮既有肥牡以速諸舅寧適不來微我有咎
咎過也伐木于阪釃酒有衍衍美貌○箋云此言伐木于阪亦本之也籩豆有
踐兄弟無遠箋云踐陳列貌兄弟父之黨母之黨民之失德乾餱以愆

餱食也○箋云失德謂見謗訕也民尚以乾餱之食獲愆過於人況天子之饌反可以恨兄弟乎故不當遠之有酒湑我無酒酤我湑莤之也酤一宿酒也○箋云酤買也此族人陳王之恩也王有酒則泲莤之王無酒酤買之要欲厚於族人坎坎鼓我蹲蹲舞我蹲蹲舞貌○箋云為我擊鼓坎坎然為我興舞蹲蹲然謂已樂樂已迨我暇矣飲此湑矣箋云迨及也此又述王意也王曰及我今之閒暇共飲此湑酒欲其無不醉之意

論曰伐木文王之雅也其詩曰以速諸父毛謂天子謂同姓諸侯曰父陳饋八簋又以爲天子之簋則此詩文王之詩也伐木庶人之賤事不宜謂爲文王之詩作序者自覺其非故曰自天子至于庶人未有不

須友以成者且文王之詩雖欲汎言凡人須友以成猶當以天子諸侯之事爲主因而及於庶人賤事可以今詩每以伐木爲言是以庶人賤事爲主豈得爲文王之詩鄭氏云昔日未居位在農時與友生爲伐木勤苦之事者亦非也且文王未居位時未常在農也古者四民異業其他諸侯至於卿大夫士未居位時皆不爲農亦必不自伐木庶人當伐木者又無位可居以此

知鄭説爲謬也詩云伐木丁丁鳥鳴嚶嚶出自幽谷遷于喬木又曰相彼鳥矣猶求友聲矧伊人矣不求友生考詩之意是鳥在木上聞伐木之聲則驚駭而飛遷于他木方其驚飛倉卒之際猶不忘其類相呼而去其在人也可不求其友乎其義甚明矣然果如此義則是此詩主以鳥鳴求友爲喻爾至其下章則了不及鳥鳴之意矣但云伐木許許伐木于阪便述朋友之

事與首章意殊不類蓋失其本義矣故闕其所未詳

天保六章章六句

天保下報上也君能下下以成其政臣能歸美以報其上焉下下謂鹿鳴至伐木皆君所以下臣也臣亦宜歸美於王以崇君之尊而福祿之以答其歌○天保定爾亦孔之固固堅也○箋云保安爾女也女王也天之安定女亦甚堅固俾爾單厚何福不除俾使單信也或曰單厚也除開也○箋云單盡也天使女盡厚天下之民何福而不開皆開出以予之俾爾多益以莫不庶庶衆也○箋云莫無也使女每物益多以是故無不衆也天保定爾俾爾戩穀罄無不宜受天百祿戩福

穀祿罄盡也○箋云天使女所福祿之人謂羣臣也其舉事盡得其宜受天之多祿降爾遐福維日不
足箋云遐遠也天又下予女以廣遠之福使天下溥蒙之汲汲然如日且不足也天保定爾以莫
不興箋云興盛也無不盛者使萬物皆盛草木暢茂禽獸碩大如山如阜如岡如陵
言廣厚也高平曰陸大陸曰阜大阜曰陵○箋云此言其福祿委積高大也如川之方至以莫不
增箋云川之方至謂其水縱長之時也萬物之收皆增多也吉蠲爲饎是用孝享吉善
蠲潔也饎酒食也享獻也○箋云謂將祭祀也禴祠烝嘗于公先王春曰祠夏曰禴秋曰嘗冬曰烝公事
也○箋云公先公謂后稷至諸盩君曰卜爾萬壽無疆君先君也尸所以象神卜予也○箋云君曰卜
爾者尸嘏王人傳神辭也神之弔矣詒爾多福弔至詒遺也○箋云神至者宗廟致敬鬼神著矣此
之謂也民之質以日用飲食質成也○箋云成平也民事平以禮飲食相燕樂而已羣

黎百姓徧爲爾德（百姓百官族姓也○箋云黎衆也羣衆百姓徧爲女之德言則而象之）如月之恒如日之升（恒弦升出也言俱進也○箋云月上弦而就盈日始出而就明）如南山之壽不騫不崩（騫虧也）如松柏之茂無不爾或承（箋云或之言有也如松柏之枝葉常茂盛青青相成無衰落也）

論曰天保六章其義一也皆下愛其上之辭其文甚顯而易明然毛鄭不能無小失鄭以俾爾多益以莫不與爲每物益多及草木暢茂禽獸碩大川之方至爲萬物增多皆詩文無之雖國君受天之福則當彼

於民物然詩既無文則爲衍說也毛以公
爲事鄭以爲先公是矣若鄭謂群臣舉事
得宜而受福禄亦詩文無之
本義曰天之安定我君甚堅固既亶以信
厚之德則何福不可以除之俾爾多益而
衆也既曰何福不除矣又曰俾爾戩穀文
曰無所不宜而受天百禄又曰降爾遐福
其所以殷勤重復如此而猶曰維日不足
也其下章則又欲其國家㒷盛如山阜岡

陵之高大如川流之寖長而又增之既則又言非惟天之福我君如此至于四時豐潔酒食祀其先公先君而神亦詒之多福使群黎百姓皆被及之前既歆其興盛則又歆其永久故多引常久不虧壞之物以爲况曰如日如月之常明如山之常在如松栢之常茂其卒章云無不爾或承者謂上六章之所陳者使我君皆承之也大抵此詩六章文意重復以見愛其上深至如

此爾恒常也詩人爾其君者蓋稱天以爲言

出車六章章八句

出車勞還率也遣將率及戍役同歌同時欲其同心也反而勞之異歌異日殊尊卑也礼記曰賜君子小人不同日此其義也○我出我車于彼牧矣出車就馬於牧地○箋云上我我殷王也下我將率自謂也西伯以天子之命出我我車於所牧之地將使我出征伐自天子所謂我來矣箋云自從也有人從王所來謂我來矣謂以王命召已將使爲將率也先出我車乃召將率將率尊也召彼僕夫謂之載矣王事多難維其棘矣僕夫御夫也○箋云棘急也王命召已已即召御夫使裝載物而往王之事多難其召我必急欲疾趨之此序其忠敬也我出我車于彼郊矣設此旐矣建

彼旄矣龜蛇曰旐旄干旄○箋云設旐者屬之於干旄而建之戎車將率既受命行乃乘焉牧地在遠郊彼旟旐斯胡不旆旆鳥隼曰旟旆旆旒垂貌憂心悄悄僕夫況瘁箋云況茲也將率既受命行而憂臨事而懼也御夫則茲益憔悴憂其馬之不正王命南仲往城于方出車彭彭旂旐央央王殷王也南仲文王之屬方朔方近玁狁之國也彭彭四馬貌六龍爲旂央央鮮明也○箋云王使南仲爲將率往築城於朔方爲軍壘以禦北狄之難天子命我城彼朔方赫赫南仲玁狁于襄朔方北方也赫赫盛貌襄除也○箋云此我我戍役也戍役築壘而美其將率自此出征也昔我往矣黍稷方華今我來思雨雪載塗王事多難不遑啓居塗凍釋也○箋云黍稷方華朔方之地六月時也以此時始出壘征伐玁狁因伐西戎至春凍始釋而來反其間非有休息豈不懷歸畏此簡

書簡書戒命也鄰國有急以簡書相告則奔命救之喓喓草蟲趯趯阜螽箋云草蟲鳴阜螽躍而從之天性也喻近西戎之諸侯聞南仲既征玁狁將伐西戎之命則跳躍而鄉望之如阜螽之聞草蟲鳴焉草虫鳴晚秋之時也此以其時所見而興之未見君子憂心忡忡既見君子我心則降箋云君子斥南仲也降下也赫赫南仲薄伐西戎春日遲遲卉木萋萋倉庚喈喈采蘩祁祁執訊獲醜薄言還歸卉草也訊辭也○箋云訊言醜衆也伐西戎以凍釋時反朔方之壘息戍役至此時而歸京師稱美時物以及其事喜而詳之也執其可言問所獲之衆以歸者當獻之也赫赫南仲玁狁于夷夷平也○箋云平者平之於王也此時亦伐西戎獨言平玁狁者玁狁大故以為始以為終

論曰詩文雖簡易然能曲盡人事而古今

人情一也求詩義者以人情求之則不遠矣然學者常至於迂遠遂失其本義毛鄭謂出車于牧以就馬且一二車耶自可以馬駕而出若衆車也耶不以馬就車而使人挽車遠就馬于牧牧豈近人情哉又言先出車於野然後召將率亦於理豈然其以草蟲比南仲阜螽比近西戎諸侯由是四章五章之義皆失則一篇之義不失者幾何

本義曰西伯命南仲爲将往伐玁狁其成功而還也詩人歌其事以爲勞還之詩自其始出車至其執訊獲醜而歸備述之故其首章言南仲爲将始駕戎車出至于郊則稱天子之命使我來将北衆遂戒其僕夫以趨王事之急難二章陳其車旗以謂軍容之盛雖如此然我心則憂王事我僕則亦勞瘁矣三章遂城朔方而除玁狁其四章五章則言其凱還之樂叙其将士室

家相見歡欣之語其將士曰昔我出師時黍稷方華今我來歸則雨雪消釋而泥塗矣我所以久於外如此者以王事之故不得安居我非不思歸蓋畏簡書也其室家則曰自君之出我見阜螽躍而與非類之草蟲合自懼獨居有所彊迫而不能守禮每以此草蟲爲戒故君子未能歸時我常憂心忡忡今君子歸矣我心則降我所以獨居憂懼如此者以我君子出從南仲征

伐之故也其卒章則述其歸時春日暄妍草木榮茂而禽鳥和鳴於此之時執訊獲醜而歸豈不樂哉由我南仲之功赫赫然顯大而玁狁之患自此遂平也

湛露四章章四句

湛露天子燕諸侯也燕謂與之燕飲酒也諸侯朝覲會同天子與之燕所以示慈惠○湛湛露斯匪陽不晞興也湛湛露茂盛貌陽日也晞乾也露雖湛湛然見陽則乾○箋云興者露之在物湛湛然使物柯葉低垂喻諸侯受燕爵其儀有似醉之貌諸侯旅酬之則猶然唯天子賜爵則貌變肅敬承命有似露見日而晞厭厭夜飲不醉無歸厭厭安也夜飲私燕也宗子將有事則族人皆侍不醉而出是不親也醉而不出是渫宗

宗也○箋云天子燕諸侯之禮亡此假宗子與族人燕爲說爾族人猶群臣也其醉不出不醉而出猶諸侯之儀也飲酒至夜猶云不醉無歸此天子於諸侯之儀燕飲之禮霄則兩階及庭門皆設大燭焉

湛湛露斯在彼豐草厭厭夜飲在宗載考豐茂也夜飲必於宗室○箋云豐草喻同姓諸侯也載之言則也考成也夜飲之禮在宗室同姓諸侯則成之於庶姓其讓之則止昔者陳敬仲飲桓公酒而樂桓公命以火繼之敬仲曰臣卜其晝未卜其夜於是乃止此之謂不成也

湛湛露斯在彼杞棘顯允君子莫不令德箋云杞也棘也異類喻庶姓諸侯也令善也無不善其德言飲酒不至於醉

其桐其椅其實離離豈弟君子莫不令儀離離垂也○箋云桐也椅也同類而異名喻二王之後也其實離離喻其薦俎禮物多於諸侯也飲酒不至於醉徒善其威儀而已謂陔節也

論曰據序止言天子燕諸侯而箋以二章

爲燕同姓三章爲燕庶姓卒章爲燕二王
後者詩旣無文皆爲衍說由詩有在宗載
考之言遂生穿鑿爾鄭又以露之在物柯
葉低垂喻諸侯有似醉之貌天子賜爵則
貌變肅欽有似露見日而晞何其臆說也
詩但言露匪陽不晞爾初無柯葉低垂之
文鄭何從而得此義若詩人欲述諸侯似
醉之狀則當以柯葉低垂之意見於文也
今但言露非見日不乾則非喻似醉之狀

矣天子燕諸侯當以晝而此詩但言夜飲者燕禮有膏則設燭之禮是古雖以禮飲酒有至夜者所以申燕私之恩盡殷勤之意蓋晝燕常禮亦不足道而舉其燕私殷勤之意以見天子恩禮諸侯之厚此詩人所以爲美也

本義曰天之潤澤於物者若雨若雪若水泉之浸其類非一而獨以露爲言者露以夜降者也因其夜飲故近取以爲比云湛

湛之露潤霑於物非至曉則不乾厭厭之
飲恩被於諸侯非至醉則不止其義如此
而已其言在彼豐草杞棘者以露之被草
木如王恩被諸侯爾又云令德令儀者言
此與燕之臣皆有令德令儀爾其桐其椅
木之美者其實離離然亦喻諸侯在燕有
威儀爾今詩比事多於卒章別引他物若
下泉之詩芃芃黍苗之類是也在宗載考
毛傳是矣

鴻鴈三章章六句

鴻鴈美宣王也萬民離散不安其居而能勞來還定安集之至于矜寡無不得其所焉宣王承厲也王衰乱之敝而起興復先王之道以安集衆民爲始也書曰天將有立父母民之有政有居宣王之爲是務○鴻鴈于飛肅肅其羽興也大曰鴻小曰鴈肅肅羽声也○箋云鴻鴈知辟陰陽寒暑興者喻民知去無道就有道之子于征劬勞于野之子侯伯卿士也劬勞病苦也○箋云侯伯卿士謂諸侯之伯與天子卿士也是時民既離散邦國有壞滅者侯伯久不述職王使廢於存者諸侯於是始復之故美焉爰及矜人哀此鰥寡矜憐也老無妻曰鰥偏喪曰寡○箋云爰曰王也之意不徒使此爲諸侯之事與安集萬民而已王曰當及此可憐之人謂貧窮者欲令稠餼之鰥寡則哀之其孤獨者收斂之使有所依附鴻鴈于飛集于中澤○中澤澤中也箋云鴻鴈

二五七

之性安居澤中今飛又集於澤中猶民去其居而離散今見還定安集之子于垣百堵皆作一丈為板五板為堵○箋云侯伯卿士又于壞滅之國徵民起屋舍築墻壁百堵同時而起言趨事也春秋傳曰五板為堵五堵為雉雉長三丈則板六丈雖則劬勞其究安宅究窮也○箋云此勸萬民之辭女今雖病勞終有安宅

鴻鴈于飛哀鳴嗸嗸未得所安集則嗸嗸然○箋云此之子所未至者維此哲人謂我劬勞箋云此哲人謂知王之意及之子之事者我之子自我也維彼愚人謂我宣驕宣示也○箋云謂我役作衆民為驕奢

論曰詩所刺美或取物以為喻則必先道其物次言所刺美之事者多矣如關關雎鳩在河之洲窈窕淑女君子好逑又如維

鶘在梁不濡其翼彼其之子不稱其服者是也詩非一人之作體各不同雖不盡如此然如此者多也鴻鴈詩云鴻鴈于飛肅肅其羽之子于征劬勞于野以文義考之當是以鴻鴈比之子而康成不然乃謂鴻鴈知辟陰就陽於喻民知就有道之子自是侯伯卿士之述職者上下文不相須豈成文理鄭於三章所解皆然則一篇之義皆失也

本義曰厲王之時萬民離散不安其居而宣王之興遣其臣四出于野劳來還定安集之至於矜寡使皆得其所其所遣使臣奔走于外如鴻鴈之飛其羽聲肅然而劳其體也其二章言焉使臣暫止為民營築居室而暫止於野也如鴻鴈集于澤爾其卒章云哀鳴嗷嗷者以比使臣自訴也其自訴云哲人知我者謂我以君命安集流民而不憚劬劳爾愚人不知我者謂我好與

役動衆爲驕奢也或謂據序言美宣王而此詩之說但述使臣疑非本義且使離散之民還定安集者由宣王能遣人以恩意劳來之也天子之尊必不自往作序者不言遣使以不待言而可知也復何疑哉

沔水三章二章章八句一章六句

沔水規宣王也規者正圓之器也規主仁恩也以恩親正君曰規春秋傳曰近臣盡規○沔彼流水朝宗于海興也沔水流滿也水猶有所朝宗○箋云興者水流而入海小就大也喻諸侯朝天子亦猶是也諸侯春見天子曰朝夏見曰宗鴥彼飛隼載飛載止箋云載之言則也言隼欲飛則飛欲止則止喻諸侯之自

驕恣欲朝不朝自由無所在心也

嗟我兄弟邦人諸友莫肯念亂誰無父母邦人諸友謂諸侯也兄弟同姓臣也京師者諸侯之父母也○箋云我我王也莫無也我同姓異姓之諸侯女自恣聽不朝無肯念此於禮法爲亂者女誰無父母乎言皆生於父母也臣之道資於事父以事君

沔彼流水其流湯湯言放縱無所入也○箋云湯湯波流盛貌喻諸侯奢僭既不朝朝天子復不事侯伯

鴥彼飛隼載飛載揚箋云言無所定止也○箋云則飛則揚喻諸侯出兵妄相侵伐

念彼不蹟載起載行心之憂矣不可弭忘不蹟不循道也弭止也○箋云彼彼諸侯也諸侯不循法度妄興師出兵我念之憂不能忘也

鴥彼飛隼率彼中陵箋云率循也隼之性待鳥雀而食飛循陵阜者是其常也喻諸侯之守職順法度者亦是其常也

民之訛言寧莫之懲懲止也○箋云訛僞也言時不令小人好詐僞爲交易之言使見怨咎安然無禁止

我友敬矣讒言其興疾王不能察讒也○

箋云我我天子也友謂諸侯也言諸侯有敬其職順法度者讒人猶與其言以毀惡之王與侯伯不當察之

論曰序言沔水規宣王也則是規正宣王之過失爾今考詩文及箋傳乃是刺諸侯驕恣不朝及妄相侵伐等事了不及宣王也蓋箋傳未得詩人之本意爾

本義曰宣王中興於厲王之後諸侯未洽王之恩德故詩人規戒宣王以恩德親諸侯云沔彼流水朝宗于海者言諸侯朝王如水朝海以此規宣王當容納諸侯如海

納衆水也鴥彼飛隼載飛載止者言諸侯之來者如隼之或飛或止其或來或不來不可常又規王宜常以恩德懷來之也嗟我兄弟邦人諸友莫肯念亂誰無父母者言此同姓異姓之諸侯雖不念王室之亂然誰非父母所生謂人人皆親知親之恩又規王若以恩德懷之則皆親附矣念亂者厲王之亂也念彼不蹟載起載行心之憂矣不可弭忘者謂諸侯不循法度者王念

之載起載行而不安居不可弭忘者又規王以不忘懷來之也鴥彼飛隼率彼中陵者言諸侯有能循法度者無使讒人害之故曰我若親友而欽禮之則讒言其能興乎

黄鳥三章章七句

黄鳥刺宣王也（刺其以陰禮教親而不至聯兄弟之不固）○黄鳥黄鳥無集于穀無啄我粟（興也黄鳥宜集木啄粟者喻天下室家不以其道而相去是失其性）此邦之人不我肯穀（穀善也○箋云不肯以善道與我）言旋言歸復

我邦族宣王之末天下室家離散妃匹相去有不以禮者○箋云言我復反也黃鳥黃鳥無集于桑無啄我粱此邦之人不可與明不可與明夫婦之道○箋云明當為盟盟信也言旋言歸復我諸兄婦人有歸宗之義○箋云謂宗宗子也

黃鳥黃鳥無集于栩無啄我黍此邦之人不可與處處居也言旋言歸復我諸父諸父猶諸兄也

論曰序言黃鳥刺宣王而不言所刺之事毛鄭以為室家相去之詩考文求義近是矣其曰宣王之末天下室家離散者則非也宣王承厲王之亂内修政事外攘夷狄

二六六

征伐所向有功故能恢復境土安集人民內用賢臣外攘諸侯其功德之大蓋中興之盛王然其詩有箴有規有誨有刺者蓋雖聖人不能無過也書稱成湯改過不吝者蓋不言無過言有過而能改爾宣王之詩凡二十篇其興衰撥亂南征北伐則六月采芑江漢常武是也恢復文武之業萬民安集國富人衆廢職皆修則車攻鴻鴈斯干無羊是也慎徵（徽）接下任賢使能則吉

日烝民是也親禮諸侯賞功褒德則崧高韓奕是也夙興勤政則庭燎是也遇災而懼側身修行則雲漢是也其爲功德盛矣其所稱美者衆矣然庭燎曰箴沔水曰規鶴鳴曰誨祈父白駒黄鳥我行其野四篇皆曰刺者所謂雖聖人不能無過也其所任賢臣如方叔召虎尹吉甫仲山甫之徒多矣其用人之失者一祈父爾其有遺賢乘白駒而去者亦一人爾荒歲多淫昏亦

不歲歲皆然蓋有大功者不能無小失也如黃鳥所刺云此邦之人不可與處則他邦可處矣是所刺者一邦之事爾非舉天下皆然也孔子刪詩並録其功過者所以爲勸戒也俾後知大功盛德之君雖小過不免刺譏爾而毛鄭於白駒注云宣王之末不能用賢於黃鳥又云宣王之末天下室家離散如此則宣王者有始無卒終爲昏亂之主矣異乎聖人録詩之意也

歐陽文忠公毛詩本義卷第六

明鈔本歐陽文忠公毛詩本義

第二册

宋 歐陽脩撰

山東省圖書館藏明鈔本

山東人民出版社·濟南

歐陽文忠公毛詩本義卷第七

翰林學士兼龍圖閣學士朝散大夫給事中知制誥充史館修撰判秘閣歐陽　脩

斯干九章四章章七句五章章五句

斯干宣王考室也考成也德行國富人民殷衆而皆佼好骨肉和親宣王於是築宫廟群寢既成而釁之歌斯干之詩以落之此之謂成室宗廟成則又祭先祖○秩秩斯干幽幽南山興也秩秩流行也干澗也幽幽深遠也○箋云興者喻宣王之德如澗水之源秩秩然出無極已也國以饒富民取足焉如於深山如竹苞矣如松茂矣苞本也○箋云言時民殷衆如竹之本生矣其佼好又如松柏之暢茂矣兄及弟矣式相好矣無相猶矣猶道也○箋云猶當作瘉瘉病也言時人骨肉用是相愛好無相詬病也似續妣祖似嗣也○箋云似讀如巳午之巳巳

續妣祖者謂巳成其宮廟也妣先妣姜嫄也祖先祖也 築室百堵西南其戶西鄉戶南鄉戶也○箋云此築室者謂築燕寢也百堵百堵一時起也天子之寢有左右房西其戶者異於一房者之室戶也又云南其戶者宗廟及路寢制如明堂每室四戶是室一南戶爾 爰居爰處爰笑爰語箋云爰於也於是居於是處於是笑於是語言諸寢之中皆可安樂 約之閣閣椓之橐橐約束也閣閣猶歷歷也橐橐用力也○箋云約謂縮板也椓謂擣土也 風雨攸除鳥鼠攸去君子攸芋芋大也○箋云芋當作幠幠覆也寢廟既成其牆屋弘殺則風雨之所除也其堅致則鳥鼠之所去也其堂室相稱則君子之所覆蓋 如鼓斯翼如人之跂竦翼爾 如矢斯棘如鳥斯華棘稜廉也華翼也○箋云棘戟也如人挾弓矢戟其肘如鳥夏暑希華張其翼時 如翬斯飛君子攸躋躋升也○箋云伊洛而南素質五色皆備成章曰翬此章四如者皆謂廉隅之正形貌之

顯也翬者鳥之竒異者也故以成之焉此章主於宗廟君子所什祭祀之時殖殖其庭有覺其
楹殖殖言平正也有覺言高大也○箋云覺直也噲噲其正噦噦其冥正長也冥
幼也○箋云噲噲猶快快也正晝噦噦猶煟煟也冥夜也言居之晝日則快快然夜則煟煟然皆寬明之貌君子攸
寧箋云此章主於寢君子所安燕息之時下莞上簟乃安斯寢箋云莞小
蒲之席也竹葦曰簟既成乃鋪席與群臣安燕為歡以落之乃寢乃興乃占我夢言善
之應人也○箋云興夙興也有善夢之吉祥也吉夢維何維熊維羆維虺維蛇
箋云熊羆之獸虺蛇之蟲四者夢之吉祥也大人占之維熊維羆男子
之祥維虺維蛇女子之祥箋云大人占之謂以聖人占夢之法占之也熊羆在
山陽之祥也故為生男虺蛇穴處陰之祥也故為生女也乃生男子載寢之牀載

衣之裳載弄之璋半圭曰璋裳下之飾也璋臣之職也○箋云男子生而卧於牀尊之也裳晝日衣也衣以裳者明當主於外事也玩以璋者欲其比德焉正以璋者明成之有漸其泣喤喤朱芾斯皇家家君王箋云皇猶煌煌也芾者天子純朱諸侯黄朱室家一家之内宣王所生之子或且爲諸侯或且爲天子皆將珮朱芾煌煌然乃生女子載寢之地載衣之裼載弄之瓦裼褓也瓦紡塼也○箋云卧於地卑之也褓夜衣也明當主於内事紡塼習其所有事也無非無儀唯酒食是議無父母詒罹婦人質無威儀也罹憂也○箋云儀善也婦人無所專於家事有非非婦人也有善亦非婦人也婦人之事惟議酒食爾無遺父母之憂

論曰毛於斯干詁訓而已然與他詩多不同鄭箋章不詳詩之首卒隨文爲解至有一

章之内每句别無一說是以文意散離前後錯亂而失詩之旨歸矣又復差其章句章句之學儒家小之然若乖其本旨害於大義則不可以不正也鄭謂秩秩斯干者喻宣王之德流出無極巳也幽幽南山者喻國富饒民取足如取於山如竹苞矣者喻時人民之殷衆如松茂矣者喻民佼好又以凡及弟矣巳下三句謂時人骨肉相愛好無相詬病斷此爲一章且詩之比興

必須上下成文以相發明乃可推據今若獨用一句而不以上下文理推之何以見詩人之意且如鄭説則一章都無考室之義且宣王方戒其臣民兄弟無相詬病下章承之遽言我似續妣祖初無義理且詩止云似續妣祖鄭便謂是成廟不知何以知之其次句則已别言築寢矣又隔二章後謂如跂斯翼一章爲成廟其下一章又復言寢都無倫次此所謂文意散離

前後錯亂者也且約之閣閣一章與如跂一章皆是述造屋之事而鄭輒别如跂一章爲廟者止用君子攸躋一句謂外而祭祀爾至如七月云躋彼公堂又可爲祭祀乎以此知其謬也自上莞下簟而下四章直述占夢生子等事毛鄭訓釋皆是矣然不言其皆歸則何關考室之義也毛訓秩秩於此爲流行於假樂則爲有常鄭於他詩又别訓爲清莫知孰是今以斯干義考

之有常近是矣毛訓猶爲道鄭於他詩皆訓爲圖爲謀又或爲尙惟爲圖謀近是謀者是疑未决心有所慮而言也蓋言凡弟相親好無疑慮而謀爾鄭又改猶爲瘉改芋爲幠改字先儒巳知其非矣毛訓芋爲大於義是也毛鄭於他詩皆訓棘爲急而毛於此詩爲稜廉意頗近而簡難曉鄭訓爲戟謂如挾弓矢戟其肘迂矣義當爲急矢行緩則枉急則直謂廉隅繩直如矢行

也鄭又謂如鳥斯革云夏暑希革張其翼

著近之甚也革變也謂如鳥驚變而竦顧

也且毛鄭所以不得詩之本義者由不以

此詩爲考室之辭也古人成室而落之必

有稱頌禱祝之言如歌於斯哭於斯聚國

族於斯謂之善頌善禱者是也苦知斯干

爲考室之辭則一篇之義簡易而通明矣

且序但言考室而詩本無廟事鄭云宫廟

亦衍說也

本義曰宣王既成宫寢詩人作爲考室之辭其首章曰秩秩斯干幽幽南山如竹苞矣如松茂矣去者澗也山也有常處而不遷壞者也竹也松也生於其間四時常茂盛不彫落草木之壽也詩人以成室不遷壞如山澗而人居此室常安榮而壽考如松竹之在山澗也此所謂頌禱之辭也其二章曰兄及弟矣式相好矣無相猶矣似續妣祖築室百堵西南其户爰居爰處爰

笑爰語云者謂宣王與宗族兄弟相親無疑間以共承祖先之世不不隕墜得保有此宫寢以與族親居處笑語於中亦聚國族於斯之類也笑語非一人之所獨爲必有共之者謂上所言兄及第也其三章乃言工人約之椓之施功力以成此室以蔽風雨而去鳥鼠然由君子增大而新之也其四章又言宫寢之制度其嚴正如人跂而翼翼敬也其四隅如矢行而直也其棘起

如鳥警而華也其軒翔如翬之飛也謂此室之美如此宜君子外而居之也其五章又言其庭平直其楹植立晝夜寬明宜君子居之而安寧也其六章巳下至于卒章盛占陳夢生子之事者謂安此寢而生男女男則世爲王女則宜人之室家而不貽父母之憂亦禱頌之詞也

無羊四章章八句

無羊宣王考牧也厲王之時牧人之職廢宣王始興而復之至此而成謂先王牛羊之數

○誰謂爾無羊三百爲群誰謂爾無牛九十其犉黄牛黑脣曰犉○箋云爾女也女宣王也宣王復古之牧法汲汲於其數故歌此詩以解之也誰謂女無羊今乃三百頭爲一群誰謂女無牛今乃犉者九十頭言其多矣足如古也爾羊來思其角濈濈聚其角而息濈濈然○箋云言此者美畜産得其所爾牛來思其耳濕濕呞而動其耳濕濕然或降于阿或飲于池或寢或訛訛動也○箋云言此者美其無所驚畏也爾牧來思何蓑何笠或負其餱何揭也蓑所以備雨笠所以御暑○箋云言此者美牧人寒暑飲食有備三十維物爾牲則具異毛色者三十也○箋云牛羊之色異者三十則女之祭祀索則有之爾牧來思以薪以蒸以雌以雄箋云此言牧人有餘力則取薪蒸搏禽獸以来歸也麤曰薪細曰蒸爾羊來思

矜矜兢兢不騫不崩矜矜兢兢言堅強也騫虧也崩羣疾也麾之以肱畢來既升肱臂也升升入牢也○箋云此言擾馴從人意也牧人乃夢衆維魚矣旐維旟矣箋云牧人乃夢見人衆相與捕魚又夢見旐與旟占夢之官得而獻之於宣王將以占國事也大人占之衆維魚矣實維豐年陰陽和則魚衆多矣○箋云魚者庶人之所養也今人衆相與捕魚則是歲熟相供養之祥也易中孚卦曰豚魚吉旐維旟矣室家溱溱溱溱衆也旐旟所以聚衆也○箋云溱溱子孫衆多也

論曰無羊之義簡而易明然毛不解以雌以雄使學者何所從鄭以爾為斥宣王又謂衆維魚矣實維豐年為人衆相與捕魚

是歲熟庶人相供養之祥室家溱溱爲人之子孫衆多既不關考牧事因謂占夢之官獻夢於王皆失之矣且一篇之中所爾者皆是牧人豈特於無羊無牛爲爾宣王鄭亦何從而知此爾宣王而後爾牧人耶以雌以雄鄭謂牧人搏禽獸迂矣據詩衆維魚矣但言魚多爾何有捕魚之文及人之子孫衆多皆不關牧事詩人本爲考牧不應汎言獻夢而爲鄭學者遂附益之以

爲庶人無故不殺鷄豚惟捕魚以爲養此爲謬説不待論而可知鴟鴞曰予未有室家則鳥獸以所居爲室家矣牛羊牢欄亦其室家也

本義曰宣王旣脩厲王之廢百職皆舉而牧人所掌牛羊蕃息詩人因美其事呼牧人而告之曰誰謂爾無牛羊乎其數若此之多也其曰以薪以蒸以雌以雄者謂牛羊在野牧人有餘力於薪蒸而牛羊以時

合其牝牡所以云此者見人畜各遂其樂也魚之爲物生子最多故夢魚者占爲豐年歲無水旱則野草茂而蓄牧肥此牧人之樂也室家溱溱謂牛羊蕃息衆多也

節南山十章六章章八句四章章四句

節南山家父刺幽王也家父字周大夫也○節彼南山維石巖巖興也節高峻貌巖巖積石貌○箋云興者喻三公之位人所尊嚴赫赫師尹民具爾瞻憂心如惔不敢戲談赫赫顯盛貌師大師周之

三公也尹尹氏爲大師具俱瞻視惔燔也○箋云此言尹氏女居三公之位天下之民俱視女之所爲皆憂心如火灼爛之矣又畏女之威不敢相戲而言語疾其貪暴脅下以刑辟也　國既卒斬何用不監卒盡斬斷監視也○箋云天下之諸侯日相侵伐其国已盡絕滅女何用爲職不監察之　節彼南山有實其猗實滿猗長也○箋云猗：也言南山既能高峻又以草木平滿其旁倚之畎谷使之齊均也　赫赫師尹不平謂何箋云責三公之不均平不如山之爲也謂何猶云何也　天方薦瘥喪亂引多荐重瘥病引大也○箋云懲止也天氣方民今又重以病復長幼相亂而死喪甚大多也　民言無嘉憯莫懲嗟憯曾也○箋云懲止也天下之民皆以災害相弔唁無一嘉慶之言曾無以恩德止之者嗟乎奈何　尹氏大師維周之氐秉國之均四方是維天子是毗俾民不迷氐本均平毗厚也○箋云氐當作桎鎋之桎毗輔也言尹

氏作大師之官爲周之桎鎋持国政之平維制四方上輔天子下教化天下使民無迷惑之憂言任至重不弔昊天不宜空我師弔至空窮也○箋云至猶善也不善乎昊天愬之也不宜使此人居尊官困窮我之衆民也弗躬弗親庶民弗信弗問弗仕勿罔君子庶民之言不可信勿罔上而行也○箋云仕察也勿當作末此言王之政不躬而親之則恩澤不信於衆民矣不問而察之則下民末罔其上矣式夷式已無小人殆式用夷平也用平則已無以小人之言至於危殆也○箋云殆近也爲政當用平正之人用能紀理其事者無小人近瑣瑣姻亞則無膴仕瑣瑣小貌兩壻相謂曰亞膴厚也○箋云壻之父曰姻瑣瑣昏壻妻黨之小人無厚任用之置之大位重其禄也昊天不傭降此鞠訩昊天不惠降此大戾傭均鞠盈訩訟也○箋云盈猶多也戾乖也昊天乎師氏爲政不均乃下此多訟之俗又爲不和順之行乃下此乖爭之化病時民傚爲

之怨之於天

君子如屆，俾民心闋。君子如夷，惡怒是違。屆，極。闋，息。夷，易。違，去也。○箋云：屆，至也。君子，斥在位者。如行至誠之道，則民鞫訩之心息；如行平易之政，則民乖爭之情去。言民之失由於上，可反復也。

不弔昊天，亂靡有定。式月斯生，俾民不寧。憂心如酲，誰秉國成？病酒曰酲。成，平也。○箋云：弔，至也。至猶善也。定，止。式，用也。不善乎昊天，天下之乱無肯止之者。用月此生，言月月益甚也。使民不得安，我今憂之如病酒之酲矣。觀之君臣，誰能持国之平乎？言無有也。

不自為政，卒劳百姓。箋云：卒，終也。昊天不自出政教，則終窮苦百姓，欲使昊天出圖書，有所授命乃得安。

駕彼四牡，四牡項領。項，大也。○箋云：四牡者，人君所乘駕，今但養大其領，不肯為用，喻大臣自恣，王不能使也。

我瞻四方，蹙蹙靡所騁。騁，極也。○箋云：蹙蹙，縮小之貌。我視四方土地日見侵削於夷狄，蹙蹙然雖欲馳騁，無所之也。

方茂爾

惡相爾矛矣茂勉也○箋云相視也方爭訟自勉於惡之時則視女矛矣言欲戰鬭相殺傷也既夷既懌如相醻矣懌服也○箋云夷說也言大臣之乖爭本無大讎其已相和順而說懌則如賓主飲酒相醻酢也昊天不平我王不寧不懲其心覆怨其正正長也○箋云昊天乎師尹為政不平使我王不得安寧女不懲止女之邪心而反怨憎其正也家父作誦以究王訩家父大夫也○箋云究窮也大夫家父作此詩而為王誦之以窮極王之政所以致多訟之本意式訛爾心以畜萬邦箋云訛化畜養也

論曰作詩序者見其卒章有家父作誦之言遂以為此詩家父所作此其失也考詩之言極陳幽王任大師致王政敗亂號天

仰許斥責其君臣無所隱避卒乃自言作此詩以窮極王之致亂之本欲使王心化其言以遷善然則家父者果何人哉至於君臣之際無所忌憚直指其惡而自尊其言雖施於賢王猶恐不可況於幽王昏亂之主使家父有知其言不如是也詩言民畏其上不敢戲談豈有作詩人之極斥其君臣過惡極陳其亂亡之狀而自道其名字又顯言我宄王致亂之由與不敢戲談

之義傾乖此不近人情之甚者又稱其字曰家父按春秋桓公十五年天王使家父來求車距幽王卒之年至桓王卒之年七十五歲矣然則幽王之時所謂家父者不知爲何人也說者謂幽王之時有兩家父又曰父子皆字家父此由爲曲說也或云乃求車之家父爾至平王時乃作詩耳此亦不通要在失於以家父作此詩遂至衆說之乖謬也且追思前王之美以刺今詩

多矣若追刺前王之惡則未之有也蓋刺者欲其改過非欲暴君惡於後世也若追避刺前王則改過無及而追慕[暴]其惡此古人之不為也故言平王時作詩刺幽王者亦不通也按詩三百五篇惟寺人孟子自著其名而崧高烝民所謂吉甫作誦者皆非吉甫自作之詩夫所謂誦者豈得以為詩乎詁訓未常以誦為詩也詩云誦言如醉蓋誦前言而已然則作節南山詩者不知

何人也家父爲作詩者所述爾今序既失之非毛鄭之過也毛鄭於此詩大義得之而不免小失所謂憯莫懲嗟如鄭注以憯莫懲爲一句嗟字獨爲一句於義豈安不弔昊天毛訓弔爲至鄭又轉解至爲善皆失之不自爲政鄭意謂民怪天不自出政教既而自覺其非又言天不出圖書有所授命不惟怪妄且詩意本無至於駕彼四牡四牡項領我瞻四方蹙蹙靡所騁本是

一章而鄭注分爲兩義蓋不得詩人之本意也

本義曰大師尹氏爲下民所瞻而爲治不平致王政亂民被其害本義毛鄭皆得之其十章之所失者五一曰憯莫懲嗟者謂民無善言而莫有懲艾嗟閔者爾二者不弔昊者天言昊不天弔哀此下民而使王政害民如此也三曰不自爲政者責幽王不自爲政而使此尹氏在位致百姓於憂

勞也四曰駕彼四牡四牡項領我瞻四方蹙蹙靡所騁云者作詩者言我駕此大領之四牡四顧天下王室昏亂諸侯交爭而四方皆無可往之所五曰家父作誦云者作節南山者詩既已具陳幽王任用大師之失致民被其害矣其卒章則曰有家父者常有誦言以究王之失庶幾王心化善而能畜萬邦也詩之本意如此爾

正月十三章八章章八句五章章六

句

正月大夫刺幽王也○正月繁霜我心憂傷正月夏之四月也繁多也○箋云夏之四月建巳之月純陽用事而霜多急恒寒若之異傷害萬物故心爲之憂傷民之訛言亦孔之將將大也○箋云訛僞也人以僞言相陷入使王行酷暴之刑致此災異故言亦甚大也念我獨兮憂心京京哀我小心癙憂以痒京京憂不去也癙痒皆病也○箋云念我獨兮者言我獨憂此政也父母生我胡俾我瘉不自我先不自我後父母謂文武也我我天下瘉病也○箋云自從也天使父母生我何故不長遂我而使我遭此暴虐之政而病此何不出我之前居我之後窮苦之情苟欲免身好言自口莠言自口莠醜也○箋云自從也此疾訛言之人善言從女口出惡言亦從女口出女口一爾善也惡也同出其中謂其

可賤憂心愈愈是以有侮愈愈憂懼也○箋云我心憂政如是是與訛言者殊途故用是見侵侮也憂心惸惸念我無祿惸惸憂意也○箋云無祿者言不得天祿自傷值今生也民之無辜并其臣僕古者有罪不入于刑則役之圜土以為臣僕○箋云辜罪也人之尊卑有十等僕第九臺第十言王既刑殺無罪并及其家之賤者不止于所罪而已書曰越茲麗刑并制哀我人斯于我何從祿箋云斯此于於也哀乎今我民人見遇如此當于何從得天祿免于是難瞻烏爰止于誰之屋冨人之屋烏所集也○箋云視烏集于富人之屋以言今民亦當求明君而歸之瞻彼中林侯薪侯蒸中林林中也薪蒸言也似而非○箋云侯維也林中大木之處而維有薪蒸尒喻朝廷宜有賢者而但聚小人也民今方殆視天夢夢王者為亂夢夢然○箋云方且也民既且危亡視王所為反夢夢然而亂無統理安人之意既克有定靡

人弗勝勝乘也○箋云王既能有所定尚復事之小者爾無人而不勝言凡人所定皆勝王也有皇上帝伊誰云憎皇君也○箋云伊讀當為繄繄猶是也有君上帝者以情告天也使王暴虐如是是憎惡誰乎欲天指害其所憎而已謂山蓋卑為岡為陵在位非君子乃小人也○箋云此喻為君子賢者之道人尚謂之卑況為凡庸小人之行民之訛言寧莫之懲箋云小人在位曾無欲止衆民之為偽言相陷害也召彼故老訊之占夢故老元老訊問也○箋云君臣在朝侮慢元老召之不問政事但問占夢不尚道德而信徵祥之甚具曰予聖誰知烏之雌雄君臣俱自謂聖也○箋云時君臣賢愚適同如烏雌雄相似誰能別異之乎謂天蓋高不敢不局謂地蓋厚不敢不蹐維號斯言有倫有脊局曲也蹐累足也倫道脊理也○箋云局蹐天高而有雷霆地厚而有陷淪也此民疾苦王政

上下皆可畏怖之言也維民號呼而發此言皆有道理所以至然者非徒苟妄爲誣辭哀今之人胡爲虺蜴蜴螈也○箋云虺蜴之性見人則走哀哉今之人何爲如是傷時政也瞻彼阪田有菀其特言朝廷曾無桀臣○箋云阪田崎嶇墝埆之處而有菀然茂特之苗喻賢者在閒辟隱居之時天之扤我如不我克扤動也○箋云我我特苗天以風雨動搖我如將不勝我謂其迅疾也彼求我則如不我得箋云彼彼王也王之始徵求我如恐不得我言其禮命之繁多執我仇仇亦不我力仇仇猶謷謷也○箋云王既得我執留我其禮待我謷謷然亦不問我在位之功力言其貪賢之名無用賢之實心之憂矣如或結之今茲之正胡然厲矣厲惡也○箋云茲此正長也心憂如有結之者憂今此之君臣何一然爲惡如是燎之方揚寧或滅之滅之以水也○箋云火田爲燎燎之方盛之時炎熾

慓怒寧有能滅息之者言無有也以無有喻有之者爲甚也赫赫宗周褒姒威之宗周鎬京也褒國也姒姓也威滅也有褒國之女幽王惑焉而以爲后詩人知其必滅周也終其永懷又窘陰雨窘困也○箋云窘仍也終王之所行其長可憂傷矣又將仍憂於陰雨陰雨喻君有泥陷之難其車既載乃棄爾輔大車重載又棄其輔○箋云以車之載物喻王之任國事也棄輔喻遠賢也載輸爾載將伯助予將請伯長也○箋云輸墮也棄女車輔則墮女之載乃請長者見助以言國危而求賢者已晚矣無棄爾輔員于爾輻員益也屢顧爾僕不輸爾載箋云屢數也僕將車者也顧猶視也念也終踰絕險曾是不意箋云女不棄車之輔數顧女僕終用是踰度陷絕之險女曾不以是爲意乎以商事喻治國魚在于沼亦匪克樂潛雖伏矣亦孔之炤沼池也○

憂心慘慘念國之爲虐慘慘猶戚戚也彼有旨酒

又有嘉殽言禮物備也○箋云彼彼尹氏大師也洽比其鄰昏姻孔云

洽合鄰近云旋也是言王者不能親親以近遠○箋云云猶友也言尹氏富獨與兄弟相親友爲朋黨也念我獨

兮憂心慇慇慇慇然痛也○箋云此賢者孤特自傷也佌佌彼有屋蔌

蔌方有穀佌佌小也蔌蔌陋也○箋云穀祿也此言小人富而窶陋將貴也民今之無

祿天夭是椓居夭之在位椓之○箋云民於今而無天祿者天以荐瘥夭殺之是王者之政又復椓破

之言遏害甚也哿矣富人哀此惸獨哿也獨單也○箋云此言王政如是富人已可

惸獨將困也

論曰正月之詩十三章九十四句其辭固

巳多矣然皆有序次而毛鄭之說繁衍迂闊俾文義散斷前後錯亂今推著詩之本義則二家之說不論可知惟其爲大害者如毛鄭解瞻烏之意則正月者乃大夫教其民叛上之詩也毛謂父母爲文武鄭謂彼有旨酒爲尹氏大師皆詩無明文二家妄意而言爾鄭又謂車載二章以商事喻治國者亦非也蓋以覆車喻覆國爾不必商人之車也詩曰不自我先不自我後謂

適丁其時爾鄭謂苟欲免身而後學者因益之曰寧貽患於父祖子孫以苟自免者豈詩人之意哉烏巢鳥也當止於林木屋非烏所止也止屋則近福（禍）以譬君子仕亂邦非所宜處而將及禍也毛鄭之意不然謂烏擇富人之屋而集譬民當擇明君而歸之是爲大夫者無忠國之心不救王惡而教民叛也幽厲之詩極陳怨刺之言以揚君之惡孔子録之者非取其暴揚主過

也以其君心雖葦非規誨可入而其臣下猶有愛上之忠極盡下情之所苦而指切其惡尚冀其警懼而改悔也至其不改悔而敗亡則録以爲後王之戒如毛鄭膽烏之説異乎孔子録詩之意矣

本義曰其一章云正月繁霜我心憂傷民之訛言亦孔之將云者霜降非時天災可憂而民之訛言以害於國又甚於繁霜之害物也又曰念我獨兮憂心京京哀我小

心癙憂以痒云者大夫言巳獨爲王憂爾以見幽王之朝多小人而君臣不知憂懼也其二章云父母生我胡俾我瘉不自我先不自我後云者言父母生育我猶不欲使我有疾病而乃遭羅憂患如此蓋適丁其時爾其曰不自我先後者直歎巳適遭之爾又曰好言自口莠言自口憂心愈愈是以有悔云者刺王但見人言從口出而不分善惡而我爲之憂是以見悔慢也其

三章曰憂心惸惸念我無祿民之無辜并
其臣僕哀我人斯于何從祿瞻烏爰止于
維之屋云者大夫懼禍思去其位也念我
無祿者念思也思毋食其祿也所以然者
見時人民無辜并其臣僕濫及所刑罰所
以懼而思去也既自爲謀而又哀他人之
居祿位者如烏止於人屋處非所安而將
及禍也其四章曰瞻彼中林侯薪侯蒸民
今方殆視天夢夢既克有定靡人弗勝有

皇上帝伊維云憎云者道民怨訴於天之詞也云人之乏薪蒸者瞻彼中林則往得所欲今方危殆而仰瞻天則夢夢然而無所告若天能有定意何人不可禍罰之然此訛言亂國之民不見禍罰而使危殆之民反被其害被彼皇皇上帝果憎誰乎此怨訴之言也其五章曰謂山蓋卑爲岡爲陵民之訛言寧莫之懲云者言人勿謂山爲卑不能阻險以致傾覆此山至卑止爲岡

陵亦能使人傾覆言不可忽也然則訛言之人其可忽爲無害而莫之懲乎又曰召彼故老訊之占夢具曰予聖誰知烏之雌雄者意謂烏之雌雄尚不能知其能知我夢之吉凶乎此驕昏之主侮慢老成之嗣也凡禽鳥之雌雄多以其首尾毛色不同而别烏之首尾毛色雌雄不異人所難别故引以爲言其六章曰謂天蓋高不敢不局謂地蓋厚不敢不蹐維號斯言有倫

有脊哀今之人胡爲虺蜴云者大夫旣戒王無忽訛言而不懲因又戒其小人曰汝無恃王不懲汝譬猶謂天高去人雖遠謂地厚託足雖安然不可不局蹐而畏懼者天有時而降禍殃地有時而致淪陷言天地猶如此宜常畏懼王之恩私難恃也我之斯言甚有倫理而哀爾訛言之人闇我正言則走避如虺蜴見人輙走然大夫所哀之人蓋指訛言之小人也其七章曰瞻

彼阪田有菀其特天之扤我如不我克彼求我則如不我得執我仇亦不我力云者大夫自傷獨立於昬朝之詞也五章旣陳戒王之意六章又戒小人而不見聽因自傷獨立而無助云瞻彼阪田之苗有特立者乃菀然而茂盛今我獨立於昬朝而勢傾危天之扤我惟恐不傾折也又云彼有欲求我相則效者又不與我相遭其與同列而耦居者又不出力助我也云天之

扤我者君子居危推其命於天地古言謂耦爲仇其復言仇仇者猶昔言兩兩今言雙雙也大夫旣傷獨力而知其無如之何故於下章遂及亡國之憂然猶欲救之也其八章曰心之憂矣如或結之今茲之正胡然厲矣燎之方揚寧或滅之赫赫宗周褒姒烕之云者言我心之憂如結而國之政何其惡也正政古用字多通而毛訓爲長非也又言火燎于原其勢盛若不可嚮

而猶或有撲滅之者周雖赫然而必爲褒姒所滅也作詩時周實未滅而云滅之者鄭箋是矣詩上七章皆述王信訛言亂政至此始言滅周主於褒姒者謂王溺女色而至昏惑推其福〔禍〕亂之本以歸罪也其九章曰終其永懷又窘陰雨云者謂欲以車棄其輔而覆其載喻王將傾覆其國故先言陰雨者謂車遭雨水泥濘而又棄其輔則必覆爾既覆而求助則不及矣其十章

又戒其無棄爾輔而益其輻又顧其僕使不覆所載者謂駕車者當如此猶恐覆敗而今乃履絶險而不以爲意則宜其覆矣此又喻王不知戒慎以覆國也所謂猶款救之之辭也其十一章曰魚在于沼亦匪克樂潛雖伏矣亦孔之炤憂心慘慘念國之爲虐云者大夫旣憂國之將亡又自傷將及於禍之詞也水魚所樂也而池沼近人常易得禍故曰匪樂雖潛藏隱伏而以

近人終彼獲也以此身仕亂邦無所逃禍也其曰念國爲雹者意謂國君雹政而我仕於亂邦也其十二章曰彼有旨酒又有嘉殽合比其鄰昏姻孔云念我獨兮憂心殷殷云者大夫既自傷將及禍而又哀彼衆人不知危亡可憂而猶有以酒殽與其鄰里親戚爲樂者而我獨憂也其十三章曰佌佌彼有屋蔌蔌方有穀民今之無祿夭夭是椓哿矣富人哀此惸獨云者言彼

佌佌之小人蔌蔌之貪陋者祄猶有屋穀
以生而今民無祿食天又夭害之國既君
不能恤矣彼富人之有餘者尚可哀此惸
獨而恤之也大夫憂國者陳禍亂述危殆
戒其君及其民備矣知其無可奈何矣反
告富人以哀惸獨此窘窮茍且之急辭也
故以爲卒章

十月八章章八句

十月之交大夫刺幽王也當爲刺厲王作詁訓傳時移其篇第因改之爾節刺

師尹不平乱靡有定此篇譏皇父擅恣日月告凶正月惡褒姒滅
周此篇疾豔妻煽方處又幽王時司徒乃鄭桓公友非此篇之所
云番也是以知然○十月之交朔月辛卯日有食之亦
孔之醜之交日月之交會醜惡也○箋云周之十月夏之八月也八日朔日日月交會而日食陰侵陽臣侵君之
象日辰之義日為君辰為臣辛金也卯木也又以卯侵辛故甚惡也彼月而微此日而微
月臣道日君道○箋云微謂不明也彼月則有微今此日反微非其常為異尤大也今此下民亦孔
之哀箋云君臣失道災害將起故下民亦甚可哀日月告凶不用其行四
國無政不用其良箋云吉凶告天下以凶亡之徵也行道度也不用之者謂相干犯也四方
之国無政治者由天子不用善人也彼月而食則維其常此日而食
于何不臧箋云臧善也爗爗震電不寧不令爗爗震電貎震雷也

○箋云雷電過常天下不安政教不善之徵

百川沸騰山冢崒崩沸出騰乘也山頂曰冢○箋云崒者崔嵬百川沸出相乘陵者由貴小人也山頂崔嵬者崩君道壞也

高岸爲谷深谷爲陵言易爲也○箋云易位者君子居下小人處上之謂也

哀今之人胡憯莫懲箋云憯曾懲止也變異如此禍亂方至哀哉今在位之人何曾無以道德止之

皇父卿士番維司徒家伯維宰仲允膳夫聚子內史蹶維趣馬楀維師氏豔妻煽方處豔妻褒姒美色曰豔煽熾也○箋曰皇父家伯仲允皆字番聚蹶楀皆氏厲王淫於色七子皆用台嬖寵方熾之時並處位言妻黨盛女謁行之甚也敵夫曰妻司徒之職掌天下土地之圖人民之數冢宰建邦之六典皆卿也膳夫上士也掌王之飲食膳羞內史中大夫也掌爵祿廢置殺生予奪之法趣馬中士也掌王馬之政師氏亦中大夫也掌司朝得失之事六人之中雖官有尊卑權寵相連朋黨於朝是以疾焉皇父則爲之端

首兼擅羣職故但目以卿士云抑此皇父豈曰不時胡為我作不即我謀徹我牆屋田卒汙萊時是也下則汙高則萊○箋云抑之言噫噫是皇父疾而呼之女豈曰我所為不是乎言其不自知惡也女何為役作我不先就與我謀使我得遷徙乃反徹毀我牆屋令我不得趨農田卒為汙萊乎此皇父所築邑人之怨辭曰予不戕禮則然矣箋云戕殘也言皇父既不自知不是反云我不殘敗女田業禮下供上役其道當然言文過也皇父孔聖作都于向擇三有事亶侯多藏皇父甚自謂聖向邑也擇三有事有司國之三卿信維貪淫多藏之人也○箋云專權足足已自比聖人作都立三卿皆取聚斂之臣言不知厭也禮畿內諸侯二卿不憖遺一老俾守我王箋云憖者心不欲自强之辭也言盡將舊在位之人與之皆去無留衛王擇有車馬以居徂向箋云又擇民之富有車馬者以往居于向也黽勉從

事不敢告勞箋云詩人賢者見時如是勉以從王事雖勞不敢是位勞畏刑罰也無罪

無辜讒口嚻嚻箋云嚻〻眾多貌時人非有辜罪其被讒口見椓譖嚻〻然下民之

孽匪降自天噂沓背憎職競由人噂猶噂〻沓猶沓沓職主也○

箋云孽妖孽謂相為災害也下民有此言非從天墮也噂〻沓〻相對談語背則相憎逐為此者主由人也悠悠

我里亦孔之痗悠悠憂也里病也痗病也○箋云里居也悠悠乎我居今之世亦甚困病四方

亦羨我獨居憂羨餘也○箋云四方之人盡有饒餘我獨居此而憂民莫不

逸我獨不敢休箋云逸逸豫也天命不徹我不敢傚

我友自逸徹道也親屬之臣心不能已○箋云不道者言王不循天之政教

兩無正七章二章章十句二章章八

句三章章六句

雨無正大夫刺幽王也雨自上下者也衆多如雨而非所以爲政也亦當爲刺厲王王之所下教令甚多而無正也○浩浩昊天不駿其德降喪饑饉斬伐四國駿長也穀不孰曰饑蔬不孰曰饉○箋云此言王不能繼長昊天之德至使昊天下此死喪饑饉之災而天下諸侯於是更相伐昊天疾威弗慮弗圖箋云慮圖皆謀也王既不駿昊天之德今昊天又疾其德以刑罰威恐天下而不慮不圖舍彼有罪既伏其辜若此無罪淪胥以鋪舍除淪率也○箋云胥相鋪徧也言王使此無罪者見牽率相引而徧得罪也周宗既滅靡所止戾戾定也○箋云周宗鎬京也是時諸侯不朝王民不堪命王流于彘無所安定也正大夫離

居莫我知勩勩勞也○箋云正長也長官之大夫於王流于彘而皆散處無復我我知民之見罷流也

三事大夫莫肯夙夜邦君諸侯莫肯朝夕箋云王流在外三公及諸侯隨王而行者皆無君臣之禮不肯晨夜朝莫省王也庶曰式臧覆出為惡覆反也○箋云人見王之失所庶幾其自改悔而用善人反出教令復為惡也如何昊天辟言不信如彼行邁則靡所臻辟法也○箋云如何乎昊天痛而愬之也為陳法度之言不信之也我之言不見信如行而無所止也凡百君子各敬爾身胡不相畏不畏于天箋云凡百君子謂衆在位者各敬慎女之身正君臣之禮何為上下不相畏乎上下不相畏是不畏天乎戎成不退飢成不遂曾我暬御憯憯日瘁戎兵遂安也暬御侍御也瘁病也○箋云兵成而不退謂王見流于彘無御止之者飢成而不安謂王在

飢之於飲食之蓄無輸粟歸餼者此二者曾但侍御左右小臣憯憯憂之大臣無念之者凡百君子莫肯用訊聽言則荅譖言則退以言進退人也○箋云訊告也衆在位者無肯用此相告語者言不憂王之事也荅猶距也有可聽用之言則共以辭距而違之有譖毁之言則共為排退之群臣並為不忠惡直醜正哀哉不能言匪舌是出維躬是瘁哀賢人不得言不得出是舌也○箋云瘁病也不能言言之拙也言非可出於舌其身旋見困病哿矣能言巧言如流俾躬處休哿可也可矣世所謂能言也巧言從俗如水轉流○箋云巧猶善也謂以事類風切剴微之言如水之流忽然而過故不悖逆使身居安休休然乱世之言順説為上維曰于仕孔棘且殆云何不使得罪于天子亦云可使怨及朋友于往也○箋云棘急也不可使者不正不從也可使者雖不正從也居今衰乱世之云往仕乎甚急迮且

尼急難宜危以此二者也謂爾遷于王都曰予未有室家賢者不肯遷于王都也○箋云主流于彘正大夫離居同姓之臣從王思其友而呼之謂曰女今可遷居王都謂彘也其友辭之云我未有室家於王都可居也鼠思泣血無言不疾無聲曰泣血無所言而不見疾也○箋云鼠憂也既辭之以無室家為其意恨又患不能距止之故云我憂思泣血欲遷王都見女今我無一言而不道疾者言已方困於病故未能也昔爾出居誰從作爾室遭亂世義不得去思其友而不肯反者也○箋云往始離居之時誰隨為女作室女猶自作之爾今反以無室家距我恨之辭

小旻六章三章章八句三章章八句

小旻大夫刺幽王也所刺列於十月之交雨無正為小故曰小旻亦當為刺厲王○

旻天疾威敷于下土敷布也○箋云旻天之德疾王者以刑罰威恐萬民其政教乃布於

下土言天下徧知

謀猶回遹，何日斯沮。回邪遹辟沮壞也○箋云猶道沮止也今王謀為政之道回辟不循旻天之德已甚矣心猶不悛何日此惡將止

謀臧不從，不臧覆用。我視謀猶，亦孔之邛。邛病也○箋云臧善也謀之善者不從其不善者反用之我視王謀為政之道亦甚病天下

潝潝訿訿，亦孔之哀。潝潝然患其上訿〻然患不稱乎上○箋云臣不事君亂之階也甚可哀也

謀之其臧，則具是違。謀之不臧，則具是依。我視謀猶，伊于胡底。箋云于御底至也謀之善者俱背違之其不善者依就之我視今君臣之謀道往行之將何所至乎言必至扵乱

我龜既厭，不我告猶。猶道也○箋云猶圖也卜筮數而瀆龜〻靈厭之不復告其所圖之吉凶言雖得兆占繇不中

謀夫孔多，是用不集。集就也○箋云謀事者衆而非賢者是非相奪莫適可從故所為不成

發言盈庭，誰敢執其咎？謀人之国，国危則死之，古之道也。○箋云：謀事者衆，訩訩滿庭，而無敢決當是非。事若不成，誰云已當其咎責者。言小人爭知而讓過。如匪行邁謀，是用不得于道。箋云：匪，非也。君臣之謀事如此，與不行而坐圖遠近，是於道路無進於跬步，何以異乎？哀哉爲猶，匪先民是程，匪大猶是經。維邇言是聽，維邇言是爭。古曰在昔，昔日先民。程，法。經，常。猶，道。邇，近也。爭爲近言。○箋云：哀哉，今之君臣謀事，不用古人之法，不循大道之常，而徒聽順近言之同者，爭近言之異者。言見動輒則泥陷，不至於遠也。如彼築室于道謀，是用不潰于成。潰，遂也。○箋云：如當路築室，得人而與之謀所爲，路人之意不同，故不得遂成也。國雖靡止，或聖或否；民雖靡膴，或哲或謀，或肅或艾。靡止，言小也。人有通聖者，有不能者，亦有明哲者，有聰謀者艾治也有恭肅者有治理者○箋云靡無止禮膴法也言天下諸侯今雖無禮其心性猶有通聖者有賢者民雖無法其心性猶有知者有謀者有肅者有艾者王何不擇焉置之於位而任之爲治乎書曰敬作聖明作哲聰則謀恭則肅從作乂詩人之意欲王敬用五事以明天道故云然

如彼泉流無淪胥以敗箋云淪率也王之爲政當如源泉之流行則清無相牽率爲惡以自濁

不敢暴虎不敢馮何人知其一莫知其他馮陵也徒涉曰馮河徒搏曰暴虎一非也他不敬小人之危殆也○箋云人皆知暴虎馮河立至之害而無知當畏愼小人能危亡也

戰戰兢兢戰戰恐也兢兢戒也如臨深淵恐隊也如履薄冰恐陷也

小菀六章章六句

小宛大夫刺幽王也亦當爲刺厲王○宛彼鳴鳩翰飛

戾天興也宛小貌鳴鳩鶻鵰翰高戾至也行小人道責高明之功終不可得我心憂傷念昔先人先人文武也明發不寐有懷二人明發發夕至明人之齊聖飲酒温克齊正克勝也○箋云中正通知之人飲酒雖醉猶能温藉自持以勝彼昏不知壹醉日富醉日而富矣○箋云童昏無知之人飲酒一醉自謂日益富夸淫自恣以財驕人各敬爾儀天命不又又復也○箋云今女君臣各敬愼威儀天命所去不復求也中原有菽庶民采之中原原中也菽藿也力采者則得之○箋云藿生原中非有主也以喻王位無常家也勤於德者則得之螟蛉有子蜾蠃負之螟蛉桑蟲也蜾蠃蒲盧也負持也○箋云蒲盧取桑蟲之子負持而去煦嫗養之以成其子喻有万民不能治則能治者將得之教誨爾子式穀似之箋云式用穀善也今有教誨女之万民用善道者亦似蒲盧言將得而子也題彼脊

令載飛載鳴題視也脊令不能自舍君子有取節爾○箋云題之為言視睇也載之言則也則飛則鳴翼也口也不有止息我日斯邁而月斯征箋云我我王也邁征皆行也王日此行謂日視朝也而月此行謂月視朔也先王制此禮使君與群臣議政事日有所決月有所亦無時止息夙興夜寐無忝爾所生忝辱也交交桑扈率場啄粟交交小貌桑扈竊脂也言上為乱政而求下之治終不可得也○箋云竊脂肉食無今肉而循場啄粟失其天性不能以自治哀我填寡宜岸宜獄握粟出卜自何能穀填盡岸訟也○箋云仍得日宜自從穀生也可良哉我窮盡寡財之人仍有獄訟之事無可以自救但持粟行卜求其勝負從何能得生

溫溫恭人溫溫和柔貌如集于木恐隊也惴惴小心如臨于谷恐隕也戰戰兢兢如履薄冰箋云衰亂之世賢人

君子雖無罪猶恐懼

論曰君子之所以貴於衆人者衆人之惑君子辨之而世取信焉是不可以不慎也故至於有所疑則雖聖人猶或闕焉者慎之至也吾於十月之交小旻小宛正其失而從其是者於浩浩昊天置之而不敢辨者闕其所疑也此四詩者毛氏皆以爲刺幽王鄭氏皆以爲刺厲王而後世惑焉鄭謂十月爲刺厲王者以番維司徒豔妻煽

方勵及七子以后寵亂政知之也其言幽王時鄭桓公友爲周司徒而非番也按幽王在位十一年至其八年始以友爲司徒其前七年安知無番爲司徒也就使番不爲幽王司徒亦安知其厲王司徒也毛以豔妻爲襃姒而鄭謂襃姒非王后不得而稱妻遂以豔妻自是厲王之后就使襃姒不稱妻亦安知豔妻爲厲王后也按史記載厲王之事惟云好專利任用榮夷公又

使衛巫監謗得謗者而殺之拒芮良夫召公等諫又云暴虐侈傲而已若使豔妻用事以致流亡則不得畧而不載也厲王出奔于彘十四年本紀惟言太子靜留匿召公家而不言王后所在及其姓氏始末前世諸儒皆無之使厲王由豔妻以致亂亡不應前世都沒而不見既無所見鄭氏何從而知之據詩列皇父卿士至于豔妻此八人者皆是用事亂政之人爾而鄭氏乃

以七子者皆是后之親黨且詩無后黨之文而豔妻姓氏本末尚皆不可知而七子者安知皆爲后黨是三者皆其臆說之謬妄者也幽厲皆昏亂之主也及其於禍也亦然小宛之詩據文求義施于厲幽皆可雖鄭氏亦不能爲說以見非刺厲也而爲鄭學者疆附之益乃云四詩之序皆言大夫刺既以十月爲刺厲王則小旻小宛從可知然則正月不云大夫刺乎安得獨爲

刺幽王也又云小旻小宛其卒章皆有怖
畏恐懼之言似是一人之作夫以似是而
爲必然之論此不待攻而可破也或問十
月之交從毛爲刺幽可矣旻菀旄於厲幽
皆可而子亦從毛爲刺幽而不疑者何也
曰邑中失火邑人走而相告曰火起某坊
郊野道路之人望而相語曰火在某坊則
誰從乎若以邑中人之言爲非而郊野道
路之言爲是者非人情也毛氏當漢初興

去詩猶近後二百年而鄭氏出使其說有可據而推理爲得從之可矣若其說無據而推理不然又以似是之疑爲必然之論則吾不得不捨鄭而從毛也或者又曰然則兩無正亦可矣從毛矣何疑而闕焉曰使毛於詩序但云浩浩昊天刺幽王則吾從之矣其曰兩無正則吾不得不疑而闕古之人於詩多不命題篇而篇名往往無義例其或有名者則必述詩之意如巷伯

常武之類是也今雨無正之名據序曰雨自上下者也言衆多如雨而非所以爲政也此述篇中所刺厲王下教令繁多如雨而非正爾今考詩七章都無此義與序絶異其第一章言天降饑饉於四國及無罪之人淪陷非辜爾自二章而下皆言王流于彘巳後之事且王既出奔宣王未立周召二公攝政十四年而王卒崩于外是厲王不復爲政久矣安有教令所下如雨之

多者乎况詩六章如毛鄭箋傳悉是刺周
之大夫諸侯不肯從王出居而無人夙夜
朝夕事王于外及在位之人不能聽言而
不畏天命等事爾殊無一言及於教令自
上而下之意然則雨無正不爲昊天之辱
决可知也獨不知何爲而列於此是以闕
其所疑焉十月小旻鄭氏差其時世及七
子豔妻之失吾旣巳詳之矣其餘箋傳之
說皆得詩人之意惟小宛箋傳之失不可

以不論正其本義論曰幽王亡國之君其罪惡非一而作詩以刺王者亦非一人故各陳其事而刺之不必篇篇徧舉其惡也小宛所刺據文求義是大夫刺王不能勉彊以繼先王之業而驕昬醉酒使下民多陷罪罟而君子憂懼不安其大旨勸王勉彊之詩也而毛解鳴鳩戾天謂行小人之道不可責高明之功正與詩人之意相返反又謂先人爲文武亦踈矣而後之學者旣

以先人爲文武而有懷二人又爲文武不
應重復其言而無他義也鄭以螟蛉之子
比萬民亦踈矣至以日邁月征爲視朝視
朔及謂岸獄中人持粟出卜皆謬論也卜
者决疑之謂也有疑而問謂之卜毛以交
交爲小貌亦初無義理交交者參雜相亂
之謂也鄭於甫田之仆桑扈詩以交交爲
飛往來貌是也

本義曰大夫刺幽王敗政不能継先王之

業其曰宛彼鳴鳩翰飛戾天云者謂此鳩
雖小鳥亦有高飛及天之志而王不自勉
彊奮起曾飛鳩之不如以墜其先王之業
故曰念昔先人謂思宣王也其曰有懷二
人者以下章所陳二人刺王云人誰不飲
酒一人則齊肅通明雖飲而温克一人則
昬然無知但以沉醉苟一日之樂謂王也
因戒之使無耽此樂宜敬天命之無常也
旣以此語警之則又勸勉之云中原有菽

庶人皆可採往者無不得也世有善道凡
人皆可爲爲則得之矣王何獨不爲也又
言人性雖悪可變而爲善譬如螟蛉之子
教誨之則可使變其形而爲蜾蠃子也既
勸勉之則又告其速自改悔云譬如脊令
且飛且鳴自勤其身不少休息今日月之
行甚速不可失時王亦宜夙夜汲汲勉勵
庶無忝辱於先王云所生者亦謂宣王也
其下二章則言小人君子所苦以見舉國

之人今皆失所也謂被桑扈食肉之鳥今無肉以食則相與群飛雜亂循場而爭粟有如國人失其常業而至於窮寡乃相與爭訟而入於岸獄云宜者謂其勢不得不然也王又愚暗不曉民事至乃握粟問人云此粟自何而能得成穀謂不知稼穡之艱難猶今世誚愚人云菽麥不分是也王旣驕昏如此則其君子立於朝者如集于木危懼而不安又如臨谷履冰常憂陷隕

也

卷末

歐陽文忠公毛詩本義卷第八

翰林學士兼龍圖閣學士朝散大夫給事中知制誥充史館修撰秘判閣歐陽脩

巧言六章章八句

巧言刺幽王也大夫傷於讒故作是詩也〇悠悠昊天曰父母且無罪無辜亂如此憮憮大也〇箋云悠悠思也憮敖也我憂思乎昊天愬王也始者言其且爲民之父母今乃刑殺無罪無辜之人爲亂如此甚傲慢無法度也昊天已威予慎無罪昊天泰憮予慎無辜威畏慎誠也〇箋云已泰皆言甚也昊天乎王甚可畏王甚敖慢我誠無罪而罪我亂之初生僭始旣涵僭數涵容也〇箋云僭不信也旣盡涵同也王之初生亂萌群臣之言不信與信盡同之不別也亂之

又生君子信讒箋云君子斥在位者也在位者信讒人之言是復乱之所生君子如怒亂庶遄沮遄疾沮止也○箋云君子見讒人如怒責之則此乱庶幾可疾止也君子如祉亂庶遄已祉福也○箋云福者福賢者謂爵祿之也如此則亂亦庶幾可疾止也君子屢盟亂是用長凡國有疑會同則用盟而相要也○箋云屢数也盟之所以数者由世衰亂多相背違時見曰會殷見曰同非此時而盟謂之数君子信盜亂是用暴盜逃也○箋云盜謂小人也春秋傳曰賤者窮諸盜盜言孔甘亂是用餤餤進也匪其止共維王之邛箋云邛病也小人好為讒佞既不共其職事又為王作病奕奕寢廟君子作之秩秩大猷聖人莫之他人有心予忖度之躍躍毚兔遇犬獲之奕奕大貌秩秩進加也莫謀也毚兔狡兔

也○箋云此四事者言各有所能也因己能忖度讒人之心故列道之爾猷道也大道治國之禮法遇犬犬之馴者謂田犬也荏染柔木君子樹之往來行言心焉數之荏染柔意也柔木椅桐梓漆也○箋云此言君子樹善木如人心思數善言而出之善者言往亦可行來亦可行於彼亦可於己亦可是之謂行也蛇蛇碩言出自口矣蛇蛇淺意也○箋云碩大也大言者言不顧其行徒從口出非由心也巧言如簧顏之厚矣箋云顏之厚者出言虛僞而不知慙於人彼何人斯居河之麋水草交謂之麋○箋云何人者斥讒人者賤而惡之故曰何人無拳無勇職為亂階拳力也○箋云言無力勇者謂易誅除也職主也此人主為亂作階言亂由之來也既微且尰爾勇伊何骭瘍為微腫足為尰○箋云此人居下濕之地故生微尰之疾人憎惡之故言女勇伊何何所能也為猶將多爾居徒幾何箋云猶謀將大也女作讒

佞之謀大多女所與居之衆幾何人儀能然乎

論曰據巧言序是大夫刺幽王信讒之詩而鄭於首章解爲刺王傲慢無法度二章以下所斥君子又皆以爲在位之臣則與序文異矣毛訓撫(憮)爲大鄭訓爲傲據詩言亂如此大則義可通若云亂如此傲豈成文理曰父母且且當爲語助鄭音苟且之且言王即位且爲民父母其後乃刑殺無罪非惟學者附益以增鄭過就令只依鄭

說曰父母且苟且之且亦豈成文理鄭又以寢廟大猷他人有心與毚兔共爲一章言四事各有所能乃以田犬之能擬聖人之能不惟四事不類又殊無旨歸蓋由誤分章句失詩本義故其說不通也蛇蛇古人常語乃舒遲安閑之貌毛訓爲淺意不知其何所據也

本義曰幽王信惑讒言以敗政大夫傷已遭此亂世而被讒毁乃呼而天訴曰悠悠

昊天爲我父母我無罪辜而使我遭此大
亂之世我畏天之威已太甚矣實謹慎不
敢有罪辜也皆首章之義大夫先自訴也
其二章三章遂述幽王信讒致亂之事其
四章曰奕奕寢廟君子作之秩秩大猷聖
人莫之他人有心予忖度之云者寢也廟
也衆工之所成也然規爲制度本於君子
是君子者皆知衆工之事也先王之大道
聖人之所謨也意謂聰明之人下通小人

之賤事上達聖人之大道無所不知至於忖度常人之心則不待聰明者雖予亦能之蓋歎幽王獨不能而爲讒邪所惑也予作詩之人自謂也其五章躍躍毚兔遇犬獲之云者以狡兔比狡惡之人王所當誅也荏染柔木君子樹之云者以柔木比柔善之人王宜愛護使得樹立勿縱讒邪傷害之也往來行言心焉數之云者謂往來行路之言焉足聽納於心也其六章曰蛇

蛇碩言出自口矣巧言如簧顏之厚矣去者謂誕人能言然徐緩敢爲大言出口而無忌憚又善悅人聽其美如笙簧而顏不慙愧使人易惑而難辨也其二章三章及卒章箋傳粗得其義學者可推而通不煩論著惟君子當爲斥幽王爾

何人斯八章章六句

何人斯蘇公刺暴公也暴公爲卿士而譖蘇公焉故蘇公作是詩而絶之暴也蘇也皆畿内國名○彼

何人斯其心孔艱胡逝我梁不入我門箋云孔艱艱難逝之也梁魚梁也在蘇國之門外彼何人乎謂與暴公俱見於王者也其持心甚難知言其性固堅似不妄也暴公譖己之時女與之乎今過我國何故近之我梁而不入見我乎疑其與之而未察斥其姓名爲大切故言何人伊誰云從維暴之云云言也○箋云譖我者是言從誰生乎乃暴公之所言也由己情而本之以解何人意二人從行誰爲此禍胡逝我梁不入唁我箋云二人者謂暴公與其侶也女相隨而行見王維作我是禍乎時蘇公以得譴讓也女即不爲何故近之我梁而不入弔唁我呼始者不如今云不我可箋云女始者於我甚厚不如今日也今日云我所行有何不可者乎何更於己薄也彼何人斯胡逝我陳我聞其聲不見其身陳堂塗也○箋云堂塗者公館之堂塗也女即不爲何故近之我館庭使我得聞女之音聲不得覩女之身乎不

愧于人不畏于天箋云女今不入唁我何所愧畏乎皆疑之未察之之辭彼何
人斯其為飄風胡不自北胡不自南胡逝我
梁祇攪我心飄風暴起之風攪亂也○箋云祇適也何人乎女行來而去疾如飄風不欲入見我何不
乃從我國之南不則乃從我國之北何近之我梁適亂我之心使我疑女爾之安行亦不遑
盱箋云遑暇亟疾盱病也女可安行乎則何不暇舍息乎女當疾行乎則又何暇脂女車乎極其情求其意終不得壹者之
來見我於女亦何病也爾還而入我心易也還而不入否
難知也壹者之來俾我祇也易說亦祇病也○箋云還行反也否不通也
祇安也女行反入見我則解說也反又不入見我則我與女情不通女與於譖我與否復離知也壹者之來見我我則知之
是使我心安也伯氏吹壎仲氏吹篪土曰壎竹曰篪○箋云伯仲喻兄弟也我與女

息如兄弟其相應和如壎篪以言俱爲王臣宜相親愛

及爾如貫諒不我出知

此三物以詛爾斯三物豕犬雞也民不信相則盟詛之君以豕臣以犬民以雞○箋云及與諒信也我與女俱爲王臣其相比次如物之在繩索之貫也今女心誠信而我不知且共出此三物以詛女之此事爲其情之難知已又不欲長怨故設之以此言

爲鬼爲蜮則不可得有靦面目視人罔極蜮短狐也靦姡也○箋云使女爲鬼爲蜮也則女誠不可得見也姡然有面目女乃人也人相視無有極時終必與女相見

作此好歌以極反側反側不正直也○箋云好猶善也反側輾轉也作八章之歌求女之情女之情反側極於是也

論曰古詩之體意深則言緩理勝則文簡然求其義者務推其意理及其得也必因

其言據其文以為說捨此則為臆說矣鄭於何人斯為蘇公之刺暴公也不欲直刺之但刺其同行之侶又不欲斥其同侶之姓名故曰何人斯然其首章言維暴之云者是直斥暴公指名而刺之何暇迂回以刺其同侶而又不斥其姓名乎其五章六章義尤重複鄭說不得其義誠為難見也今以下章之意求之則不遠矣但鄭以何人為同侶則終篇之語無及暴公者此所

以不通也古今世俗不同故其語言亦異所謂魚梁者古人於營生之具尤所顧惜者常不欲他人輒至其所於詩屢見之以前後之意推之可知也詩曰毋逝我梁者谷風小弁皆有之谷風夫婦乖離之詩也其棄妻之被逐者為此言矣小弁父子乖離之詩也於太子宜臼之被廢又為此言矣胡逝我梁者何人斯有此也朋友乖離之詩也於蘇公之彼(被)譖其語又然然則詩

人之語豈妄發邪蘇綦二公事迹前史不見今直以詩言文義首卒參考以求古人之意於人情不遠則得之矣谷風小弁之道乖則夫婦父子恩義絕而家國喪何獨於一魚梁而每以爲言者假託之亂也詩人取當時世俗所甚顧惜之物戒人無辜（幸）我廢逐而利我所有也蘇公之意亦然由是而求之何人斯之（義見矣 據刻本補）

本義曰彼何人斯者斥綦公也其心孔艱

者心傾險而不平易也胡逝我梁者欲我
利有所也不入我門者與我絶也伊誰云
從維暴之云者謂聽譖者伊誰乎乃惟暴
公之言是從其二章曰二人從行誰爲此
禍胡逝我梁我不入唁我始者不始今云不
我可者意謂借有二人相從則我不知果
誰爲譖我者今爾何利我梁而不入弔我
之被譖又今待我不知礿則爾爲譖我者
可知而不疑其二章云胡逝我陳我聞其

聲不見其身陳堂塗也蓋言其又進而陰
窺其家私矣而蘇公者省內無所愧畏不
懼其來窺爾其四章云不自北不自南者
歎眷已適遭之也飄風取其無形而中人有
似譖言爾其下則述與暴公俱仕王朝相
似（從）出入親好之意云爾所安行我亦不遑
舍而從爾爾所亟行爾車既脂吾已從爾
也言或緩或急有一于此惟爾之從云何
敢告病又云爾還而入我室則我心安還

而不入我室則我莫知何故而致爾不入也其或入或不有一至于此常使我心病之也言我待爾之勤惟恐相失也其下章又言我與爾相親愛而相應和兄弟之吹損篪相聯比如貫索而爾不我知捨此三物不足以喻我心則唯當與爾詛其不信爾三物謂塤也篪也貫也其卒章則極道其事云汝隱匿形迹能使我不見不覺如鬼蜮之肆害於人乎我則不得而知汝

今汝乃人爾日以面目與我相視無窮極
不可隱藏我安得不知汝之譖我乎故我
作此與汝相好之歌以究極爾反側之心

蓼莪六章章四句二章章八句

蓼莪刺幽王也民人勞苦孝子不得終養爾不得終養者二親病亡之時時在役所不得見也○蓼蓼者莪匪莪伊蒿興也蓼蓼長大貌○箋云莪已蓼蓼長大我視之以為非莪反謂之蒿興者喻憂思雖在役中心不得精識其事哀哀父母生我劬勞箋云哀哀者恨不得終養父母報其生長已之苦蓼蓼者莪匪莪伊蔚蔚牡菣也哀哀父母生我勞瘁箋云瘁病也

缾之罄矣維罍之耻缾小而罍大罄盡也○箋云缾小而盡罍大而盈言爲罍耻者刺王不使富分貧衆恤寡

鮮民之生不如死之久矣鮮寡也○箋云此言供養日寡矣而我尚不得終恨之言也

無父何怙無母何恃出則銜恤入則靡至箋云恤憂靡無也孝子之心怙恃父母依依然以爲不可斯須無也出門則思之而憂旋入門又不見如人無所至

父兮生我母兮鞠我拊我畜我長我育我顧我復我出入腹我鞠養腹厚也○箋云父兮生我者本其氣也畜起也育覆育也顧旋視也復反覆也腹懷抱也

欲報之德昊天罔極箋云之猶是也我欲報父母是德昊天乎我心無極

南山烈烈飄風發發烈烈然至難也發發疾貌○箋云民人自苦見役視南山則烈烈然飄風發發然寒且疾也

民莫不穀我獨何害箋云穀養也言皆民

得养其父母伐獨何故覩此寒苦之害

南山律律飄風弗弗律律猶烈烈也弗弗猶發發也民莫不穀我獨不卒箋云卒終也我獨不得終養父母重自哀傷也

論曰蓼莪之義不多毛傳特簡鄭氏之失惟以視莪爲蒿以文害辭此孟子之所患也又以缾罍比貧富之民非詩人之本意以下文推之可見飄風非取其寒亦非詩意也其以養終爲病亡之時滯泥之甚矣

本義曰周人苦於勞役不得養其父母者見彼蓼蓼然長大者非莪即蒿皆草木之

微者其茂盛如此者由天地生育之功也
思我之生也父母養育我者亦劬勞矣而
我不得終養以報也缾餅罍物之同類也此
述勞苦之民自相哀之詞也其曰鮮民之
生者言不遂其生不如死也南山烈烈望
之可畏也飄風發發暴急而中人也言王
威䨓可畏而暴政害人我獨罹之也

大東七章章八句

大東刺亂也東國困於役而傷於財譚大夫

作是詩以告病焉譚國在東故其大夫尤苦征役之事也魯莊公十年齊師滅譚○有饛簋飧有捄棘匕興也饛滿簋貌飧熟食謂黍稷也捄長貌匕所以載鼎實棘赤心也○箋云飧者客始至主人所致之禮也凡飧饔餼以其爵等爲之牢禮之數陳興者喻古者天子施予之恩於天下厚周道如砥其直如矢如砥貢賦平均也如矢賞罰不偏也君子所履小人所視箋云此言古者天子之恩厚也君子皆法傚而履行之其故砥矢之平小人又皆視之共之無怨睠言顧之潸焉出涕睠反顧也潸涕下貌○箋云言我也此二事者在乎前世過而去矣我從今顧視之爲之出涕傷今不如古小東大東杼柚其空空盡也○箋云小也大也謂賦歛之多少也小亦於東大亦於東言其政偏失砥矢之道也譚無他貨維絲麻爾今盡杼柚不作也糾糾葛屨可以屨霜佻佻公子行彼周行佻佻獨行貌公子譚公子也○箋云

葛屨夏屨也周行周之列位也言時財貨盡雖公子衣屨不能順時乃夏之葛屨今以屨霜送轉餫因見使行周之列位者而廢幣焉言雖困之猶不得止既往既來使我心疚箋云既盡疚病也言譚人自虛竭餫送而往周人則空盡受之曾無反幣復禮之惠是使我心傷病也有冽氿泉無浸穫薪契契寤歎哀我憚人冽寒意也側出曰氿泉穫艾也契契憂苦也憚勞也〇箋云穫落木名也既伐而折之以為薪不欲使仇泉浸之浸之則將濕腐不中用也今譚大夫契契憂苦而寤歎哀其民人之勞苦者亦不欲使周之賦歛小東大東極盡之極盡則之將困病亦猶是也薪是穫薪尚可載也哀我憚人亦可息也載〻乎意也〇箋云薪是穫薪者析是穫薪也尚庶幾也庶幾析是穫薪可載而歸蓄之以為家用哀我勞人亦可休息養之以待國事東人之子職勞不來西人之子粲粲衣服東人譚人也來勤也西人宗師人也粲〻鮮盛也〇箋云戰主也東人勞苦而不見

謂勤京師人衣服鮮絜而逸豫言王政偏甚也自此章以下言周道衰其不言政偏則言衆官廢職如是而已舟人之子熊羆是裘舟人舟楫之人熊羆是裘言富也○箋云舟當作舟裘當作求聲相近故也周人之子謂周世臣子之孫退在賤官使搏熊羆在穴氏冥氏之職私人之子百僚是試[illegible]私家人也是試用於百官也○箋云此言周衰群小得志或以其酒不以其漿或醉於酒或不得漿鞙鞙佩璲不以其長鞙鞙玉貌璲瑞也○箋云佩璲者以瑞玉爲佩佩之鞙鞙然居其官職非其才之所長也徒美其佩而無其德刺其素餐維天有漢監亦有光漢天河也有光而無所明○箋云監視也喻王闓置官司而無督察之實跂彼織女終日七襄跂隅貌襄反也○箋云襄駕也駕謂更其肆也從旦至莫七辰一移因謂之七襄雖則七襄不成報章不能反報成章也○箋云織女有織名爾駕則有西無東不如人織相反報成文章睆

彼牽牛不以服箱睆明星貌何鼓謂之牽牛服牝服也箱大車之箱也○箋云以用也牽牛不可用於牝服之箱東有啓明西有長庚日旦出謂明星爲啓明日既入謂明星爲長庚庚續也○箋云啓明長庚皆有助日之名而無實光也有捄天畢載施之行捄畢貌畢所以掩兔也何嘗見其可用乎○箋云祭器有畢者所以助載鼎實今天畢則施於行列而已維南有箕不可以簸揚維北有斗不可以挹酒漿挹斟也維南有箕載翕其舌維北有斗西柄之揭翕合也○箋云翕猶引也引引舌者謂上星相近

論曰鄭氏以有饛簋飧爲客始至主人所致之禮又以公子饔幣於周之列位而責

周人無反幣自天漢有光以下至卒章喻王置官司而無督察之實皆非詩人之本義也據序本爲譚人遭幽王之時困於役重以財唱大夫作詩以告病爾亦何暇及於主人爲客致飧使還反幣等事且謂王置官司而無督察之實了不關役重財竭之意若但言督責官司於何詩不可又若必刺官司失職則日月星辰名職至多宜舉其大而要者義與王官相近方可以

爲善譬今詩所舉止於掩兎斃揚挹酒漿之類又其下無文莫見王官之義蓋鄭氏不得詩人本義故其爲說汗漫而無指歸其以天漢有光屬鞙鞙佩璲爲一章分雖則七襄以下爲别章使詩不分章則已若果分章則當有義類今毛鄭所分章次已義類求之當離者合之當合者離之使章句錯亂然不繫詩義之得失學者自求之不可見矣

本義曰大東之首章曰有饛簋飧有捄棘匕者足於豐饒之辭也譚人得以自足者周道平直而賦役均也周之君子履行此道使下民視而有所賴也大夫反顧昔時譚人蓋嘗如此所以潸然出涕者傷今不然也其二章遂言今則王政偏而賦役重無小無大皆取於東使譚人杼柚皆空至於窮乏以葛屨而履霜其公子佻佻然奔走於周行其祗役往來頻數使其力疲而

心病也其三章者告病之辭也謂彼刈薪者爲水浸而腐壞尚可載刈若斯人者勞苦而困幣（弊）則將死矣故云可以休息之也其四章則言東人困苦如此王官無以其職來撫勞之者而周之人方事侈富絜其衣服以相誇至於操舟之賤亦衣熊羆之裘而私家之人皆備百官而禄食其五章則刺王多取於下而濫用也言當陰（飲）漿者今飲酒矣佩玉之人皆不材而冗食矣其

橫費如此所以致周之重斂也其六章以下皆述譚人仰訴於天之辭也其意言我民困矣天之雲漢有光亦能下監我民乎其不言日月之明而言雲漢之光者謂天不能監下也又言天雖有識（織）女不能爲我織而成章雖有牽牛不能爲我駕車而輸物其七章又言雖有啓明長庚不能助日爲畫（晝）俾我營作雖有天畢不能爲我掩捕鳥獸其八章又言雖有箕不能爲我簸揚

糠粃雖有斗不能爲我挹酌酒漿其意言我譚人困於供億其取資於地者皆已竭矣欲取於天又不可得也其卒章則又言箕斗非徒不可用而已箕張其舌反若有所噬斗西其柄反若有所挹取於東也是皆怨訴之辭也其餘訓解則毛鄭多得學者當自擇之

四月八章章四句

四月大夫刺幽王也在位貪残下國構禍怨

亂並興焉○四月維夏六月徂暑徂往也六月火星中暑盛而往矣○箋云徂猶始也四月立夏矣至六月乃始盛暑興人爲悪亦有漸非一朝一夕先祖匪人胡寧忍予箋云匪非也寧猶曾也我先祖非人乎人則當知患難何爲曾使我當此亂世乎秋日淒淒百卉具腓淒淒涼風也卉草也腓病也○箋云具猶皆也涼風用事而衆草皆病興貪殘之政行而萬民困病亂離瘼矣爰其適歸離憂瘼病適之也○箋云爰曰也今政亂国将有憂病者矣曰此禍其所之歸乎言憂病之禍必自之歸爲亂冬日烈烈飄風發發箋云烈烈猶栗烈也發發疾貌言王爲酷虐慘毒之政如冬日之烈烈矣其亟急行於天下如飄風之疾也民莫不穀我獨何害箋云穀養也民莫不得養其父母者我獨何故覩此寒苦之害山有嘉卉侯栗侯梅箋云嘉善侯維也出有美善之草生於梅栗之下人取其實蹂踐而害之令不得蕃茂喻

上多賦斂富人財盡而窮民與受困窮廢爲殘賊莫知其尤廢忕也○箋云尤過也言在位者貪殘爲民之害無自知其行之過者言忕於惡相彼泉水載清載濁箋云相視也我是彼泉水之流一則清一則濁刺諸侯並爲惡曾無一善我日搆禍曷云能穀搆成遘也○箋云搆猶合集也曷之言何也穀善也言諸侯日作禍亂之行何者可謂能善滔滔江漢南國之紀滔滔大水貌其神足以剛紀一方○箋云江也漢也南國之大水紀理衆川使不壅滯喻吳楚之君能長理旁側小國使得其所盡瘁以仕寧莫我有箋云瘁病仕事也今王盡病其封畿之內以兵役之事使群臣有土地曾無自保有者皆懼於危亡也是楚舊名貪殘今周之政乃反不如匪鶉匪鳶翰飛戾天匪鱣匪鮪潛逃于淵鶉鵰也鵰鳶貪殘之鳥也大魚能逃處淵○箋云翰高戾至鱣鯉也言鵰鳶之高飛鯉鮪之處淵性自然也非鵰鳶能高飛非鯉鮪能處淵皆驚駭辟害爾喻

民性安土重遷今而逃走亦畏亂政故山有蕨薇隰有杞桋杞枸檵也桋赤棘也○箋云此言草木生各得其所人反不得其所傷之也君子作歌維以告哀箋云告哀言勞病而愬之

論曰毛鄭於四月之詩小小得失皆不足論惟以先祖匪人爲作詩之大夫斥其先祖失之大者也且大夫作詩本刺幽王任用小人而在位貪残爾何事自罪其先祖推於人情快無此理凡爲人之先祖者積善流慶於子孫而已安知爲世所遭亂者

君歟治君歟今此大夫不幸而遭亂世反深責其先祖以人情不及之事詩人之意決不如此就使如此不可垂訓聖人删詩必棄而不録也鄭之所失於此尤多詩曰滔滔江漢南國之紀直謂江漢紀率南國之衆水以朝宗于海爾而鄭氏以爲比吴楚之君且詩人本患下國之構禍豈可反稱吴楚僭叛之君以爲美於理豈然矧考詩文無之此亦其失之大者予當爲予奪

之蓋鄭以予爲我是以其說莫通也書曰官不必備惟其人謂惟其才也詩所謂匪人者言非才也古之仕者世祿故詩人刺在位貪賤之臣自其先祖以來任非其才爾凡言任才非其人者譬有能治水之人使之爲治木之官是任非其人也而鄭氏直以謂非人者身非是人也故云是人則當知患難昔之通儒執文害義蓋有如此或謂詩人但當刺時在位之臣何必遠及

其先祖曰作詩者人人意異四月之詩以寒暑爲喻故推其初始而言見事皆有漸不圖之於早也考其三章之次第可以見矣

本義曰周大夫刺幽王之民在位者貪殘刻剥於其下使民物秏竭如草木彫盡於秋冬乃於首章先本其事云自四月夏暑氣盛至六月盛極當退於此之時萬物皆有將衰之漸而人未見也如彼世禄在位

之臣自其先祖以來所任已非其人當時何安然忍予之禄位者蓋未見其害其二章遂言貪殘之政使民物傷耗如秋日之淒然使百草俱病也其三章則極言民物窮竭如冬日寒風凛冽暴急而萬物凋盡也其曰亂離瘼矣爰其適歸者民被患淺猶思有所歸以苟免也又曰民莫不穀我獨何害者民被患愈深則其辭愈緩蓋知其無如之何但自傷歎而云民誰不有生

我獨何爲及此害也詩人於此三章言有次第蓋如此也其曰山有嘉卉侯栗侯梅者又言貪殘之臣害物廣也謂如梯於山者但知貪取栗梅不知其下美草皆被蹂踐而殘賊也其曰相彼泉水載清載濁我日構禍曷云能穀者謂此泉水澄之則清撓之則濁譬彼諸侯可使爲善可使爲惡而彼貪殘之臣日自搆怨亂之禍於下國亦何由使其爲善其曰滔滔江漢南國之

紀者勉其下國之辭也謂此江漢二大川
揔納南方之衆水滔乚而流以歸于海故
能爲南國之紀汝下國之諸侯當盡瘁於
事周相率而尊子天則土地爵禄何所不
有也其下二章則哀其人民之辭也謂其
欲去則不如魚鳥有所逃避欲居則不如
草木之依山隰得遂其生也
小明五章三章章十二句二章章六句
小明大夫悔仕於亂世也名篇曰小明者言幽王日小其明損其政事以致於

亂○明明上天照臨下土箋云明明上天喻王者當光明如日之中也照臨下土喻王者當察理天下之事據時幽王不能然故舉以刺之我征徂西至于艽野二月初吉載離寒暑艽野遠荒之地初吉朔日也○箋云征行徂往也我行往之西方至於遠荒之地乃以二月朔日始行至今則更夏暑冬寒矣尚未得歸詩人牧伯之大夫使述其方之事遭乱世勞苦而悔仕心之憂矣其毒大苦箋云憂之甚心中如有毒藥也念彼共人涕零如雨箋云共人情共爾位以待賢者之君豈不懷歸畏此罪罟罟網也○箋云懷思也我誠思歸畏此刑罪羅網我故不敢歸爾昔我往矣日月方除曷云其還歲聿云莫除也陳生新也○箋云四月為除昔我往至於艽野以四月自謂其時將即歸何言其還乃至歲晚尚不得歸念我獨兮我事孔庶心之憂矣

憚我不暇（憚勞也○箋云孔甚庶衆也我事獨甚衆勞我不暇皆言王政不均臣事不同也）念彼共人睠睠懷顧（箋云睠睠有往仕之志也）豈不懷歸畏此譴怒昔我往矣日月方奥（奥煖也）曷云其還政事愈蹙歲聿云莫采蕭穫菽（蹙促也○箋云愈猶益也何言其还乃至於政事更益促急歲晚乃至采蕭穫菽尚不得歸）心之憂矣自詒伊戚（戚憂也○箋云詒遺也我冐亂世而仕自遺此憂悔仕之辭）念彼共人興言出宿（箋云興起也夜臥起宿於外憂不能宿於內也）豈不懷歸畏此反覆（箋云反覆謂不以正罪見罪）嗟爾君子無恒安處（箋云恒常也嗟女君子謂其友未仕者也人之居無常安之處謂當安ㄑ而能遷孔子曰鳥則擇木）靖共爾位正直是與神之聽之式

穀以女（靖，謀也。正直為正，能正人之曲曰直。○箋云：共，具；式，用；起，善也。有明君謀具女之爵位，其志在於與正直之人為治，神明若祐而听之，其用善人則必用女。是使听天任命，不汲汲求仕之辭。言女位者，位無常主，賢人則是。）嗟爾君子，無恒安息。（息猶處也。）靖共爾位，好是正直。神之聽之，介爾景福。（介、景，皆大也。○箋云：好猶與也。介，助也。神明聽之，則將助女以大福，謂遭是明君，道施行也。）

論曰：《小明》序云「大夫悔仕於亂世也」。鄭謂名篇曰小明者，言幽王日小其明，損其政事。據詩終篇，但述征行勞苦，畏於得罪，不敢懷歸之事，乃是大夫悔仕之辭，如序之

說是也了無幽王曰小其明之意大雅明
𠄌在下謂之大明小雅明𠄌上天謂之小
明自是名篇者偶爲誌別爾了不關詩義
苟如鄭說則小旻小宛之類有何義乎詩
云嗟爾君子無恒安處乃是大夫自相勞
苦之辭云無苟偷安但靖共爾位之職惟
正直是與則神將祐爾以福也鄭乃以嗟
爾君子爲其友之未仕者且大夫方以亂
世悔仕宜勉其未仕之友以安居而不仕

安得教其無恒安處盖鄭謂大夫勉未仕之友去之他國無安處於周邦也故引鳥則擇木之說夫悔仕者悔不退而窮處爾如鄭之說則周之大夫皆懷貳志教其友以叛周而去此豈足以垂訓也

鼓鍾四章章五句

鼓鍾刺幽王也○鼓鍾將將淮水湯湯憂心且傷幽王用樂不與德比會諸侯于淮上鼓其淫樂以示諸侯賢者為之憂傷○箋云為之憂傷者嘉樂不野合犧象不出門今乃於淮水之上作先王之樂失禮尤大淑人君子懷允不忘箋云淑善懷至也古

者善人君子其用禮樂各得其宜至信不可鼓鍾喈ヒ淮水湝ヒ憂心且悲喈ヒ猶將ヒ湝ヒ猶湯ヒ悲猶傷也淑人君子其德不回回邪也鼓鍾伐鼛淮有三洲憂心且妯鼛大鼓也三洲淮上地妯動也○箋云妯之言悼也淑人君子其德不猶猶若也○箋云猶當作瘉ヒ病也鼓鍾欽ヒ鼓瑟鼓琴笙磬同音欽ヒ言使人樂進也笙磬東方之樂也同音四縣皆同也○箋云同音者謂堂上堂下八音克諧以雅以南以籥不僭爲雅爲南也舞四夷之樂大德廣所及也東夷之樂曰昧南夷之樂曰南西夷之樂曰朱離北夷之樂曰禁以爲籥舞若是爲和而不僭矣○箋云雅萬舞也万也南也籥也三舞不僭言進退之旋也周樂尚舞故謂万舞爲雅ヒ正也籥舞文樂也

論曰鼓鍾序但言刺幽王而不知實刺何

事若據詩文則作樂於淮上矣然旁考詩書史記無幽王東巡之事無由遠至淮上而作樂不知此詩安得爲刺幽王也書曰徐夷並興蓋自成王時徐戎及淮夷已皆不爲周臣宣王時嘗遣將征之亦不自往至魯僖公又伐而服之乃在莊王時而其事不明初無幽王東至淮除之事然則不得作樂於淮上矣其詩曰鼓鍾將將淮水湯湯憂心且傷淑人君子懷允不忘其先

言憂心而後言君子不知憂心者復爲何人其卒章云以雅以南以籥不僭其辭甚美又疑非刺也毛謂南爲南夷之樂者非也昔季札聽魯樂見舞南籥者曰美哉猶有憾蓋以謂文王之樂也詩又以文王之詩爲周南召南然則此所謂以雅以南者不知南爲何樂也皆當闕其所未詳

裳裳者華四章章六句

裳裳者華刺幽王也古之仕者世禄小人在

位則讒諂並進棄賢者之類絶功臣之世焉

古者古昔明王時也小人斥今幽王也○裳裳者華其葉湑兮興也裳裳猶堂堂也湑盛皃○箋云興者華堂堂於上喻君也葉湑然於下喻臣也明王賢臣以德相承而治道興則讒諂遠矣我

覯之子我心寫兮我心寫兮是以有譽處兮覯見也之子是子也謂古之明王也言我得見古之明王則我心所憂寫而去矣我心所憂旣寫是則君臣相與聲譽常處也憂者憂讒諂並進

裳裳者華芸其黃矣芸黃盛也○箋云華芸然而黃興明王德之盛也不言葉微見無賢臣也我覯之子維其有章矣維其有章矣是以有慶矣箋云章禮文也言我得見古之明王雖無賢臣猶能使其政有禮文法度政有禮文法度是則我有慶賜之榮也

裳裳者華或黃或白箋云華或有黃者或有白者興明王

之德時有駮而不純我覯之子乘其四駱乘其四駱六轡
沃若言世祿也○箋云我得見明王德之駮者雖無慶賞猶能免於讒諂之害守我先人之祿位乘其四駱之馬六
轡沃若然左之左之君子宜之右之右之君子有
之左陽道朝祀之事右陰道喪戎之事○箋云君子斥其先人也多才多藝有礼於朝有功於国維其有
之是以似之似嗣也○箋云維我先人於是二德故先王使之世祿子孫嗣之今遇讒諂並進而見
棄絕
論曰裳裳者華刺幽王者三事爾由小人
在位而讒諂進故棄賢者之類絕功臣之
世也其卒章又戒王毋近小人而當親君

子義止如是而已矣然毛鄭之失者以裳華喻君以之子爲明王由是詩之義不可得而通毛又以左之爲朝祀之事右之爲喪戎之事鄭以君子爲先人考序及詩皆了無此義失之尤遠

本義曰裳裳者華其葉湑兮者言其葉華並茂喻賢者材美衆盛也我見是人而傾心用之則君臣有榮譽也又曰裳裳者華芸其黄矣言其華色光耀喻有功之臣功

烈顯赫也我見是作人事皆可法故得慶
於後而世禄不絶也章法也陳此二章刺
王不能也又曰裳〻者華或黃或白刺王
朝君子小人雜處也而讒諂得進因戒王
以馭臣之道當如馭馬使駑良並駕而進
退遅速如一者在調和其轡緩急以節之
爾謂善馭臣下者君子小人各適其用而
節制在己也其卒章則又言左右當親
近君子而慎其所習左右有小人則似小

人有君子則似君子也

鴛鴦四章章四句

鴛鴦刺幽王也思古明王交於萬物有道自奉養有節焉交於萬物有道調順其性取之以時不暴夭也○鴛鴦于飛畢之羅之興也鴛鴦匹鳥太平之時交於萬物有道取之以時於其飛乃畢掩而羅之○箋云匹鳥言其止則相耦飛則爲雙性馴耦也此交萬物之實也而言興者廣其義也獺祭魚而後漁豺祭獸而後田此亦皆其將縱散時也君子萬年福祿宜之箋云君子謂明王也交於萬物其德如是則宜壽考受福祿也

鴛鴦在梁戢其左翼言休息也○箋云梁石絕水之梁戢斂也鴛鴦休息於梁明王之時人不驚駭斂其左翼以右翼掩之自若無恐懼君子萬年宜其遐福箋云遐遠也

也遠猶久也

乘馬在廐，摧之秣之。摧莝也秣粟也○箋云摧今莝字也古者明王所乘之馬繫於廐無事則委之以莝有事乃予之穀言愛国用也以興於其身亦猶然齊而三舉設盛饌恒日則減焉此之謂有節也

君子萬年，福祿艾之。艾養也○箋云明王愛国用自奉養之節如此故宜久為福祿所養也

乘馬在廐，秣之摧之。君子萬年，福祿綏之。箋云綏安也

論曰：《鴛鴦》序云「思古明王交於萬物有道，自奉養有節」。今考詩下二章言乘馬在廐，猶近於自奉養之事。然馬無事則委之以莝，有事則予之以穀，此前世中材常主之

所能爲而不足當詩人思古而詠歎然義猶有說而通若其上二章之義了不涉及庤意且鴛鴦非如梟鴈之類其肉不登俎非常人所捕食之物令飛而遭畢羅乃是物之失所者而謂匹鳥止則耦飛則雙此爲交萬物之實匹鳥之雙自是物之本性了不干人事幽王之世鴛鴦飛止亦宜自雙耦何必古明王之時也其二章云鴛鴦在梁戢其左翼鄭謂明王之時人不驚駭

而自若無恐懼然則人不驚駭與遭畢羅
二章義正相反而鄭皆爲明王之時理豈
得通又詩二章其下文皆云君子萬年是
其在梁與畢羅詩人本不取其驚不驚也
故此篇本義未可知也宜闕其所未詳

車舝五章章六句

車舝大夫刺幽王也襃姒嫉妬無道並進讒巧
敗國德澤不加於民周人思得賢女以配君
子故作是詩也○間關車之舝兮思孌季

女逝兮興也閒關設舝也孌美貌季女謂有齊季女也○箋云逝往也大夫疾褒姒之爲惡故嚴車設其舝
思得孌然美好之少女有齊莊之德者往迎之以配幽王代褒姒也既幼而美又齊莊庶其當王意匪飢匪
渴德音來括括會也○箋云時讒巧敗國下民離散故大夫汲汲欲迎季女行道雖飢不飢雖渴
覬得之而來使我王更修得教合會離散之人雖無好友式燕且喜箋云式用也我
得德音而來雖無同好之言友我猶用是燕飲相慶且喜依彼平林有集維鷮辰
彼碩女令德來教依茂木貌平林林木之在平地者也鷮雉也辰時也○箋云平林之木茂
則耿介之鳥往集焉喻王君有茂美之德則其時賢女來配之與相訓告改修德教式燕且譽好爾
無射箋云爾女女王也射厭也我於碩女來教則用是燕飲酒且稱王之聲譽我愛好王無有厭也雖無
旨酒式飲庶幾雖無嘉殽式食庶幾雖無德

與女式歌且舞箋云諸大夫覲得賢女以配王於是酒雖不美猶用之燕飲殽雖不美猶食之心皆庶幾於王之变改得輔佐之雖無其德我與女用是歌舞相樂喜之至也陟彼高岡析其柞薪析其柞薪其葉湑兮箋云陟登也登高岡者必析其木以爲薪析其木以爲薪者爲其葉茂盛蔽岡之高也此喻賢女德在王后之位則必辟除嫉妬之女亦爲其蔽君之明鮮我覯爾我心寫兮箋云鮮善覯見也善乎我得見女如是則我心中之憂除去也高山仰止景行行止四牡騑騑六轡如琴景大也○箋云景明也諸大夫以爲賢女既進則王亦庶幾古人有高德者則慕仰之有明行者則而行之其御群臣使之有礼如御四馬騑騑然持其教令使之調均亦如六轡緩急有和也覯爾新昏以慰我心慰安也○箋云我得見女之新昏如是則以慰除我心之憂也新昏謂季女也

論曰鄭氏以車舝之詩周大夫惡褒姒之亂國欲求賢女以輔佐幽王然解詩三章燕喜燕燕翼飲食歌舞皆以爲幽王既得賢女之後改爲善行大夫以此相慶自相燕樂故雖無賢友旨酒嘉殽亦且亟相飲食歌舞言其喜甚也據詩序言褒姒之惡敗亂其國大夫不能救止顧無如之何因惡得賢女以配君子爲輔佐庶幾可救王爾思得者是未見之亂也所思賢女尚未有

其人而諸大夫捨其所憂之急者遽言已得賢女之後慶喜燕樂之事使略及之猶在人情或有今詩連章復句述其燕喜燕譽至其三章更不及他事惟說飲酒歌舞然則鄭氏之說豈詩人之本意哉且詩人本以幽王無道思得賢女以救其惡鄭箋平林云王若有美茂之德則賢女來配若王自有美茂之德則詩人復何所刺乎亦非詩人本意也至於雖無旨酒式飲庶幾

以爲庶幾王之變改是式飲庶幾分爲二
事又云我與汝用是歌舞相樂喜之甚也
然則上言方庶幾幸王變改下言則已喜
甚又以雖無德三言斷爲一句皆文意乖
離害詩本義不可不論正也
本義曰閒關車之舝兮思孌季女逝兮匪
飢匪渴德音來括者所謂思得賢女之辭
也匪飢匪渴云者言我所思者非飢思食
非渴思飲乃思賢女以德聲來與我王合

配也雖無好友式燕且喜者謂彼所思之女雖無衆妾與相好友祇得一人亦足以承王之燕喜也婦人以相好爲友見關雎之文又曰依依平林有集維鷮辰彼碩女令德來教式燕且譽好爾無射云者此惡褒姒嫉妬之亂也謂彼平林之廣能容飛鳥則鳴鷮皆來依其蔭蔽碩女賢淑能容其下則衆妾之有令德者皆來化其善行也若得此賢女與王燕樂而享榮譽則我

好愛之無厭射也又曰雖無旨酒式燕庶
幾無雖嘉殺式食庶幾雖無德與女式歌
且舞云者思賢女而不可得之辭也以謂
酒殺雖不美善庶幾可飲食則飲食之矣
賢女雖無德及汝可配王則當共歌舞而
樂之爾陟岡析薪言得之易也鮮我覯爾
我心寫兮者歎賢女難得使我傾心求之
而未見也高山仰止景行行止者勉其不
已之辭也以謂賢女雖難得求之不已將

有得也故其下則云四牡騑騑六轡如琴者謂調和車馬往迎之如首章車舝也使我見王得此賢女爲新昬則慰我心矣

歐陽文忠公毛詩本義卷第八

歐陽文忠公毛詩本義卷第九

翰林學士兼龍圖閣學士朝散大夫給事中知制誥充史舘修撰判秘閣歐陽　脩

青蠅三章章四句

青蠅大夫刺幽王也○營營青蠅止于樊樊藩也營營往來貌樊藩也○箋云興者蠅之爲蟲汙白使黑汙黑使白喻佞人変乱善悪也言止于藩欲外之令遠物也豈弟君子無信讒言箋言豈弟樂易也營營青蠅止于棘讒人罔極交亂四國箋云極猶已也營營青蠅止于榛榛所以爲藩也讒人罔極構我二人箋云構合也合猶交乱也

論曰青蠅之汙黑白不獨鄭氏之説前世

儒者亦多見於文字然蠅之爲物古今理無不同不知昔人何爲有此說也今之青蠅所汙甚微以黑點白猶或有之然其微細不能變物之色詩人惡讒言變亂善惡其爲害大必不引以爲喻至於變黑爲白則未嘗有之乃知毛義不如鄭說也齊詩曰匪雞則鳴蒼蠅之聲蓋古人取其飛聲之衆可以亂聽猶今人謂聚蚊成雷也

本義曰青蠅之爲物甚微至其積聚而多

也營營然往來飛聲可以亂人之聽故詩人引以喻讒言漸漬之多能致感爾其曰止于樊者欲其遠之常限於藩籬之外鄭說是也棘榛皆所以爲藩也

賓之初筵五章章十四句

賓之初筵衛武公刺時也幽王荒廢媟近小人飲酒無度天下化之君臣上下沈湎淫液武公既入而作是詩也淫液者飲酒時情態也武公入者入爲王卿士○

賓之初筵左右秩秩秩秩然肅敬也○箋云筵席也左右謂折旋揖讓也秩秩知也先王

將祭必射以擇士大射之禮賓初入門登堂即席其趨翔威儀甚審知言不失禮也射禮有三有大射有賓射有燕射籩
豆有楚殽核維旅楚列貌殽豆實也核加籩也旅陳也○箋云豆實菹醢也籩實有桃梅之屬凡非穀而食之曰殽酒既和旨飲酒孔偕箋云和旨猶調美也孔甚也王之周巳調美衆賓之飲酒又威儀齊一言主人敬其事而衆賓肅慎鍾鼓既設舉醻逸逸逸逸往來次序也○箋云鍾鼓於是言既設者將射改縣也大侯既抗弓矢斯張大侯君侯也抗舉也有燕射之禮○箋云舉者舉鵠而棲之於侯也周禮梓人張皮侯而棲鵠天子諸侯之射皆張三侯故君侯謂之大侯大侯張而弓矢亦張節也將祭而射謂之大射下章言烝衎烈祖其非祭與射夫既同獻爾發功箋云射夫衆射者也獻猶奏也既比衆耦及誘射射者乃登射各奏其發矢中的之功發彼有的
以祈爾爵的質也所求也○箋云[illegible]云我以此求爵女耦梏發發矢之時各心競

爵射爵也射之禮勝者飲不勝所以養病也故論語曰下而飲其爭也君子

籥舞笙鼓樂既和奏烝衎烈祖以洽百禮秉籥而舞與笙鼓相應○箋云籥管也殷人先求諸陽故祭祀先奏樂滌蕩其聲也烝進衎樂烈美洽合也奏樂和必進樂其先祖於是又合見天下諸侯所獻之禮

百禮既至有壬有林壬大林君也○箋云壬任也謂卿大夫也諸侯所獻之禮既陳於庭有卿大夫又有國君言天下徧至得萬國之歡心

錫爾純嘏子孫其湛嘏大也○箋云純大也嘏謂尸與主人以福也湛樂也王受神之福於尸則王之子孫皆喜樂也

其湛曰樂各奏爾能賓載手仇室人入又手取也室人主人也主人請射於賓賓許諾自取其匹而射主人亦入于次又射以耦賓也○箋云子孫各奏爾能者謂既湛之後各酌獻尸尸酢而卒爵也士子祭禮上嗣奉奠因而酌尸天子則有子孫獻尸之禮文王世子曰其登餕獻受爵則以上嗣是也仇讀曰𣂪室人有室中之事者謂佐食也又復也

賔手挹酒室人復酌爲加爵酌彼康爵以奏爾時酒所以安体也時中者也○箋云康虚也時謂心所尊者也加爵之間賔與兄弟交錯相醻卒爵者酌之以其所尊亦交錯而已又無次也賔之初筵温温其恭箋云此復言初筵者旣祭王與族人燕之筵也王與族人燕以異姓爲賔温温柔和也其未醉止威儀反反曰旣醉止威儀幡幡其舍坐遷屢舞僊僊反反言重慎也幡幡失威儀也遷徙屢數也僊僊然○箋云此言賔初即筵之時能自勑戒以禮至於旅酬而小人之態出言王旣不得君子以爲賔又不得有恒之人所以敗亂天下率如此也其未醉止威儀抑抑曰旣醉止威儀怭怭是曰旣醉不知其秩抑抑愼密也怭怭媟嫚也秩常也賔旣醉止載號載呶亂我籩豆屢舞僛僛是曰旣醉不

知其郵側弁之俄屢舞傞傞號呶號呼讙呶也僛僛舞不能自正也傞傞不止也○箋云郵過則傾也我傾貌此更言賓既醉而異章者著爲舞筭爵以後也既醉而出並受其福醉而不出是謂伐德飲酒孔嘉維其令儀箋云出猶去也孔甚令善也賓醉則出與主人俱有美譽醉至若此是誅伐其德也飲酒而誠得嘉賓則於禮有善威儀武公見王之失禮故以此言箴之凡此飲酒或醉或否既立之監或佐之史彼醉不臧不醉反恥立酒之監佐酒之史○箋云凡此者凡此時天下之人也飲酒於有醉者有不醉者則立監使視之又助於史使督者欲令皆醉也彼醉則已不善人所非惡反復取未醉者取罰之言此者疾之也式勿從謂無俾大怠匪言勿言匪由勿語箋云式讀曰慝勿猶無也俾使由從也武公見時人多說醉者之狀或以取怨致讎故爲設禁醉者有過

惡女無就而謂之也當防護之無使顛仆至於怠慢也其所陳設非所當說無謂人說之也亦無從而行之也亦無以語人也皆爲其聞之將恚怒也由醉之言俾出童羖羖羊不童也○箋云女從行醉者之言使女出無角之羖羊脅以無然之物使戒深也羖羊之性牝牡有角三爵不識矧敢多又箋云矧況又復也當言我於此醉者飲三爵之不知況能知其多復飲乎三爵者獻也酬也酢也

論曰衛武公之作是詩也本以幽王荒廢飲酒無度天下化之君臣沈湎所以刺也如鄭氏之說則王之飲酒賓主肅然禮修樂備物有其容揖讓周旋皆中其節先與群臣射而擇士然後祭祀其先至於受神

之福酌尸登餕禮無遺者及乎射祭訖事之後燕其族人旅酬之際始與其坐賓頓出小人之態號呼傾側以至失禮敗俗是其一日之内朝爲得禮之賢君暮爲淫泆之昏主此豈近於人情哉蓋詩人之作常陳古以刺今今詩五章其前二章陳古如彼其後三章刺時如此而鄭氏不分别之此其所以爲大失也鄭氏長於禮樂其以禮家之説曲爲附會詩人之意本未必然

義或可通亦不爲害也學者當自擇之
本義曰賓之初筵刺幽王君臣沈湎於酒其前二章略陳昔之人君與其臣下飲酒必賓主秩秩然肅恭至於籩豆殽核皆有次序而酒旨樂和又見不徒燕樂而已也或行射禮以揖讓周旋因其勝否以相爵或因祭其先祖神享而降福子孫受賜乃相湛樂蓋明非以淫泆爲樂也其下章遂刺王之君臣上下飲酒既失威儀又號呶

雜亂籩豆亦無次序至於起舞傾側其冠
弁又立監史以督罰不飲者皆使之醉而
時人反以不醉爲耻勿無皆禁止之辭也
其卒章曰式勿從謂無俾太怠者戒醉者
無從其所謂以自縱而至於大慢惰也匪
言勿言匪由勿語由醉之言俾出童羖云
者又戒人以醉言不可聽至於謂羖羊童
首是以無爲有則醉言無度可知也三爵
不識矧敢多又云者又敎飲者以醉辭也

言我三爵已昏然無所識知矣其又敢多飲乎

采薇五章章八句

采薇刺幽王也侮慢諸侯諸侯來朝不能錫命以禮數徵會之而無信義君子見微而思古焉幽王徵會諸侯為合義兵征討有罪既往而無之是於義事不信也君子見其如此知其後必見攻伐將無救也

○采菽采菽筐之筥之興也菽所以芼大牢而待君子羊也則苦豕則薇○箋云菽大豆也釆之者采其葉以為藿三牲牛羊豕芼以藿王饗賓客有牛俎乃用鉶羹故使釆之　君子來朝何錫予之雖無予之路車乘馬君子謂諸侯也○箋云賜諸侯以車馬言雖無

予之尚以為薄又何予之玄衮及黼玄衮卷龍也白與黑謂之黼○箋云及與也玄衮玄衣而畫以卷龍也黼黼黻謂絺衣也諸公之服自衮冕而下侯伯自鷩冕而下子男自毳冕而下王之錫維用有文章者觱沸檻泉言采其芹觱沸泉出皃檻泉正出也○箋云言我也芹菜也可以為菹亦所有待君子也我使采其水中芹者尚絜清也周禮芹菹鴈醢君子來朝言觀其旂其旂淠淠鸞聲嘒嘒載驂載駟君子所屆淠淠動也嘒嘒中節也○箋屆極也諸侯來朝王使人迎之因觀其衣服車乘之威儀所以為敬且省禍福也諸侯將朝于王則驂乘乘四馬而往此之服師君子法制之極也言其尊而王今不尊也赤芾在股邪幅在下彼交匪紓天子所予諸侯赤芾邪幅幅偪也所以自偪束也紓緩也○箋云芾大古蔽膝之象也冕服謂之芾其他服謂之韠以韋為之其制上廣一尺下廣二尺長三尺其頸五寸肩革帶博二寸脛本曰股邪幅如今行縢也偪束其脛自足

至勝故曰在下彼與人交接自幅束如此則非有解怠紓緩之心天子以自故賜予之樂只君子天子命之樂只君子福祿申之申重也○箋云只之言是也古者天子賜諸侯也以禮樂樂之乃後命予之也天子賜之神則以福祿申重之所謂人謀鬼謀也刺今王不然維柞之枝其葉蓬蓬蓬蓬盛貌○箋云此興也柞之幹猶先祖也枝猶子孫也其葉蓬蓬喻賢才也正以柞爲興者柞之葉新將生故乃落於地以喻繼世於德相承者明也樂只君子殿天子之邦樂只君子萬福攸同殿鎮也平平左右亦是率從平平辯治也○箋云率循也諸侯之有賢才之能德辯治其連屬之國使得其所則連屬之國亦循順之汎汎楊舟紼纚維之紼繂也纚緌也明王能維持諸侯也○箋云楊木之舟浮於水上汎汎然東西無所定舟人以紼繫其綏以制行之猶諸侯之治民御之以礼法樂只君子天子葵之

樂只君子福禄膍之葵揆也膍厚也優哉游哉亦是戾矣戾至也。箋云戾止也諸侯有盛德者亦優游自安止於是言思不出其位

論曰詩云君子來朝言觀其旂鄭謂諸侯來朝王使人迎之因觀其衣服乘車之威儀所以為敬且省禍福據序但言幽王侮慢諸侯不能錫命以禮君子思以古刺今爾如鄭所說省禍福詩及序文皆無之據詩但述諸侯来朝車服之盛可觀爾其曰君子所届者乃言君子所至車旂如此之

盛爾亦不謂其法制之極也天子所予者
謂此諸侯旂鸞驂駟與其所服赤芾邪幅
皆是天子所賜爾以刺幽王不能賜諸侯
也諸侯爵秩車服有等差當賜則賜矣不
待其偪束無紓緩之心然後賜也其曰彼
交匪紓者直言自邪幅爾鄭謂君子所屆
為法制之極天子所予為非有懈怠紓緩
之心天子以是故賜予之者皆衍說也汎
汎揚舟紼纚維之者鄭謂紼纚維舟猶諸

侯御民以禮侯法者非也據詩意紼纚維舟如天子以爵命維諸侯爾故其下文云樂只君子天子葵之毛謂明王能維持諸侯是也

角弓八章章四句

角弓父兄刺幽王也不親九族而好讒佞骨肉相怨故作是詩也○騂騂角弓翩其反矣興矣騂騂調利也不善紲檠功用則翩然而反○兄弟箋云興者喻王與九族不以恩禮御待之則使之多怨也昬姻無胥遠矣箋云胥相也骨肉之親當相親信無相疏遠相疏遠則以親親之望易以成怨

爾之遠矣民胥然矣爾之教矣民胥傚矣箋云爾女女幽王也胥皆也言王女不親骨肉則天下之人皆如之見女之教令無善無惡所尚者天下之人皆學之言上之化下不可不慎

此令兄弟綽綽有裕不令兄弟交相爲瘉綽綽寬也裕饒瘉病也○箋云令善也

民之無良相怨一方箋云良善也民之意不獲當反責之於身思彼所以然者而怨之無善心之人則徒居一處怨恚之

受爵不讓至于已斯亡爵祿不以相讓故怨禍及之比周而黨愈少鄙爭而名愈辱求安而身愈危○箋云斯此也

老馬反爲駒不顧其後已老矣而孩童慢之○箋云此喻幽王見老人反侮慢之遇之如幼稚不自顧念後至年老人之遇已亦將然

如食宜饇如酌孔取饇飽也○箋云王如食老者則遇令之飽如飲老者則當孔取孔取謂度其所勝多少凡器之孔其量大小不同老者氣力弱故取義焉王有族食

族燕之禮　毋教猱升木如塗塗附猱猨屬塗泥附著也○箋云毋禁辭
猱之性善登木君教使其為之必也附木桴也塗之性善著君以塗附其著亦必也以喻人之心皆有仁義教之則進　君
子有徽猷小人與屬徽美也○箋云猷道也君子有美道以得聲譽則小人亦樂與之
而自連屬焉今無良之人相怨王不教之　雨雪瀌瀌見晛曰消晛日氣也
○箋云雨雪之盛瀌瀌然至日將出其氣始見人則皆稱曰雪今稍釋矣喻小人雖多王若欲與善政則天下聞之莫不曰小
人今誅滅矣其所以然者人皆心善王不啓教之　莫肯下遺式居婁驕箋云莫無
也遺讀曰隨式用也婁斂也今王不以善政啓小人之心則無肯謙虛以禮相卑下先人而後已用此自居處斂其驕慢之過者
雨雪浮浮見晛曰流浮浮猶瀌瀌也流流而去也　如蠻如髦我
是用憂蠻南蠻也髦夷髦也○箋云今小人之行如夷狄而王不能之我用是為大憂也髦西夷別名武王伐紂

其等有八
国從焉

論曰角弓據序但言刺幽王不親九族而好諛佞骨肉相怨而作是詩爾如毛鄭之說老馬反爲駒謂王侮慢老人過之如幼稚雖非詩本義而理尚可通其如食宜饇如酌孔取謂王如食老人宜使之飽如飲老人宜度其所勝多少則非詩之意也詩述九族怨王不親爾不論老者飲多食少也言如者有所比類之辭也至於教猱塗

附謂人心皆有仁義教之則進雨雪見晛喻小人雖多王若欲興善政則小人誅滅如蠻如髦又謂小人之行如夷狄而王不能變化考序及詩了無此義與上章意不相屬由毛鄭失其本旨也弓之爲物其體往來張之則内向而來弛之則外反而去詩人引此以喻九族之親王若親之以恩則附君不以仁恩結之則亦離叛而去矣其義如此而已毛鄭謂不善紲檠巧用則反

者衍說也紲檠制弓使不反之器也蓋造弓未成時所用已成之弓則體有來往其張之則來弛之則古去今通然是詩人所取之義也

本義曰角弓之詩自四章以上毛鄭之說皆是一章言雖骨肉之親若遇之失其道則亦怨叛而乖離如角弓翩然而外反矣二章言王與骨肉如此則下民亦將効上之所為也三章四章遂言効上之事云凡

弟不令而交相賊害則民亦効之各相怨於一方貪爭不已至於亡身也五章六章則刺王所以不親九族者由好讒妄（佞）而彼離間也因述讒佞之人變易是非善惡乃以老馬爲駒不顧人在其後而辨其非也謂其肆爲讒佞傍若無人也其所以如此取王之寵如貪飲食之人務自飽足而已又言讒佞之人已自如此而王又好說以來之如猱善升木又教之塗善著又附之

其曰君子有徽猷小人與屬者徽美也猷道也君子有所美之道則小人爭趨而爲之矣其七章八章又述骨肉相怨之言云王踈九族而好讒佞如此亡無日矣如雨雪見日而將消也莫肯下遺式居婁驕者謂王不以恩意下及九族而自爲驕傲也如蠻如髦言骨肉相親如夷狄無禮義仁恩也

菀柳三章章六句

菀柳刺幽王也暴虐無親而刑罰不中諸侯
皆不欲朝言王者之不可朝事也○有菀者
柳不尚息焉興也菀茂木也○箋云尚庶幾也有菀然枝葉茂盛之柳行路之人豈有不庶幾
欲就之止息乎興者喻王有盛德則天下皆庶幾願往朝焉憂今不然也上帝甚蹈無
自暱焉蹈動暱也近○箋云蹈讀曰悼上帝云者遡之也今幽王暴虐不可以朝事甚使我心中悼病是以不從
而近之釋己所以不朝之意俾予靖之後予極焉靖治極至也○箋云靖謀俾使極誅
也假使我朝王王留我使謀政事王信讒不察功考績後反誅放我是言王刑罰不中不可朝事也有菀
者柳不尚愒焉愒息也上帝甚蹈無自瘵焉瘵病
也○箋云瘵接也俾予靖之後予邁焉箋云邁行也行亦放也春秋傳曰子

將行之有鳥高飛亦傅于天彼人之心于何其臻箋云傅臻皆至也彼人斥幽王也鳥之高飛極至於天爾幽王之心於何所至乎言其轉側無常人不知其所屆曷予靖之居以凶矜曷何矜危也○箋云主何為使我謀之隨而罪我居我以凶危之地謂四裔也

論曰鄭箋上帝云者愬之也以謂詩人呼上帝而告之曰幽王暴虐甚使我中心悼病然則上帝與甚蹈當分為兩句豈成文理考於詩意亦豈得通俾予靖之後予極焉訓靖為謀又以謂假使我朝王王留我

謀政事王信讒不察功考績後反誅於我如鄭此說則詩人方呼天言王不可朝其下文遽言王使我謀之初無假使朝王之語鄭何從而得之可知其臆說也君子不逆詐而詩人假使朝王王必留我謀而又後必誅我於義皆必不然也彼人之心以爲弁幽王言王心無常不知所届考詩初無此意文與下文不屬蓋亦失其失也

本義曰不尚尚也蹈動也謂警動也請安

也詩人言彼菀然茂盛之柳尚可以依而休息而幽王暴雪不可親今天警動我使我無自暱近之又使我安之以待其極其二章之義皆同維言後予邁焉謂待其可往朝則往焉其卒章言彼鳥之飛猶能戾天而人心何之不可我則獨安然當此雪王之時將罹其凶禍而不去蓋諸侯怨叛之辭也録之以見幽王之惡人心叛離如此而王悔而不改也

白華八章章四句

白華周人刺幽后也幽王取申女以爲后又得褒姒而黜申后故下國化之以妾爲妻以孽代宗而王弗能治周人爲之作是詩也申姜姓之國也褒姒褒人所入之女姒其字也是謂幽后孽支庶也宗適子也王不能治已不正故也

○白華菅兮白茅束兮興也白華野菅也已漚爲菅○箋云白華於野已漚名之爲菅菅柔忍中用矣而便取白茅收束之茅比於白華爲脆興者喻王取於申申后禮儀備任妃后之事而更納褒姒褒姒爲孽將至滅國之子之遠俾我獨兮箋云之子斥幽王也俾使也王之遠外我不復荅耦我意欲使我獨也老而無子曰獨無後褒姒譖申后之子宜咎宜咎奔申

英英白雲露彼菅茅英英白雲

貌露亦有雲言天地之氣無微不著無不覆養○箋云白雲下露養彼可以為菅之茅使與白華之菅相亂易猶天下妖氣生褒姒使申后見黜

天步艱難之子不猶

步行猶可也○箋云猶圖也天行此艱難之妖久矣王不圖其變之所由爾昔夏之衰有二龍之沃卜藏其漦周厲王發而觀之化為玄黿童女遇之當宣三時而生女懼而棄之後褎人有献而入之幽王幽王嬖之是謂褒姒

滮池北流浸彼稻田

滮流貌○箋云池水之澤浸潤稻田使之生殖喻王無恩意於申后滮池之不如也豐鎬之間水北流

嘯歌傷懷念彼碩人

箋云碩大也妖大之人謂褒姒也申后見黜褒姒之所為故憂傷而念之

樵彼桑薪卬烘于煁

卬我烘燎也煁烓竈也桑薪宜以養人者也○箋云人之樵取彼桑薪宜以炊饔饍之爨以養食之桑薪薪之善者也我反以燎於烓竈用炤事物而已喻王始以禮取申后申后禮儀備今反黜之始為甲賤之事亦猶是

維彼碩人實勞我心鼓鍾于宮聲

聞于外有諸宮中必形見於外○箋云王失禮於內而下國聞知而化之王弗能治如鳴鼓鍾於宮中而欲外人不聞亦不可止念子懆懆視我邁邁邁邁不說也○箋云此言申后之忠於王也念之懆懆然欲諫正之王反不說於其所言有鶖在梁有鶴在林鶖禿鶖也○箋云鶖也鶴也皆以魚為美食者也鶖之性貪惡而今在梁鶴潔白而反在林興王養褒姒而餒申后近惡而遠善維彼碩人實勞我心鴛鴦在梁戢其左翼箋云歛歛也歛左翼者謂右掩左也鳥之雌雄不可別者以翼右掩左雄左掩右雌陰陽相下之善也夫婦之道亦以禮義相下以成家道道之子無良二三其德箋云良善也王無荅耦已之善意而变移其心志令我怨曠有扁斯石履之卑兮扁扁乘石貌王乘車履石○箋云王后出入之禮與王同其行登車亦履石申后始時亦然今見黜而卑賤之子之遠俾我疷兮

疧病也。箋云王之遠外我欲使我困病

論曰白華據序意言幽王黜申后而立褒姒致下國化之亦多棄妻而立妾周人推本其事由褒姒淫惑幽王竊居后位使下國之人効之立妾爲妻正妻被棄而王不能治也然則周人作詩本爲下國之人以妾爲妻爾毛鄭二家所解終篇不及下國之人妻妾事此其所以失也且序言刺幽后而鄭以詩所謂之子爲斥幽王碩人爲

幽后今考詩八章五章常言之子則是刺幽王
者多矣何得序獨言刺幽后也碩人者大
人爾毛既以爲斥襃姒遂解爲妖大之人
此又其穿鑿也今考詩意言之子者棄妻
斥其夫也所謂碩人者乃刺幽后爾又序
言以妾爲妻以孽代宗雖爲兩事而其實
一也蓋妾子爲孽妻子爲宗旣升妾爲妻
則自然其孽爲嫡矣今考詩但述妻妾之
事而無及嫡庶之語乃作序者因言及之

爾
本義曰白華以爲菅白茅以爲束言一物各有所施可以並用如妻妾各有職可以並居而之子乃獨遠棄我而不見容彼英英然白雲者於彼菅也茅也皆覆露之而無所擇而君子之於妻妾亦當均其恩愛無異而之子乃獨棄我蓋由天道艱難而使之子心不善也步猶行道也滮池北流浸彼稻田者自高而及下也言化自上行

而及下也此刺王及后也碩人者大人也
王后是矣樵彼桑薪卬烘于煁者物失其
所也桑薪宜爨烹飪而爲燎燭棄妻自傷
失職者由幽后化之然也鼓鍾于宫聲聞
于外者言王后爲惡於内而聲達于外使
人効之而之子懆懆然棄逐我使我邁邁
而去也邁往也有鶖在梁有鶴在林言二
物皆非其所處如妾不宜居正位而妻不
宜被遠棄也亦由褒姒奪據后位而下效

之也鴛鴦戢翼雌雄相好之鳥也言之子
三二其德曾此鳥之不如也有扁斯石履
之卑兮言至賤之物當常在人之下而爲
人助也扁石乘石也人履以外車者也棄
妻指此石常在人下而助人外者如妾止
當在下而佐人爾今之子遠我而進彼使
我病也

漸漸之石三章章六句

漸漸之石下國刺幽也王戎狄叛之荆舒不

至乃命將率東征役久病於外故作是詩也荆謂楚也舒〻鳩舒鄝舒庸之屬役謂士卒也○漸漸之石維其高矣山川悠矣維其勞矣漸漸山石高峻○箋云山石漸漸然高峻不可登而止喻戎狄衆強而無禮義不可得而伐也山川者荆舒之国所處也其道理長遠邦域又勞〻廣濶言不可卒服武人東征不皇朝矣箋云武人謂將率也皇正將率也受王命東行而征伐役人罷病必不能正荆舒使之朝於王

漸漸之石維其卒矣山川悠遠曷其没矣卒竟没盡也○箋云卒者崔嵬也謂山巔之末也曷何也廣闊之處何時其可盡服武人東征不皇出矣箋云不能正之令出使聘問於王

有豕白蹢烝涉波矣豕猪也蹢蹄也將久雨則豕進涉水波○箋云烝衆也豕之性能水又唐突难禁制四蹄皆白曰駭則白蹄其尤躁疾者今離其繒

收之處與衆豕涉入水之波漣矣喻荆舒之人勇悍捷敏其君猶白蹄之豕也乃率民去禮義之安而居亂亡之危賤之故比方於家月離于畢俾滂沱矣畢噣也月離陽星則雨○箋云將有大雨徵氣先見於天以言荆舒之叛萌漸亦由王出也豕既涉波今又雨使之滂沱疾王甚也武人東征不皇他矣箋云不能正之令其守賤不干王命

論曰序言戎狄叛之荆舒不至乃命將率東征蓋序詩者言幽王暴虐致天下離心因言戎狄已叛而荆舒又不至爾然考詩之文惟言東征則是此詩但述征荆舒也鄭氏泥於序文遂以漸漸之石比戎狄不

可伐山川悠遠爲荆舒之所恃且戎狄無不可伐之理如文王征犬戎宣王伐玁狁但幽王自不伐爾就使戎狄爲不可伐幽王置而專討荆舒則是幽王知所伐矣復何刺哉何國無山川豈獨荆舒有之此又不通之論也維其勞矣者詩人述東征者自許之辭也鄭以爲荆舒之國勞勞廣闊何其捨簡易而就迂回也不皇者詩人之常語鄭於此獨以皇爲正至不皇出矣爲

不能正判舒令出使聘問於王此尤臆説
也豕涉波月離畢但將雨之兆爾毛説是
也鄭曲爲此興又汗漫而不切蓋其衍説
也
本義曰漸漸高石與悠悠然長遠之山川
皆東征之人叙其所歷險阻之勞爾不皇
朝矣者謂久處于外不得朝見天子也其
二章云不皇出矣者謂深入險阻之地將
不得出也豕涉波而月離畢將雨之驗也

謂征役者在險阻之中惟雨是憂不皇及他人履險遇雨征行所尤苦故以爲言

歐陽文忠公毛詩本義卷第九

歐陽文忠公毛詩本義卷第十

翰林學士兼龍圖閣學士朝散大夫給事中知制誥充史館修撰判秘閣歐陽　脩

文王七章章句八

文王文王受命作周也受命受天命而王天下制立周邦文王在上於昭于天在上在民上也於歎辭昭見也○箋云文王初為西伯有功於民其德著見於天故天命之以為王使君天下也崩諡曰文周雖舊邦其命維新乃新在大王也○箋云大王聿來胥宇而國於周王迹起矣而未天命至文王而受命言新者美之也有周不顯帝命不時有周周也不顯顯也顯光也不時時也時是也○箋云周之德不光明乎光明矣天命之不是乎又是矣文王陟降在帝左右言文王升陟接天下接人也○箋云在察也文王能觀知天意順其所為從而行之亹

亹亹文王令聞不已陳錫哉周侯文王孫子文王孫子本支百世

亹々勉也哉載侯維也本本宗也支支子也○箋云令善哉始侯君也勉々乎不倦文王之勤用明德也其善聲聞日見稱歎無止時也乃由能敷恩惠之施以受命造始周國故天下君子其子孫適為天子庶為諸侯皆百世

凡周之士不顯亦世

不世顯德乎士者世祿也○箋云凡周之士謂其臣有光明之德者亦得世世在位重其光也

世之不顯厥猶翼翼思皇多士生此王國王國克生維周之楨

翼翼恭敬也思辭也皇天楨幹也○箋云猶謀思願人周之臣既世々光明其為君子謀事忠敬翼々然又願天多生賢人於此邦能生能生是我是子幹事之臣

濟濟多士文王以寧

濟濟多威儀也

穆穆文王於緝熙敬止假哉天命有商孫子

穆々美也緝熙光明也假固也○箋云

穆穆乎文王有天子之容於美乎又能敬其光明之德堅固哉天爲此命之使臣有殷之子孫商之孫子其麗不億上帝既命侯于周服麗數也盛德不可爲衆也○箋云千於也商之孫子其數不徒億多言之也至天已命文王之後乃爲君於周之九服之中言衆之不如德也侯服于周天命靡常則見天命之無常也○箋云無常者善則就之惡則去之殷士膚敏殷士殷侯也膚美敏疾也祼灌鬯也祼將于京厥作祼將常服黼冔周人尚臭將行京大也黼白與黑也冔殷冠也夏后氏曰收周曰冕○箋云殷之臣壯美而敏來助周祭其助祭自服殷之服明文王以德不以強王之藎臣無念爾祖藎進也無念念也○箋云今王之進用臣當念女祖爲之法王斥成王無念爾祖聿脩厥德永言配命自求多福聿述永長言我也我長配天命而行爾庶國亦當自求多福○箋云長常猶也王既述脩祖德常言當配天命

而行則福祿自來殷之未喪師克配上帝帝乙已上也○箋云師衆也殷自紂父之前未喪天下之時皆能配天而行故不亡也宜鑒于殷駿命不易駿大也○箋云宜以殷王賢愚為鏡天之大命不可改易命之不易無遏爾躬宣義問有虞殷自天遏止義善虞度也○箋云宣徧又有也天之大命已不可改易矣當使子孫長行之無終女身則止徧明以禮義問成人又度殷所以順天之事而施行之上天之載無聲無臭儀刑文王萬邦作孚載事刑法孚信也○箋云天之道難知也耳不聞聲鼻不聞香臭儀法文王之事則天下咸信而順之

論曰嗚呼語有之曰衆口鑠金積毀銷骨豈虛言也哉文王之甚盛德所以賢於湯

武者事殷之大節爾而後世誣其與討（紂）並
立而稱王原其始蓋出於疑似之言而衆
説咻然附益之遂爲世惑可不慎哉泰誓
曰惟十有一年師渡孟津武成曰誕膺天
命惟九年大統未集此所謂疑似之言也
而毛鄭於詩謂文王天命之以爲王又謂
文王聽虞芮之訟而天下歸者四十餘國
説者因以爲受命之年乃改元而稱王由
是以來司馬遷史記及諸讖緯符命怪妄

之說不勝其多本欲譽文王而尊之其實積毀之言也然而學者可以斷然而不感惑者以孔子之言爲信也孔子曰三分天下有其二以服事殷此一言者楊子所謂衆言淆亂則折諸聖者也至於虞芮質成毛鄭之說雖疑過實然考傳及箋初無改元稱王之事未害文王之爲文王也惟雅之序言文王受命毛以爲受天命而王天下鄭又謂天命之以爲王云者感後世尤之

甚者也詩人之意以謂周自上世以來積功累仁至於文王攻伐諸國威德並著周國自此盛大至武王因之遂伐紂滅商而有天下然以盛德爲天所相而興周者自文王始也其義如此而已故序但言受命作周不言受命稱王也且詩述作周之業歸功於其父而言國之興也有命自天此古今之常理初無怪妄之說也書曰天之歷數在爾躬又曰天既訖我命又曰勦絶

天命之類其言甚多蓋古人於興亡之際必推天以爲言者尊天命也如毛鄭之注文王則是天諄諄命西栢稱王爾此所以失詩本義而使諸家得肆其怪妄也說者但言殷未滅時文王自稱王於一國之中理已爲不可況毛鄭於此言商之子孫衆多有國者皆在文王九服之中又言殷之諸來侯助文王祭者皆自服殷之服此二者皆是殷已滅之事若如毛鄭之說是文

王已滅嗣而盡有天下矣此又厚誣文王之甚者也詩曰於緝熙敬止詩屢言緝熙毛鄭常以爲光明不知其何據也爾雅云緝熙光也爾雅非聖人之書考其文理乃是秦漢之間學詩者纂集說詩博士解詁之言爾凡引爾雅者本謂旁取他書以正說詩之失若爾雅止是纂集說詩博士之言則何須復引也頌敬之云學有緝熙于光明毛鄭說以爲學有光明於光明謂賢

中之賢此穿鑿之尤甚者許慎説文熈燥也孔安國傳尚書熈廣也他書或訓爲安或爲和隨文爲義各自不同而此熈訓廣近是也緝績也續接者續而成功也緝熈云者接續而增廣之也駿命不易當音難易之易本義曰文王在上於昭于天者據武王而言之也言武王雖滅殷而有天下然由文王在上其德昭著于天也周雖舊邦其命維新者據后稷公劉以來爲言也言周自

上世以來爲周久矣文王始受天之眷命而興盛也有周不顯乎自文王而顯大矣其顯不是帝命乎是帝命也文王陟降在帝左右者謂其俯仰之間常如在帝左右言爲天所親輔也亹亹文王令聞不已陳錫哉周侯文王孫子文王孫子本支百世者言勉勉勤修文王之業使文王之善聞流於後世者不止能如此乃是周之君而可以爲文王之孫子也子孫能勉勉不墜

文王之令聞則本與支皆可傳於百世也
子武王孫成王也凡周之士不顯亦世世
之不顯厥猷翼翼思皇多士生此王國王
國克生維周之楨濟濟多士文王以寧者
言周之興也不獨其君因其世德其衆士
佐文王成功業者亦世有顯名而謀事衆
敬惟此多士生於周國爲幹事之臣文王
用之以寧周邦也穆穆文王於緝熙敬止
假哉天命有商孫子商之孫子其麗不億

上帝既命侯于周服者以戒成王也言美
哉文王之德於此乎續而廣之敬慎不墜
大哉天命商之子孫數甚衆多而上帝乃
命之爲周諸侯昔也天命爲商之蕃屏而
今也乃命爲周諸侯由商王失德而天奪
之周有世德而天予之天所予奪惟德所
在而無常主故又曰侯服于周天命靡常
也殷士膚敏祼將于京厥作祼將常服黼冔
者詩人既先引商王子孫以戒成王又

引之衆士以戒周之群臣以謂殷之衆士乃服其服而来助周祭猶服殷服者見其亡國之故臣也故引以戒周臣使亦無失其世德以配天命而求福禄既又丁寧之曰當如殷之未失衆心之時故能配上帝宜監殷之亡知天命之不易無使天命至爾躬而止當明揚善聞常虞度殷之興亡皆自天也其卒章又言天無聲臭其命難知但效法文王所爲則可以使萬邦信

天子輔有德也

棫樸五章章四句

棫樸文王能官人也○芃芃棫樸薪之槱之興也芃芃木盛貌棫白桵也樸枹木也槱積也山木茂盛万民得而薪之賢人衆多国家得用蕃興○箋云白桵相樸屬而生者枝條芃芃然豫斫以為薪至祭皇天上帝及三辰則聚積以燎之濟濟辟王左右趣之趣趨也○箋云辟君也君王謂文王也文王臨祭祀其容濟濟然敬左右之諸臣皆促疾於事謂相助積薪

濟濟辟王左右奉璋半圭曰璋○箋云璋璋瓚也祭祀之礼王祼以圭瓚諸臣助之亞祼以璋瓚奉璋峨峨髦士攸宜峨峨盛壯也髦俊也○箋云士卿士也奉璋之儀峨峨然故今俊士之所宜淠彼涇舟烝徒楫之淠舟行貌楫櫂

也◯箋云烝衆也淠淠然涇水中之舟順流而行者乃衆徒船人以楫擢之故也興衆臣之賢者行君政令周王于邁六師及之天子六軍◯箋云于往邁行及與也周王往行謂出兵征伐也二千五百人爲師今王興師行者殷末之制未有周禮周禮五師爲軍軍万二千五百人倬彼雲漢爲章于天倬大也雲漢天河也◯箋云雲漢之在天其爲文章譬猶天子爲法度於天下周王壽考遐不作人遐遠也遠不爲人也◯箋云周王文王也文王是時九十餘矣故云壽考遠不作人者其政變化紂之惡俗近如新作人也追琢其章金玉其相追雕也金曰雕玉曰琢相質也◯箋云周禮追師掌追衡笄則追亦治玉也相視也猶觀視追琢玉使成文章喻文王爲政先以心研精合猶禮義然後施之万民視而觀之其好而樂之如覩金玉然言其政可樂也勉勉我王綱紀四方箋云我王謂文王也以罔罟喻爲政張之爲綱理之爲紀

論曰棫樸五章毛於其四章所解絶簡莫見其得失其首章棫樸之義頗詳而二家之說相遠然毛得而鄭失也詩人本以於文王能官賢才任國大事故美之如鄭說則預斫棫樸將祭而積薪乃賤有司之末事民庶人人能之詩人必不以此爲能官人也鄭所以然者牽於二章奉璋之說也奉璋助祭與積薪事不同然能奉璋助祭亦止能官人之一事爾不必連章言之且官

人之職多矣豈專於祭祀乎自倬彼雲漢而下二章如鄭說更無官人之意但汎述法度爲政等事汗漫而無指歸此皆其失也

本義曰詩人言芃芃棫樸茂盛採之以備薪槱以喻文王養育賢才美茂官之以充列位而王威儀濟濟然左右之臣趨而事之以見君臣之盛也其二章言在宗廟則奉璋助祭皆髦俊之士其三章言舟之

行水由衆人以楫擢之如王之治國必衆賢居官以共濟其曰周王于邁六始及之者又言王有所征伐則六師皆從以見王所官之人入宗廟居軍旅皆可用言文武之材各任其事也其四章言雲漢在上爲天之文章猶賢材在朝爲國之光悉其曰周王壽考遐不作人者作動也言文王能官羣材各任其職王但享壽考邈然在上無所動作於人而國自治也蓋言官人之

成効也其卒章又言金玉之質美矣必待追琢而成文章以喻臣下雖有賢才必待奬用成而德業又言王當勉勉用人而但提其綱紀爾

思齊四章章六句故言五章二章章六句三章章四句

思齊文王所以聖也（言非但天性德有所由成）○思齊大任文王之母思媚周姜京室之婦（齊莊媚愛也周姜太姜也京室王室也○箋云京周地名也常思莊敬者大任也乃為文王之母又常思愛大姜之配大王之禮故能為京

室子婦言其德行純備故生聖子也大姜言周大任言京見其謙恭自卑小也大姒嗣徽音則百斯男大姒文王之妃也十子衆妾則宜百子也○箋云徽美也嗣大任之美音謂續行其善教令惠于宗公神罔時怨神罔時恫宗公宗神也恫痛也○箋云惠順也宗公大臣也文王爲政咨於大臣順而行之故能當於神明神明無是怨恚其所行者無是痛傷其時無有凶禍刑于寡妻至于兄弟以御于家邦刑法也寡妻適妻也御迎也○箋云寡妻寡有之妻言賢也御治也文王以禮法接待其妻至于宗族以此又能爲政治于家邦也書曰乃寡兄勗又曰越乃御事雝雝在宫肅肅在廟雝雝和也肅肅敬也○箋云宫謂辟廱宫也群臣助文王養老則上和助祭於崇廟則尚言得禮之宜不顯亦臨無射亦保以顯臨之保安無厭也○箋云臨視也保猶居也文王之在辟廱也有賢才之質而不明者亦得觀於禮於六藝無射才者亦得居於位言養善使

之積小致高大肆戎疾不殄烈假不瑕肆古今也戎大也故今大疾害人者不絕之而自絕也烈業瑕大也○箋云厲假皆病也瑕已也文王於辟廱德如此故大疾害人者不絕之而自絕爲厲假之行者不已之而自已言化之深也不聞亦式不諫亦入言性與天合也○箋云式用也文王之祀於宗廟有仁義之行而不聞達者亦用之助祭者孝弟之行而不能諫爭者亦得入言其使人器之不求備也肆成人有德小子有造造爲也○箋云成人謂大夫士也小子其弟子也文王在於宗廟德如此故大夫士皆有德子弟皆有所造成古之人無斁譽髦斯士古之人無厭於有名譽之俊士○箋云古之人謂聖王明君也口無擇言身無擇行以身化其臣下故令此士皆有明譽於天下成其俊乂之美也

論曰序言思齊文王所以聖也鄭云非但

天性德有所由成蓋言文王所以聖者由
其母太任賢也然則思齊之義主述太任
之德能致文王之聖爾今詩四章鄭箋自
惠于宗公而下三章皆了不及太任雝雝
在宫肅肅在廟又以爲文王在辟雝羣臣
助王養老在宗廟群臣助祭等事考序及
詩皆非詩人本意其爲衍說失詩之旨遠
矣惠于宗公鄭以爲順于大臣據詩上文
云太姒嗣徽音則百斯男是方述太姒之

德遽云順于大臣便爲文王之事其下文

又別述神無怨恫上下文義何由聯屬毛

以無射爲無厭鄭讀射爲射御之射謂不

顯亦臨無射亦保皆爲觀禮於辟雝之人

以不顯爲有賢才之質而不明無射爲無

射才者且夫觀禮本欲化人雖狂愚之人

皆得觀豈限賢材之質自古王者在辟雍

未聞必須能射者方得觀禮就如鄭説不明

無射之人皆來觀禮亦前世之常事不

足彰文王之聖不聞亦式以爲有仁義之行而不聞達者不諫亦入以爲有孝悌之行而不能諫靜（諍）者皆得助祭於廟且詩但云不顯亦臨無射亦保鄭何據而知是在辟廱之人不聞亦式不諫亦入何據而知是在宗廟之人不聞何據知爲仁義不諫何據知爲孝悌學者穿鑿之弊至於如此毛以思齊爲思莊以文理推之當讀如見賢思齊之齊也

本義曰文王所以聖者世有賢妃之助也自太姜太任以至太姒相繼有賢德也其可思而齊者太任也可思而愛者周姜也太任文王之母也太姜大國之婦也京大室國也言太姒每思慕任姜而繼其美聲有不妬忌之賢而子孫衆多又能輔佐君子順事先公而神無怨怒宗公先公也言周世有賢婦人文王幼育於賢母長得賢妃之助以成其德其德廣被由内及外由

近及遠自親者始故曰刑于寡妻至于兄弟以御于家邦雝雝在宫肅肅在廟者言文王平居在宫中則雝雝然而和有事在宗廟則肅肅然而敬不顯亦臨無射亦保言不以人所不見而始常端莊若有所臨又無厭倦而能守其常也保守也肆戎疾不殄烈假不瑕戎衆也烈光也假大也言文王之應於事雖衆多敏疾而不絶其施於事者光大而無瑕也不聞亦式不諫亦

入者式法也言事有雖未嘗聞學必中法也又不待教諫而能入於善也毛謂性與天合者是也詩人既述文王脩身之善能和於人神而出處有常度又述其遇事之聰明所爲皆中理然後本其所以聖者由生於賢母幼被養育而至成人也故曰肆成人有德小子有造言文王有成人之德自其幼小爲之子而養育成其性也既又推廣而言曰不獨文王古之人自其幼小

教育無厭倦則皆有名譽爲俊髦之士矣

皇矣八章章十二句

皇矣美周也天監代殷莫若周周世世脩德莫若文王（監視也天視四方可以伐殷王天下者維有周爾世世脩行道德維有文王盛爾）○

皇矣上帝臨下有赫監觀四方求民之莫（皇大莫定也○箋云臨視也大矣天之視天下赫然甚明以殷紂之暴亂乃監察天下之衆国求民之定謂所歸就也）維此二國其政不獲維彼四國爰究爰度（二國殷夏也彼彼有道也四国四方也究謀度居也○箋云二国謂今殷紂及崇侯也王長獲得四国謂密也阮也徂也共也度亦謀也殷崇之君其行暴乱不得於天心密阮徂共之君於是又助之謀言同於悪也）上帝耆之憎其

式廓乃眷西顧此維與宅耆惡也廓大也憎其用大位行大政顧顧西土也宅居也○箋云耆老也天須假此二国養之至老猶不變改憎其所用爲惡者浸大也乃眷然運視西顧見文王之德而與之居言天意常在文王所

作之屏之其菑其翳脩之平之其灌其栵啓之辟之其檉其椐攘之剔之其檿其柘木立死曰菑自斃爲翳灌叢生也栵栭檉河柳也椐樻也檿山桑也○箋云天既顧文王四方之民則大歸往之岐周之地險隘多樹木乃競刊除而自居處言樂就有德之甚

帝遷明德串夷載路徙就文王之德也串習夷常路大也○箋云串夷即混夷西戎國名也路應也天意去殷之惡就周之德文王則侵伐混夷以應之

天立厥配受命既固配媲也箋云天既顧文王又爲之生賢妃謂大姒也其受命之道已堅固也

帝省其山柞棫斯拔松柏斯兑兑易直也○箋云省

善也天既顧文王乃和其国之風雨使其山樹木茂盛言非徒養其民人而已帝作邦作對自大伯王季對配也從大伯之見王季也○箋云作為也天為邦謂興周国也作配謂為生明君也是乃自大伯王季時則然矣大伯讓於王季而文王起維此王季因心則友則友其兄則篤其慶載錫之光因親也善兄弟曰友慶善光大也○箋云篤厚載始也王季之心親親而又善於宗族又尤善於兄大伯乃厚明其功美始使之顯著也大伯以讓為功美王季乃能厚明之使傳世稱之亦其德也受禄無喪奄有四方喪亡奄大也○箋云王季以有因心則友之德故世世受福禄至於覆有天下維此王季帝度其心貊其德音其德克明克明克類、克長克君心能制義曰度貊静也○箋云德正應和曰貊照臨四方曰明類、善也勤施無私曰類教誨不倦曰長賞慶刑威曰君王此大邦克順克比慈和徧服曰順擇善而從曰比箋云王君也王季称王追王也比于文王其德靡悔經諱天地曰文○箋云靡無也王季之德比于文王無有所悔也必比于文王者德以聖人爲匹既受帝祉施于孫子箋云帝天也祉福也施猶易也延也帝謂文王無然畔援無然歆羨誕先登于岸無是畔道無是援取無是貪羨岸高位也○箋云畔援猶拔扈也誕大登成岸訟也天語文王曰女無如是拔扈者妄出兵也無如是貪羨者侵人土地也欲廣大德美者當先平獄訟正曲直也密人不恭敢距大邦侵阮徂共国有密須氏侵阮遂往侵共○箋云阮也徂也共也三国犯周而文王伐之密須之人乃敢距其義兵違正道是不直也王赫斯怒爰整其旅以按徂旅以篤于周祜以對于天下旅師按止也旅地名也對遂也○箋云赫怒意斯尽也五百人爲旅對荅也文王赫然與其群臣尽怒曰整其軍旅而出以却

止徂国之兵衆以厚周當王之福以荅天下鄉周之望依其在京侵自阮疆陟我高岡無矢我陵我陵我阿無飲我泉我泉我池京大阜也矢陳也○箋云京周地名陟登也矢猶當也大陵曰阿文王但發其依居京地之衆以往侵阮国之强登其山脊而望阮之兵兵無敢當其陵及阿者又無敢飲食於其泉及池水者小出兵而令驚怖如此此以德攻不以衆也陵泉重言者美之也每言我者據後得而有之而言度其鮮原居岐之陽在渭之將萬邦之方下民之王小山別大山曰鮮將側也方則也○箋云度謀鮮善也方猶鄉也文王見侵阮而兵不見敵已知德盛而威行可以遷居定天下之心乃始謀居善原廣平之地亦在岐山之南居渭水之側為万国之所鄉作下民之君後竟徙都於豐帝謂文王予懷明德不大聲以色不長夏以革不識不知順帝之則懷歸也不大聲見於色革更也不以長大

有所更○箋云夏諸夏也天之言云我歸人君有光明之德而不
虛廣言語以外作容貌不長諸夏以變更王法者其為人不識
古不知今順天之法而行之者
此言天之道尚誠實貴性自然　帝謂文王詢爾仇方
同爾兄弟以爾鉤援與爾臨衝以伐崇墉仇匹
也鉤鉤梯也所以鉤引上城者臨臨車也衝衝車也墉城也○箋云
詢謀也怨耦曰仇仇方謂旁國諸侯為暴亂大惡者女當謀征討之
以和協女兄弟之國率與之往親親則多志齊
心也當此之時崇侯虎倡紂為無道罪尤大也　臨衝閑閑崇
墉言言執訊連連攸馘安安是類是禡是致
是附四方以無侮閑閑動搖也言言高大也連連徐也攸
所也馘獲也不服者殺而獻其左耳曰
馘於內曰類於野曰禡致致其社稷羣臣附附其先祖為之立後尊
其尊而親其親○箋云言言猶孽孽將壞貌訊言也執所生得者而
言問之及獻所馘皆徐徐以禮為之不尚促速也類也
禡也師祭也無侮者文王伐崇而無復敢侮慢周者　臨衝茀

茀崇墉仡仡是伐是肆是絶是忽四方以無拂茀茀强盛也仡仡猶言言也肆疾也忽滅也○箋云伐謂擊刺之肆犯突也春秋傳曰使勇而無剛者肆之拂猶佹也言無復佹戾文王者

論曰據序但賢文王修德最盛而考詩則上述太伯王季又多言文王征伐之事蓋詩人言周世德所積至文王又著功業而德最盛也詩謂二國者毛以爲夏殷者非也且詩述文王何因遠及夏世而終篇無殷事則毛說非矣鄭謂二國爲紂及崇侯

者崇侯是其一也紂亦非也詩謂四國者毛以爲四方鄭以爲密阮徂共者鄭亦非也鄭所謂國者皆不見於前書莫可知其是非惟據詩稱密人則密可知爲國也又曰以伐崇墉則崇可知爲國也其曰以按徂旅侵自阮疆二者亦似國名而知非者以上下文考之義不能通故也且鄭以密阮徂共爲四國以充上維彼四國之文而數外又有串夷及崇詩人不應前以四國爲目而後別列六

國也上章先阮而後徂下章先徂而後阮共則不復再見客但言不恭而不言侵伐崇不在四國之數反著其伐功最詳其先後無次詳略失宜詩人之作不應如此絶無倫理此所以難通也阮徂共旣不可爲國則四國當從毛說爲四方詩云四國順之又云國四是皇又云正是四國詩人之語此類甚多然毛云侵阮遂往侵共以徂爲往是矣而猶以阮共爲國者亦非也今

以文考義止於侵密伐崇二事爾且詩云
密人不共敢距大邦侵阮徂共若如鄭說
以上下文考之乃是密有人不共距命之
罪不被討而徂阮共三國以無罪見侵理
必不然毛傳亦同但以徂爲往小異爾大
義皆失之也或曰密人距周之侵三國爾
是亦不然且詩人本欲稱述文王之功業
周侵三國而密人距之則密亦有罪矣就
如鄭說阮則侵而服徂則僅能止其旅共

則不見勝敗密則未嘗加討是文王有所舉鄰國不順而不能討所侵之國又無必勝之功然則和以爲功業何以示威德詩人亦何足稱述哉所以知其不然也而爲毛鄭之學者又謂周侵三國召兵於密而不從者尤踈者阮共當是密國地之別名如周有岐邠酆召也串夷依毛傳則義通如以爲昆夷則上下文義絕不相屬故當從毛也詩旣止侵密伐崇則上文二國當

是密及崇也度明類長君順比七者皆古今常言毛鄭曲爲訓義雖未害文理於義爲衍去之可也本義曰皇矣之首章言大哉天乃赫然下視四方求民之所歸定此密宗崇二國失政而暴亂乃及於彼四方諸侯謀度孰可定民者而天意遲久之謹其所擇既憎二國之自大乃眷然顧周與之使宅西土其政不獲謂失爲政之道也耆遲久也其二章乃本周作宅之始岐周之民樂就有

德皆共剗除樹木而營理邑居帝亦遷就
以成周家之德累世積習常久而增大遂
以配天而受命天立厥配者謂立其德可
配天者以爲君也受命旣固者謂世積德
久也其三章言帝視岐周之山柞棫松栢皆
拔起茂盛謂其土地肥美可以建國乃使
之作周邦以配天而推其始自太伯王季
言此王季能友其兄太伯使讓已以傳聖
子而餘慶流光後世子孫受天之禄無喪

失遂至奄有天下其四章又言王季之德
昭明克似可以君長大邦而文王順承比
合其世德而無改遂受天福及于子孫悔
改也其五章言天謂文王無信縱諸侯之
跛扈貪羨者宜先居可勝以臨之無信而
從之也岸高也當先據高以制下謂諸侯
有爲暴亂者先修威德以待之故密人不
共則赫然奮怒整其師旅以侵之兵入其
國自阮至共而止其不伐滅其國者但揚

其威不滅人之國以爲德所以厚周之福而示天下其六章又言周師先據勝地然後侵之而密人不敢有其岡陵水泉密人既服外患巳除乃度善原於岐渭之間以定周國其七章言天謂文王我懷爾明德深厚不外爲聲形又不大爲變革使人不識不知如天於萬物使人不見其所爲蒙德而不自知故諸侯不識文王之德者反助討〔紂〕無道與周爲仇敵者崇侯是也當率

爾兄弟之國以徃伐之其八章又言周師
攻具之盛而崇城高大難攻而周師執生
獻馘禱兵而伐之遂以滅崇而威德加於
四方無敢侮戾者言天下之心遂歸周也
一侵一伐未必能使天下皆歸詩人上述
伐崇皆先言帝謂者古人舉事必稱天於
興師討伐猶託天命如天討有罪肅將天
威恭行天罰之類是也侵密而外患息乃
定邑居伐崇而威德著則四方皆服詩人

雖推大祖宗之功務極其美然功業大小次第先後亦自有倫也

生民八章四章章十句四章章八句

生民尊祖也后稷生於姜嫄文武之功起於后稷故推以配天焉○厥初生民時維姜嫄生民本后稷也姜姓也后稷之母配高辛氏帝焉○箋云厥其初始時是也言周之始祖其生之者是姜嫄也姜姓者炎帝之後有女名嫄當堯之時爲高辛氏之世妃本后稷之初生故謂之生民生民如何克禋克祀以弗無子禋敬弗去也去無子求有子古者必立郊禖焉玄鳥至之日以太牢祠于郊禖天子親往后妃率九嬪御乃礼天子所御帶以弓韣授以弓矢于郊禖之前○箋云克能也弗之言祓也姜嫄之生稷如何乎乃禋祀上帝於

郊禖以祓除其無子之疾而得其福也能者言齐肅當神明意也二王之後得用天子之礼

履帝武敏歆攸介攸止載震載夙載生載育時維后稷履践也帝高辛氏之帝也武迹敏疾也從於帝而見于天將事齊敏也歆饗介大也止福禄所止也震動夙早育長也后稷播百穀以利民○箋云帝上帝也敏拇也介左右也夙之言肅也郊祀禖之時時則有大神之迹姜嫄履之足不能滿履其拇指之處心体歆歆然其左右所止住如有人道感已者也於是遂有身而肅戒不復御後則生子而養長之名曰棄舜臣堯而舉之是為后稷

誕彌厥月先生如達誕大彌終達生也姜嫄之子先生者也○箋云達羊子也大矣后稷之在其母終人道十月而生生如達之生言易也

不坼不副無菑無害言易也凡人在母母則病生則坼付菑害其母横逆人道

以赫厥靈上帝不寧不康禋祀居然生子赫顯也不寧寧也不康康也○箋云康寧皆安也姜嫄以赫然顯著之徵其有神靈審矣

此乃天帝之氣也心猶不安之又不安徒以禋祀而無人道居默然自生子懼時人不信也

誕寘之隘巷牛羊腓字之誕大寘置腓辟字愛也天生后稷異之於人欲以顯其靈也帝不順天是不明也故承天意而異之于天下○箋云天異之故姜嫄置后稷於牛羊之徑亦所以異之

誕寘之平林會伐平林牛羊而辟人者理也置之平林又為人所收取之

誕寘之寒冰鳥覆翼之大鳥林一翼覆之一翼藉之人而收取之又其理也故置之於寒冰

鳥乃去矣后稷呱矣於是知有天異往取之矣后稷呱呱然而泣

實覃實訏厥聲載路誕實匍匐克岐克嶷以就口食覃長訏大路大也岐知意也嶷識也○箋云實之言適也覃謂始能坐也訏謂長口鳴呼也是時声音則已大矣能匍匐則岐岐然意有所知也其貌嶷嶷然有所識別也以此至于能就衆人口自食謂六七歲時

蓺之荏菽荏菽旆旆禾

役穟穟麻麥幪幪瓜瓞唪唪荏菽戎菽也旆〻然長也役列也穟〻苗好美也幪〻然茂盛也唪〻多〻实也○箋云蓺樹也戎菽大豆也就口食之時則有種殖之至言天性也誕后稷之穡有相之道相助也○箋云大矣后稷之掌稼穡有見助之道謂若神助之力茀厥豐草種之黃茂實方實苞實種實褎實發實秀實堅實好實穎實栗即有邰家室茀治也黃嘉穀也茂美也方極畝也苞本也種雜種也褎長也發盡發也不榮而实曰秀穎垂穎也栗其实栗〻然邰姜嫄之国也堯見天因邰而生后稷故国后稷於邰命使事天以顯神順天命爾○箋云豐苞亦茂也方齊等也種生不雜也褎枝葉長也發〻管時也栗成就也后稷教民除治茂草使鍾黍稷黍稷生則茂好孰則大成以此成功堯改封於邰就其成国之家室無變更也

誕降嘉種維秬維秠維穈維芑天降嘉種秬黑黍也秠一稃二米也

糜赤苗也芑白苗也○箋云天應堯之顯后稷為之下嘉種恒之秬秠是穫是畝恒之糜芑是任是負以歸肇祀恒徧肇始歸郊祀也○箋云任猶抱也肇郊之神位也后稷以天為已下比四穀之故則徧種之成孰則穫而畝計之抱負以歸於郊祀天得祀天者二王之後也誕我祀如何或舂或揄或簸或蹂釋之叟叟烝之浮浮揄抒臼也或簸糠者或蹂黍者釋淅米也叟叟声也浮浮氣也○箋云蹂之言潤也大矣我后稷之祀天如何乎美而将說其事也舂而抒出之簸之又潤濕之将復舂之趨於鑿也釋之烝之以為酒及簠簋之实載謀載惟取蕭祭脂取羝以軷載燔載烈嘗之日涖卜來歲之芟獮之日涖卜來歲之戒社之日涖卜來歲之稼所以興來而繼往也穀孰而謀陳祭而卜矣取蕭合黍稷臭達牆屋既奠而後爇蕭合馨香羝羊牡羊也軷道祭也傳火曰燔貫之加于火曰烈○箋云惟思也烈之言爛也后稷既曰燔

為郊祀之酒及其来則諏謀其日思念其礼至其時取蕭草與祭牲之脂爇之於行神之位馨香既聞取羝羊之体以祭神又燔烈其肉為只羞焉自此而往郊 以興嗣歳 興来歳繼往歳也○箋云嗣歳今新歳也以先歳之物齊敬犯軷而祀天者将求新歳之豐年也孟春之月令日乃擇元日祈穀于上帝 卬盛于豆于豆于登其香始升上帝居歆胡臭亶時 卬我也木曰豆瓦曰登豆荐菹醢也登大羹也○箋云胡之言何也亶誠也我后稷盛菹醢之属當於豆者於登者其馨香始上行上帝則我而歆享之何芳臭之誠得其時乎美之也祀天用瓦豆陶器質也 后稷肇祀庶無罪悔以迄于今 迄至也○箋云庶衆也后稷祀肇祀上帝於郊而天下衆民咸得其所以天下無有罪过也子孫蒙其天也謂為其民各得其所以不為無育馨声既不無失天地也福以至於今故推以配天焉

論曰妄儒不知所守而無所擇惟所傳則信而從焉而曲學之士好奇得怪事則喜附而爲說前世以此爲六經患者非一也后稷之生說者不勝其怪矣不可以遍攻攻其一二之尤者則衆說可從而息也毛謂姜嫄者帝嚳高辛之配也高辛爲天子以玄鳥至之日親祠于効（郊）禖以求子姜嫄從帝嚳而見于天將事齊敏天歆饗而降福乃生后稷姜嫄以后稷生異於人欲顯

其靈乃置於隘巷牛羊辟之又置於平林而林間人收取之又置於冰上而有鳥以翼覆藉之於是姜嫄知有天異乃往取而育之鄭謂姜嫄非帝嚳之配乃高辛氏後世子孫之妃爾高辛後世不爲帝矣得用天子之禮祠高禖者爲二王後故也又謂當祀高禖時有上帝大足迹姜嫄履其指梅歆然感而有身遂生后稷以無人道而生子懼人不信乃寘之隘巷等處以顯其

異凡怪妄之說使諸家合辭并力以相固結若折以至理猶可攻而破之況二家自相乖戾如此也今各以其所自爲說者反攻之則亦可以屈矣毛鄭之前世已傳姜嫄之事也今見於史記者是矣初無高禖祈子與歆顯靈異之事也直言姜嫄出履大人之迹生子懼而棄之及見牛羊不踐等事始知爲異兒遂收育之兒就其妄說猶若有次第至二家解詩乃各增損其事

以遷就巳說毛能不信履迹之怪善矣然直謂姜嫄從高辛祀於郊禖而生子則是以人道而生矣且有所禱而夫婦生子乃古今人之常事有何爲異欲顯其靈而以天子之子棄之牛羊之徑及林間冰上乎此不近人情者也毛傳商頌亦言高辛次妃簡狄以玄鳥至之日祀高禖而生契與姜嫄生后稷事正同其先生契也未嘗以爲異其後生后稷豈特駭而異之乎此又

理之不通矣五常（帝）君臣世次至周以後已
失其傳蓋其相去千五六百歲久不能無
訛謬而無所考正矣今史記本紀出於大
戴禮世本諸書其言堯及契稷皆爲帝嚳
之子先儒以年世長矩（短）考之理不能通固
難取信而鄭又自感（惑）於讖緯專用命曆序
言帝嚳傳十世因以堯契皆不爲嚳子而
猶以后稷爲嚳後世子孫謂堯不徒非嚳
子亦非高辛氏之族故以后稷於堯世爲

二王之後其言無所稽據而皆由其臆出
夫天命有德以王天下此聖賢之通論也
天生聖賢異於衆人理亦有之然所謂天
命有德者非天諄諄有言語文告之命也
惟人有德則輔之以興爾所謂天生聖賢
者其人必因父母而生非天自生之也詩
曰維嶽降神生甫及申申甫皆父母所生
也鄭則不然直謂后稷天自生之爾夏有
天下四百餘歲而爲商商有天下六百餘

歲而爲周如鄭之說是天不因人道自與姜嫄歆然接感而生后稷其傳子孫一千歲後爲周而王天下且天旣自感姜嫄以生后稷不王其身而王其一千歲後之子孫天意果如是乎無人道而生子與天自感於人而生之在於人理亦必無之事可謂誣天也蓋毛於史記不取履迹之怪而取其訛謬之世次鄭則不取其世次而取其怪說三家或異或同諸儒附之駁雜紛

亂附毛說者謂后稷是帝嚳遺腹子附鄭說者謂是蒼帝靈威仰子之其乖妄至於如此夫以不近人情無稽臆出異同紛亂之說遠解數千歲前神怪人理必無之事後世其可必信乎然則生民於詩孔子之所録也必有其義蓋君子之學也不窮遠以爲能闕所不知愼其傳以惑世也闕焉而有待可矣毛鄭之說余能破之不疑生民之義余所不知也故闕其所未詳。

鳧鷖五章章六句

鳧鷖守成也太平之君子能持盈守成神祇祖考安樂之也君子斥成王也言君子者大平之時則皆然非獨成王也鳧鷖在涇公尸來燕來寧鳧水鳥也鷖鳧屬大平則萬物衆多○箋云涇水名也水鳥而居水中猶人為公尸之在宗廟也故以喻焉祭祀既畢明日又設礼而猶尸燕成王之時尸來燕也其心安不以已實臣之故自嫌言此者美成王尸之禮備爾酒既清爾殽既馨公尸燕飲福祿來成馨香之遠聞也○箋云爾者女成王也女酒殽清美以與公尸燕飲樂酒之故祖考以福祿來成女鳧鷖在沙公尸來燕來宜沙水旁也宜宜其事也○箋云水鳥以居水中為常今出在水旁喻祭四方百物之尸也其來燕也心自以為宜亦不以已實臣自嫌也爾酒既多

爾殽既嘉言酒品齊多殽備矣公尸燕飲福禄來爲厚爲孝子
也○箋云爲猶助也助成王也鳧鷖在渚公尸來燕來處渚沚也處止也○箋
云水中之有渚猶平地之有丘也喻祭天地之尸也以配至尊之故其来燕似若止得其處爾酒既湑
爾殽伊脯公尸燕飲福禄来下箋云湑酒之泲者也天地之尸
尊事尊不以褻味泲酒脯而已鳧鷖在潨公尸来燕来宗潨水會也宗尊
也○箋云潨水外之高者也有瘞埋之象喻祭社稷山川之尸其来燕也有尊主人之意既燕于宗福
禄攸降公尸燕飲福禄来崇崇重也○箋云既尽也宗社宗也羣臣
下及民尽有祭社之礼而燕飲焉爲福禄所下也今王祭社又以尸燕福禄之来乃重厚也天子以下其社神同故云然
鳧鷖在亹公尸来止熏熏亹山絶水也熏熏和說也○箋云亹之言門也燕七

祀之尸於門戶之外故以喻焉其來也不敢當王之燕礼故变言來止熏熏坐不安之意旨酒欣欣燔炙芬芬公尸燕飲無有後艱欣欣然樂也芬芬香也無有後艱言不敢多祈也○箋云艱難也小神之尸卑用美酒有燔炙可用褻味也又不能致福祿但能令王自今無有後難而已

論曰鳧鷖序云太平之君子能持盈守成神祇祖考安樂之者但言人神和樂而已其曰鳧鷖在涇在沙謂公尸和樂如水鳥之在水中及水旁得其所爾在渚在潨在亹皆水旁爾鄭氏曲為分別以譬在宗廟等處者皆臆說也於詩大義未為甚害然

學者戒於穿鑿而汩亂經義也

假樂四章章六句

假樂嘉成王也○假樂君子顯顯令德宜民宜人受祿于天假嘉也宜民宜人宜安民宜官人也○箋云顯光也天嘉樂成王有光光之善德安民官人皆得其宜以受祿福於天保右命之自天申之申重也○箋云成王之官人也羣臣保右而舉之乃後命用之又用天意申勑之如舜之勑伯禹伯夷之屬干祿百福子孫千億穆穆皇皇宜君宜王宜君王天下也○箋云干求也十万曰億天子穆穆諸侯皇皇成王行顯顯之令德求祿得百福其子孫亦勤行而求之得祿千億故或為諸侯或天子言皆相勗以道不愆不忘率由舊章○箋云愆過率循也成王之令德不過誤不遺失循用舊典之文章謂周公之禮法威

儀抑抑德音秩秩無怨無惡率由羣匹抑々美也秩々有常也○箋云抑々密也秩々清也成王立朝之威儀致密無所失教令又清明天下皆樂仰之無有怨惡循用羣臣之賢者其行能匹耦己之心受福無疆四方之綱之綱之紀燕及朋友朋友羣臣也○箋云成王能爲天下之綱紀謂立法度以理治之也其飲燕常與羣臣非徒樂族人而已百辟卿士媚于天子不解于位民之攸塈塈息也○箋云百辟畿内諸侯也卿士卿之有事媚愛也成王以恩意及羣臣羣臣故皆愛之不皆於其職位民之所以休息由此也

論曰　假樂序但言嘉成王而不列所嘉之事者以詩文意顯更無他事可陳大意止於臣民嘉美成王之德爾而鄭氏乃

以宜人爲能官人成王德美甚衆不應獨言其官人若專爲官人而作則序當見詩人之意況考文求義理不然也其二章言子孫千億宜君宜王則不愆不忘當爲戒其後世無忘成王之法爾而鄭以爲成王循周公之禮法者亦非也燕及朋友非謂燕飲之燕也語曰子之燕居則燕私之燕也三者皆爲小失然既汨詩義則不可不明燕及朋友與以燕翼子義同本義曰詩

言大哉可樂者彼成王君子有顯顯之德以宜其人民而受天之禄爲天所保右而命之以爲王也其二章言成王福禄及其子孫之衆世世世宜爲君王又戒其子孫常循用周公之典法無使過差忽忘也其三章言王外有威儀内有令德其臨下無有怨惡於人率用群臣以共治之王享其福禄總其綱紀而已其卒章言在燕私則朋友在公朝則卿士皆當共愛于王而不解

于位民乃得安息也

歐陽文忠公毛詩卷第十

明鈔本歐陽文忠公毛詩本義

第三册

宋 歐陽脩撰

山東省圖書館藏明鈔本

山東人民出版社·濟南

歐陽文忠公詩卷第十一

翰林學士兼龍圖閣學士朝散大夫給事中知制誥充史館修撰判秘閣歐陽　脩

卷阿十章六章章五句四章章六句

卷阿召康公戒成王也言求賢用吉士也吉猶善也

有卷者阿飄風自南興也卷曲也飄風迴風也惡人被德化而消猶飄風之入曲阿也○箋云大陵曰阿有大陵卷然而曲迴風從長養之方來入之興者喻王當屈體以待賢者則猥來就之如飄風之入曲阿然其來也其長養民

豈弟君子來游來歌以矢其音矢陳也○箋云王能待賢者如是則樂易之君子來就王游而歌以陳出其聲音言其將以樂王也感王之善心也

伴奐爾游矣優游爾休矣伴奐廣大有文章也○箋云伴奐自縱弛之意也賢者既來王以才官秩之各任其職女則得伴奐而優游自

休息也孔子曰無爲而治者其舜也與恭己正南面而已言任賢故逸也豈弟君子俾爾彌爾性似先公酋矣彌終也似嗣也酋終也○箋云俾使也樂易之君子來在位乃使女終女之性命無困病之憂嗣先君之功而終成之爾土宇昄章亦孔之厚矣昄大也○箋云土宇謂居民以土地屋宅也孔甚也女得賢者與之爲治使居宅民大得其法則王恩惠亦甚厚矣勸之使然豈弟君子俾爾彌爾性百神爾主矣○箋云使女爲百神主謂群臣受饗而佐之爾受命長矣茀祿爾康矣茀小也○箋云茀福康安也女得賢者與之承順天地則受久長之命福祿又安女豈弟君子俾爾彌爾性純嘏爾常矣嘏大也○箋云純大也予福曰嘏使女大受神之福以爲常有馮有翼有孝有德以引以翼有馮有翼道可馮依以爲輔翼也引長翼敬也○箋云馮馮几也翼助也有孝斥成王也有德謂羣臣也王之

祭祀擇賢者以爲尸尊之豫撰几擇佐食廟中有孝子有羣臣尸之入也使祝贊道之扶翼之尸至設几佐食助之尸者神象故事之如祖考豈弟君子四方爲則箋云則法也王之臣有是樂易之君子則天下莫不放傚以爲法顒顒卬卬如圭如璋令聞令望顒顒温貌卬卬盛貌○箋云令善也王有賢臣與之以禮義相切瑳體貌則顒顒然敬順志氣則卬卬然高朗如圭玉之圭璋也人聞之則有善聲譽人望之則有善威儀德行相副豈弟君子四方爲綱○箋云綱者能張衆目鳳皇于飛翽翽其羽亦集爰止鳳皇靈鳥仁瑞也雄曰鳳雌曰皇翽翽衆多也○箋曰翽翽羽聲也亦亦衆鳥也爰于也鳳皇往飛翽翽然亦與衆鳥集於所止衆鳥慕鳳皇而來喻焉者賢所在群士皆慕而往仕也因時鳳凰至因以喻焉藹藹王多吉士維君子使媚于天子藹藹猶濟濟也○箋云媚愛也王之朝多善士藹藹然君子在上位者率化之使之親愛天子奉職盡力鳳皇于飛翽

翽其羽亦傅于天傅猶戾也藹藹王多吉人維君子命媚于庶人○箋云命猶使也善士相愛庶人謂撫優之令不失職鳳皇鳴矣于彼高岡梧桐生矣于彼朝陽梧桐柔木也山東曰朝陽梧桐不生山岡大平而後生朝陽○箋云鳳皇鳴于山脊之上者居高視下觀可集志喻賢者待禮乃行翔而後集梧桐生者猶明君出也生於朝陽者被溫仁之氣亦君德也鳳皇之性非梧桐不棲非竹實不食菶菶萋萋雝雝喈喈梧桐盛也鳳皇鳴也臣竭其力則地極其化天下和洽則鳳皇樂德○箋云菶菶萋萋喻君德盛也雝雝喈喈喻民臣和協君子之車既庶且多君子之馬既閑且馳上能錫以車馬行中節馳中法也○箋云庶衆閑習也今賢者在位王錫其車衆多矣其馬又閑習於威儀能馳矣大夫有乘馬有二車矢詩不多維以遂歌不多多也明王使公卿獻詩以陳其志遂為工師之歌焉○箋云矢陳也我陳作此詩不復多

也歟今遂爲樂歌王曰聽之則不損今之成功也

論曰卷阿言召康公戒成王求賢用吉士毛鄭二家所解得詩義者多矣而其所失者三詩曰有馮有翼有孝有德以引以翼毛以爲道可馮依以爲輔翼得之矣而鄭謂馮爲馮几有孝爲成王有德爲群臣言王之祭祀擇賢者以爲尸豫撰几擇佐食尸之入也使祝贊道扶翼之據詩十章其九章皆言用賢不應忽於此章三句特言

祭祀用尸之事於其本章豈弟君子四方爲則義已不倫而以上下章文義考之又絶不相屬且詩本無祭祀之事此鄭之失一也詩曰鳳皇于飛翽翽其羽亦集爰止者謂吉士來居王朝如鳳皇來集鳳皇世所稀見之鳥古詩人引以喻賢臣難得王能致之其義止於如此爾而鄭以亦集爰止爲衆鳥也謂衆鳥慕鳳皇而來喻賢者所在群士慕而往仕且詩人但言亦集爰

止安知亦為衆鳥耶如下章亦傳于天豈可鳳皇來集而衆鳥上傳于天此理不通灼然可見且詩人言亦者多矣皆是連上爲文未嘗以亦别爲他物也鄭又言因時鳳皇至故以爲喻考於詩書成王時未嘗有鳳皇至此其失者二也詩曰鳳皇鳴矣于彼高岡梧桐生矣于彼朝陽菶菶萋萋雝雝喈喈者言鳳鳴高岡而集於梧桐之上梧桐則菶菶萋萋然茂盛鳳皇則雝雝

喈喈而和鳴以喻成王能致賢士集于朝君臣相得而樂也故其下文遂言君子車多而馬閑謂其得優游而樂也而毛謂梧桐太平而後生朝陽且梧桐世所常有之木無時不生詩人言生朝陽者取其向陽而茂盛爾安有太平然後生朝陽之理此妄説也鄭又謂梧桐生猶明君出生於朝陽猶君德之溫仁者亦衍説也此其失三也

蕩八章章八句

蕩召穆公傷周室大壞也厲王無道天下蕩蕩無綱紀文章故作是詩也○蕩蕩上帝下民之辟上帝以託君王也辟君也○箋云蕩蕩法度廢壞之貌厲王乃以此居人上爲天下之君言其無可則象之甚疾威上帝其命多辟疾病人矣威罪人矣○箋云疾病人者重賦歛也威罪人者峻刑法也其政教又多邪辟不由舊天生烝民其命匪諶靡不有初鮮克有終諶誠也○箋云烝衆鮮寡克能也天之生此衆民其教道之非當以誠信使之忠厚乎今則不然民始皆庶幾於善道後更化於惡俗文王曰咨咨女殷商曾是彊禦曾是掊克曾是在位曾是在服咨嗟也彊禦彊梁禦善也掊克

自伐而好勝人也。服，服政事也。○箋云：厲王弭謗，穆公朝廷之臣不敢斥言王之惡，故上陳文王咨嗟殷紂以切刺之。女曾任用是惡人，使之處位執職事也。天降滔德，女興是力。天君。滔，慢也。○箋云：厲王施倨慢之化，女羣臣又相與而力爲之，言競於惡。

文王曰咨，咨女殷商。而秉義類，彊禦多懟。流言以對，寇攘式內。對，遂也。○箋云：義之言宜也。類，善。式，用也。女執事之臣，宜用善人，反任彊禦衆懟爲惡者，皆流言謗毀賢者。王若問之，則又以對。寇盜攘竊爲姦宄者，而王信者之，使用事於內。侯作侯祝，靡屆靡究。作、祝，詛也。屆，極。究，窮也。○箋云：侯，維也。王與羣臣乖爭而相疑，日祝詛，求其凶咎無極已。

文王曰咨，咨女殷商。女炰烋于中國，斂怨以爲德。炰烋猶彭亨也。○箋云：炰烋，自矜氣健之貌。斂聚羣不逞作怨之人，謂之有德而任用之。不明爾德，時無背無側。後無臣，側無人也。○箋云：無臣無人，謂賢者不用。爾德不明，以無陪無卿○無陪貳也無卿士也文王曰咨咨女殷商天不湎爾以酒不義從式義宜也○箋云式法也天不同女顔色以酒有沈湎於酒者是乃過也不宜從而法行之既愆爾止靡明靡晦式號式呼俾晝作夜使晝爲夜也○箋云愆過也女既過沈湎矣又不爲明晦無有止息也醉則號呼相傚用晝日作夜不視政事文王曰咨咨女殷商如蜩如螗如沸如羹蜩蟬也螗蝘也○箋云飲酒號呼之聲如蜩螗之鳴其笑語沓沓又如湯之沸羹之方孰小大近喪人尚乎由行言居人上欲用行是道也○箋云殷紂之時君臣失道如此且喪亡矣時人化之甚尚欲從而行之不知其非内奰于中國覃及鬼方奰怒也不醉而怒曰奰鬼方遠方也○箋云此言時人忕於惡雖有不醉猶好怒也文王曰咨咨女殷商匪上帝不時殷不用舊○箋云此言紂

之亂非其生不得其時乃不用先王之故法之所致雖無老成人尚有典刑○箋云老成人謂若伊尹伊陟臣扈之屬雖無此臣猶有常事故法可案用也曾是莫聽大命以傾○箋云莫無也朝廷君臣皆任喜怒曾無用典刑治事者以至誅滅文王曰咨咨女殷商人亦有言顛沛之揭枝葉未有害本實先撥顛仆沛拔也揭見根貌○箋云揭蹶貌撥猶絕也言大本揭然將蹶枝葉未有折傷其根本實先絕乃相隨俱顛拔喻紂之官職雖俱存紂誅亦皆死殷鑒不遠在夏后之世○箋云此言殷之明鏡不遠也近在夏后之世謂湯誅桀也後武王誅紂今之王何以不用爲戒

論曰詩人言上帝者多矣皆謂天帝也而毛鄭惟於板及此詩以上帝爲君王意謂

斥厲王者皆非也蕩自二章以下每言文王曰咨咨女殷商者自是詩人之深意而鄭謂厲王弭謗穆公不敢斥言王惡故止陳文王咨嗟殷紂以切刺之者亦非也厲王之詩多矣今不暇遠引如蕩之前板也所謂靡聖管管天之方虐之類斥王之言多矣蕩之後抑也所謂其在于今興迷亂于政顛覆厥德荒湛于酒之類斥王之言多矣豈凢伯衛武公敢斥而獨召穆公之

不敢也蓋鄭見詩爲厲王作終篇不剌王而但述殷商不得詩人之意所以引然也鄭又謂天降滔德是厲王施倨慢之化者亦非也且詩終篇述殷紂不宜中取一句獨斥厲王此理難通矣至於流言以對箋云王若問之則以對侯作侯祝謂王與群臣乖爭而祝詛鄭意皆謂厲王者皆非也蕩蕩廣大也謂蕩然無畔岸也序言天下蕩蕩無綱紀文章者謂天下廣大無綱紀

條理以治之也文章條也理鄭不達此意以蕩蕩爲法度廢壞遂失詩義矣凡人善惡有大小故作詩之意從而有深淺時君之過惡小則勸戒之而已宣王之有規誨成王之有戒之類是也其過惡已大然尚可力救之庶幾能改則指其事而責誚之凡言刺者皆是也其過惡已甚顧力不可爲則傷嗟而已蓋刺者欲其君聞而知過傷者顧其君不可與言矣直自傷其國之

將亡爾然則刺者其意淺故其言切而傷者其意深故其言緩而遠作詩之人不一其用心未必皆同然考詩之意如此者多蓋人之常情也蕩之序云召穆公傷周室大壞也是穆公見厲王無道知其必亡而自傷周室爾所以言不及厲王而遠思文王之興也能事事以殷爲鑒因歎人事常有初而無終以謂初以文王興終以厲王壞也詩人所陳殷商之事自其初用小人

至於大命傾亡其訓義則毛鄭得之矣所失者詩之大義也

本義曰召穆公見厲王無道而傷周室將由王而隳壞乃仰天而訴曰蕩蕩上帝乎此厲王者下民之君也天之禍福於人其應甚疾而尊嚴之威可畏乃命此多邪辟之王以君天下遂言天之生民其命難信謂天果愛斯民乎則宜常命賢王奈何有初而無終謂初則命文王終則命厲王也

其二章以下乃條陳王者之過惡言紂等事皆殷紂所行文王咨嗟以戒於初而厲王踐而行之於終也其曰枝葉未有害本實先撥者謂紂時宗廟社稷猶在天下諸侯未盡叛但王自爲惡盈滿而禍敗爾蓋穆公作詩時周室尚存然知其必亡者以王爲無道根本先壞爾王者國之本也又曰殷鑒不遠在夏后之世者言非獨文王之鑒殷殷之初興亦鑒夏之亡矣謂今既

然則後之興者當又鑒厲王也此言傷之尤深者

抑十二章三章章八句九章章十句

抑衛武公刺厲王亦以自警也○自警者如彼泉流無淪胥以亡

抑抑威儀維德之隅人亦有言靡哲不愚抑抑密也隅廉也靡哲不愚國有道則知國無道則愚○箋云人密於威儀抑抑然是其德必嚴正也古之賢者道行心平可外占而知內如宮室之制內有繩直則外有廉隅今王政暴虐賢者皆佯愚不為容貌如不肖然庶人之愚亦職維疾哲人之愚亦維斯戾職主戾罪也○箋云庶眾也眾人性無知以愚為主言是其常也賢者而為愚畏懼於罪也無競維人四方其訓之有覺德行

四國順之（無競競也訓教覺直也○箋云競彊也人君為政無彊於得賢人得賢人則天下教化於其俗有大德行則天下順從其政言在上所以倡道）訏謨定命遠猶辰告（訏大謨謀猶道辰時也○箋云猶圖也大謀定命謂正也月始和布政于邦國都鄙也為天下遠圖庶事而以歲時告施之）敬慎威儀維民之則（則法也○箋云）其在于今興迷亂于政顛覆厥德荒湛于酒（○箋云于今謂今厲王也興猶尊尚也王尊尚小人迷亂於政事者以傾敗其功德荒廢其政事又湛樂於酒言愛小人之甚）女雖湛樂從弗念厥紹罔敷求先生克共明刑（紹繼共執刑法也○箋云罔無也女君臣雖好樂嗜酒而相從不當念繼女之後人將斂女所為無廣索先生之道與能執法度之人手切責之也）肆皇天弗尚如彼泉流無淪胥以亡（淪率也○箋云肆故今也胥皆也王為政如是故今皇天不高尚之所謂仍下災異也王自絕於天如泉水之流稍就虛

唱無見率引無惡皆與之以亡戒群臣不中行者將并誅之夙興夜寐洒掃廷內維民之章洒灑章表也○箋云章文章法度也厲王之時不恤政事故戒群臣掌事者以此也脩爾車馬弓矢戎兵用戒戎作用逷蠻方逷遠也○箋云逷當作剔剔治也蠻蠻畿之外也此時中國微弱故復戒將率之臣以治軍實女當用此備兵事之起用此治九州之外不服者質爾人民謹爾侯度用戒不虞質成也不虞非度也○箋云侯君也此時萬民失職亦不肯趍公事故又戒鄉邑之大夫及邦國之君平女萬民之事慎女為君之法度用備不億度而至之事慎爾出話敬爾威儀無不柔嘉話善言也○箋云言謂教令也柔安嘉善也白圭之玷尚可磨也斯言之玷不可為也玷缺也○箋云斯此也王之缺尚可磨鑢而平人君政教一失誰能反覆之無易由言無曰苟矣莫捫朕舌言不

可逝矣莫無捫持也○箋云由於逝往也女無輕易於教令無曰苟且如是今人無持我舌者而自聽恣也教令一無行以下其過誤可得而已之乎無言不讎無德不報惠于朋友庶民小子讎用也○箋云惠順也教令之出如賣物物善則其售賈貴物惡則其售賈賤德加於民民則以義報之王又當施順道於諸侯下及衆民之子弟子孫繩繩萬民靡不承○箋云繩繩戒也王之子孫敬戒行王之教令天下之民不承順之乎言承順也視爾友君子輯柔爾顏不遐有愆輯和也○箋云柔安遐遠也今視女之諸侯及卿大夫皆脅肩諂笑以和安女顏色是於正道不遠有罪過乎言其近也相在爾室尚不媿于屋漏無曰不顯莫予云覯西北隅謂之屋漏覯見也○箋云相助顯明也諸侯卿大夫助祭在女宗廟之室尚無肅敬之心不慙媿於屋漏有神見人之爲也女無謂是幽昧不明無見我者神見女矣屋小帳也漏隱也禮祭於奧既畢改設饌於西北隅而厞隱之處此祭之

末也神之格思不可度思矧可射思格至也○箋云去矧况射厭也神之來至去止不可度知况可於祭末而有厭倦乎辟爾爲德俾臧俾嘉淑慎爾止不愆于儀不僭不賊鮮不爲則女爲善則民爲善矣止至也爲人君止於仁爲人臣止於敬爲人子止於孝爲人父止於慈與國人交止於信僭差也○箋云辟法也止容止也當審法度女之施德使之爲民臣所善所美又當慎女之容止不可過差威儀女所行不信不殘賊者少矣其不爲人所法投我以桃報之以李○箋云此言善往則善來人無行而不得其病報也投猶擲也彼童而角實虹小子童羊之無角者也而角自用也虹潰也○箋云童羊譬王后也而角者喻與政事有所害也此人實潰亂小子之政禮天子未除喪稱小子荏染柔木言緡之絲溫溫恭人維德之基緡被也溫溫寬柔也○箋云柔忍之木荏染然人則被之弦以爲弓寬柔之人溫溫然則能爲德之基止言內

有其性乃可以有爲德也其維哲人告之話言順德之行其維愚人覆謂我僭民各有心話言古之善言也○箋云覆猶反也僭不信也語賢知之人以善言則順行之告愚人反謂我不信民各有心二者意不同於手小子未知臧否匪手攜之言示之事匪面命之言提其耳○箋云臧善也於乎傷王不知善否我非但以手攜掣之親示以其事之是非我非但對面語之親提撕其耳此言以教道之孰不可啓覺借曰未知亦既抱子借假也○箋云假令人云王尚幼少未有所知亦以抱子長大矣不幼少也民之靡盈誰夙知而莫成莫晚也○箋云萬民之意皆持不滿於王誰早有所知而反晚成與言王之無成本無知故也昊天孔昭我生靡樂視爾夢夢我心慘慘夢夢亂也慘慘憂不樂也○箋云孔甚昭明也昊天乎乃甚明察我生無可樂也視

王之意夢夢然我心之憂悶慘慘然愬其自恣不用忠臣
誨爾諄諄聽我藐藐匪用
爲教覆用爲虐藐藐然不入也○箋云我教告王口語諄諄然王聽聆之藐藐然忽畧不用我所言
爲政令反謂之有妨害於事不受忠言借曰未知亦聿既耄耄老也於乎小
子告爾舊止聽用我謀庶無大悔○箋云舊久也止辭也庶幸悔悵也
天方艱難曰喪厥國○箋云天以王爲惡如是故出艱難之事謂下災異生兵寇將以滅
之取譬不遠昊天不忒回遹其德俾民大棘
○箋云今我爲王取譬喻不乃遠也維近爾王當如昊天之德有常不差忒也王反爲無常維邪其行爲貪暴使民之財匱盡而大
困急

抑

論曰序言衛武公刺厲王亦以自警也考詩之意武公爲厲王卿士見王爲無道乃作詩刺王不自修飾而陷於過惡其詩汎論人之善惡無常在人自修則爲哲人不自脩則爲愚人爾其意雖以刺王不自修而陷於不善然其言大抵汎論哲人愚人因以自警也蓋詩終篇汎論之語多指切厲王之語少而毛鄭多以汎論之語爲刺王如靡哲不愚謂王政暴虐賢者佯愚之

類是矣皆非詩義也鄭於蕩謂召穆公畏
王監謗不敢斥言王而遠引殷商於抑則
以小子皆爲斥王何前後之不類也召穆
衛武皆厲王時人不宜相戾如此畏監謗
而不敢斥理實不通然臣斥其君爲小子
義亦難安也今徧考詩書稱小子者多矣
皆王自稱爲謙損自卑之言也未見臣呼
其君爲小子者也書曰小子封小子胡君
命其臣可也周公呼成王爲孺子者成王

幼周公屬親而尊其語或然其曰公將不
利於孺子者主言成王之幼疑周公害之
猶言欺孤兒爾理亦通也衛武公於厲王
非如周公之尊親而厲爲暴虐之長王斥
以小子而乳臭待之理必不然况考詩義
亦非也詩云相在爾室尚不愧于屋漏者
不欺暗室之謂也神之格思不可度思者
言幽則有鬼神亦不欺暗之謂鄭引禮祭
於奥既畢改設饌於西北隅神之來止不

可度知況可於祭末而有厭倦乎者衍說
也考詩上下文直謂修慎容德爲人儀法
爾了不涉祭祀之事也詩又曰彼童而角
實虹小子蓋言事有是非相亂者爾鄭謂
童羊譬王后與政事又言天子未除喪稱
小子以上下文考之殊無倫次亦其衍說
二者尤汨亂詩義者也至於分斷章句皆
失其本旣害詩義不可以不正也詩句無
長短之限短或一二言長至八九言取其

意足而已罔敷求先王克共明刑當以九言爲一句也

本義曰武公刺王不修慎容德而陷於不善其首章曰抑抑威儀維德之隅云者流言人當外謹其容止則舉動不陷於過惡是其威儀維德之廉隅也人亦有言靡哲不愚云者謂哲人不自修慎則習陷爲昏愚矣如書云惟聖罔念作狂也庶人之愚亦職維疾云者謂衆人性本善而不明不

能勉自開發而終爲昬愚者譬人之疾是其不幸爾哲人之愚亦維斯戾云者言哲人性明而本善惟不自修慎而習陷於過惡終爲愚人者自戾其性爾#雖汎論人之善惡在乎自修慎與不修慎以譏王而勉之亦以自警其怠忽也其二章曰無競維人四方其訓之云者競彊也亦汎言莫彊於人乃以一身所爲而訓道四方謂以天下爲巳任可謂自彊者也有覺德行

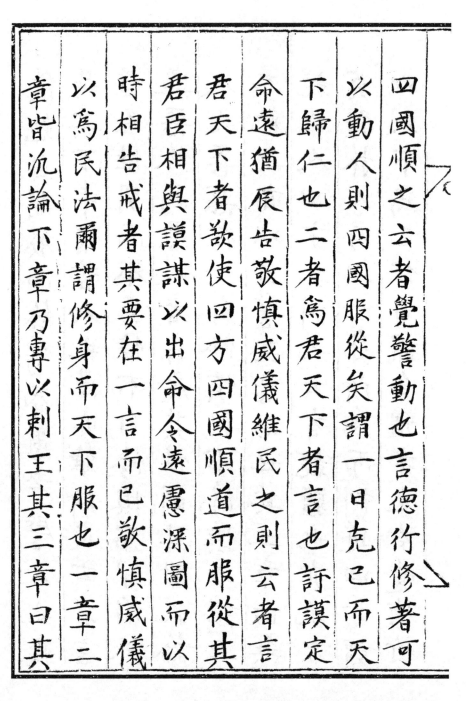

四國順之云者覺警動也言德行修著可
以動人則四國服從矣謂一日克己而天
下歸仁也二者爲君天下者言也訏謨定
命遠猶辰告敬慎威儀維民之則云者言
君天下者欲使四方四國順道而服從其
君臣相與謨謀以出命令遠慮深圖而以
時相告戒者其要在一言而已敬慎威儀
以爲民法爾謂修身而天下服也一章二
章皆汎論下章乃專以刺王其三章曰其

在于今興迷亂于政顛覆厥德荒湛于酒
云者指時事以刺王也女雖湛樂從弗念
厥紹罔敷求先王克共明刑肆皇天弗尚
如彼泉流無淪胥以亡云者言王荒于湛
樂不思繼紹文武之業又不求先王所作
之典刑不知爲惡者有戮乃躬自陷於罪
咎而皇天不祐則大戮當至如泉水之流
沉濫無不被而君臣皆將减亡也其四章
曰夙興夜寐洒掃廷内維民之章脩爾車

馬弓矢戎兵用戒戎作用遏蠻方云者刺
王有廷内知日夕洒掃以示人嚴潔而不
知修飾其身以自潔其容德又刺王知修
戎備以防亂兵禦寇狄而不知修身以遠
禍敗遏與惕同謂警惕之惕也其五章曰
質爾人民謹爾侯度用戒不虞者教王所
以防禍亂也質定也安定人民謹守爲君
之法度此乃以防非意之事也慎爾出話
敬爾威儀無不柔嘉云者亦教王自修也

謂慎出話敬威儀不猶愈於洒掃廷內與
修戎備手謂王知嚴潔其廷之勤而不知
修飾其身之要知防兵戎於外知備夷狄
於遠而不知敬慎近在其身而可以遠禍
也其六章曰白圭之玷尚可磨也斯言之
玷不可爲也云者又戒王之慎出話也無
易由言無曰苟矣莫捫朕舌言不可逝矣
云者謂言不可苟雖莫有持我舌者而言
不可以妄出也其七章曰無言不讎無德

不報惠于朋友庶民小子子孫繩繩萬民
靡不承云者又戒王慎言與德謂善惡各
有其報當施德于朋友庶民小子皆使懷
惠則王子孫之衆世世爲萬民承順謂施
德自其身者子孫猶將獲報也視爾友君
子輯柔爾顔不遐有愆云者又戒王起居
左右當友君子和柔其顔以接之以習爲
善道則庶幾遠罪也不遐遐也詩人語常
如此其八章曰相在爾室尚不愧于屋漏

無曰不顯莫予云覯云者不欺暗也神之
格思不可度思矧可射思云者謂君子非
徒不以不我見而自欺又有神鑒於幽而
不可測宜常畏懼而不可怠忽也此又戒
王不惟自修於顯又當不懈於幽隱也射
厭也厭殆也其九章曰辟爾爲德俾臧俾
嘉淑慎爾止不愆于儀不僭不賊鮮不為
則云者謂臣民法王之爲德當使稱善而
美之則宜慎其舉止不愆於儀而不至於

借善而賊善則民罪有不效以爲法者謂人心樂善惟上所爲是效其下章乃刺王之不然其十章曰投我以桃報之以李言有待而應以類也謂上若修德以示下則下當爲善以應彼童而角實虹小子云者言失所望也謂下當效上之爲善而上反爲惡使民無所效譬猶當童而反角使小人惑亂而不知所從也荏染柔木言緡之絲温温恭人維德之基云者汎言人必先

觀其性質之如何也謂木必柔忍然後可以緡絲人必温恭然後可以修德其十一章曰其維哲人告之話言順德之行其維愚人覆謂我僭民各有心云者又況言哲人可教愚人不可教如此其下章乃以刺王其十二章曰於乎小子未知臧否匪手攜之言示之事匪面命之言提其耳云者刺王之不可教告而武公自悔也小子者武公自謂也未知臧否者不度可否也言

我小子不度可否而欲教告王以善道非徒引其手而指以所從乃取已驗之事以示之欲其信非徒對面語之乃提其耳而告之欲其聽而王終不信聽也借曰未知亦既抱子民之靡盈誰夙知而莫成云者武公已自悔而又自觧也抱持也謂扶持也假使我未知可否而遷教告王然我為卿士當扶持王雖遷教之不爲過也惟人不自滿者何人早有知而不成其德言自

是王心自蒲教不可入爾其十三章曰昊天孔昭我生靡樂云者武公自傷丁此時也視爾諄諄聽我藐藐匪用爲教覆用爲虐云者君暗於上臣憂於下臣言甚至而君聽甚忽不以爲德而反以爲罪也借曰未知亦聿既耄云者言使我不知如此之難而教告王然我亦老矣今而不言恐後遂死而不得言也其十四章曰於乎小子告爾舊止聽用我謀庶無大悔云者不忍

棄王而不告也言我小子所告爾者非我
妄言皆據舊事之已然者庶幾聽我猶可
不至於大悔也天方艱難曰喪厥國取譬
不遠昊天不忒回遹其德俾民大棘云者
急辭也言天方將喪我國不暇遠引前世
興亡之驗天之於人福善禍淫不差忒言
王為惡必及禍也而王方為邪辟使民困
急言天愛民必降禍罰於王也
桑柔十六章八章章八句八章章六句

桑柔芮伯刺厲王也芮伯畿内諸侯王卿士也字良夫菀彼桑柔其下侯旬捋采其劉瘼此下民興也菀茂貌旬言陰均也劉爆爍而希也瘼病也○箋云桑之柔濡其葉菀然茂盛謂蠶始生時也人庇陰其下者均得其所及已捋采之則葉爆爍而疏人息其下則病於爆爍興者喻民當被王之恩惠羣臣恣放損王之德不殄心憂倉兄填兮倉喪也兄滋也填久也○箋云殄絶也民心之憂無絶以喪亡之道滋久長倬彼昊天寧不我矜昊天斥王者也○箋云倬明大貌昊天乃倬然明大而不矜哀下民怨懟之言四牡騤騤旟旐有翩亂生不夷靡國不泯騤騤不息也鳥隼曰旟龜蛇曰旐翩翩在路不息也夷平泯滅也○箋云軍旅久出征伐而亂日生不平無國而不見殘滅也言王之用兵不得其所適長寇虐民靡有黎具禍以燼黎齊也○箋云黎不齊也具猶俱也災餘曰燼言時民無有不齊被兵寇

之害者俱遇此禍以爲燼言者害所及廣於乎有哀國步斯頻步行頻急也○箋云頻猶比也哀哉國家之政行此禍害比比然國步蔑資天不我將靡所止疑云徂何往疑定也○箋云蔑猶輕也將猶養也徂行也國家爲政行此輕蔑民之資用是天不養我也我從征役無有止息時今復云行當何之往也君子實維秉心無競誰生厲階至今爲梗競彊厲惡梗病也○箋云君子謂諸侯及卿大夫也其執心不彊於善而好以力爭誰始生此禍者乃至今日相梗不止憂心慇慇念我土宇我生不辰逢天僤怒自西徂東靡所定處宇居僤厚也○箋云辰時也此士卒從軍久苦自傷之言多我覯痻孔棘我圉圉垂也○箋云痻病也圉當作禦多矣我之遇困病甚急矣我之禦寇之事爲謀

爲毖亂况斯削毖慎也○箋云女爲軍旅之謀爲重慎兵事也而亂滋甚於此日見侵削言其所任非賢告爾憂恤誨爾序爵誰能執熱逝不以濯濯所以救熱也禮亦所以救亂也○箋云恤亦憂也逝猶去也我語女以憂天下之憂教女以次序賢能之爵其爲之當如手持熱物之用濯謂治國之道當用賢者其何能淑載胥及溺箋云淑善胥相及與也女若云此於政事何能善乎則女君臣皆相與陷溺於禍難如彼遡風亦孔之僾民有肅心荓云不逮好是稼穡力民代食遡鄉僾唈荓使也力民代食代無功者食天祿也○箋云肅進逮及也今王之爲政見之使人唈然如鄉疾風不能息也王爲政民有進於善道之心當任用之反却退之使不及門但好任用是居家吝嗇於聚斂作力之人令代賢者處位食禄明王之法能治人者食於人不能治人者食人禮記曰與其有聚斂之臣寧有盗賊聚斂之臣害民盗臣害則稼穡維寶

代食維好○箋云此言王不尚賢但貴吝嗇之人與害代食者而已天降喪亂

滅我立王降此蟊賊稼穡卒痒○箋云滅盡也虫食苗根曰蟊食節曰賊耕種曰稼收斂曰穡卒盡痒病也天下喪亂國家之災以窮盡我王所恃而立者謂虫孽為害五穀盡病哀恫中

國具贅卒荒靡有旅力以念穹蒼贅屬荒虛也穹蒼天○箋云恫痛也哀痛乎中國之人皆見繫屬於兵役家家歷盡朝廷曾無有同力諫諍念天所為下此災維此惠君

民人所瞻秉心宣猶考慎其相相質也○箋云惠順宣徧猶謀慎誠相助也維至德順民之君為百姓所瞻仰者乃執以正心舉事徧謀於眾又考誠其輔相之行然後用之言擇賢之審維彼

不順自獨俾臧自有肺腸俾民卒狂○箋云臧善也彼不施順道之君自多足獨謂賢言其所任使之臣皆善人也不復考慎自有肺腸行其心中之所欲乃使民盡迷惑如狂是又不宣猶瞻

彼中林甡甡其鹿朋友已譖不胥以穀甡甡衆多也○箋云譖不信也胥相也以猶與也穀善也視彼林中其鹿相輩耦行甡甡然衆多今朝廷羣臣皆相欺皆不相與以善道言其鹿之不知人亦有言進退維谷谷窮也○箋云前無明君却迫罪役故窮也

維此聖人瞻言百里維彼愚人覆狂以喜瞻言百里遠慮也○箋云聖人所視而言者百里言見事遠而王不用有愚闇之人為王言其事淺且近爾王反迷惑信用之而喜匪言不能胡斯畏忌○箋云胡之言何也賢者見此事之是非非不能分別阜白言之於王也然不言之何也此畏懼犯顔得罪罰

維此良人弗求弗迪維彼忍心是顧是復迪進也○箋云良善也國有善人王不求索不進用之有忍為惡之心者王反顧念而重復之言其忽賢者而愛小人民之貪亂寧為荼毒○箋云貪猶欲也天下之民苦王之

政欵其亂亡故安爲荼毒之行相侵暴慍恚使之然大風有隧有空大谷隧道也○箋云西風謂之大風大風之行有所從而來必從大空谷中之喻賢愚之所行各由其性維此良人作爲式穀維彼不順征以中垢中垢言闇冥也○箋云作起式用征行也賢者在朝則用其善道不順之人則行闇冥受性於天不可變也大風有隧貪人敗類聽言則對誦言如醉類善也○箋云類等夷也對荅也貪惡之人見道聽之言則應荅之見誦詩書之言則冥卧如醉居上位而行此人或倣之匪用其良覆俾我悖覆反也○箋云居上位而不用善反使我爲悖逆之行是形其敗類之驗嗟爾朋友予豈不知而作如彼飛蟲時亦弋獲○箋云嗟爾朋友者親而切嗟之也而猶女也我豈不知女所行者惡與直知之女所行如是猶鳥飛行自恣東西南北時亦爲弋射者所得言放縱久無所拘制則將遇伺女之間者得誅女也既之

陰女反予來赫赫炙也○箋云之往也口距人謂之赫我恐女見弋獲既往覆陰女謂啓告之以忠心難也女反赫我出言悖怒不受忠告民之罔極職涼善背涼薄也○箋云職主諒信也民之行失其中者主由為政者信用小人工相欺也違為民不利如云不克○箋云克勝也為政者害民如恐不得其勝言至酷也民之回遹職競用力○箋云競逐也言民之行維邪者主由為政者逐用彊力相尚故也言民愁困用生多端民之未戾職盜為寇戾定也○箋云為政者主作盜賊為寇害令民心動搖不安定也涼曰不可覆背善詈○箋云善猶大也我諫止之以信言女所行者不可反背我而大詈言距已諫之甚雖曰匪予既作爾歌○箋云予我也女雖觝距已言此政非我所為我已作女所行之歌女當受之而改悔

論曰桑柔之序但云芮伯刺厲王而不言
所刺之事蓋厲幽暴虐之主其政昏亂人民勞
苦上下愁怨王之過惡甚多故序不能以徧
舉也其於兵役亦是暴政之一事宜或有之
然考厲王事迹據國語史記及詩大小雅皆
無用兵征伐之事在此桑柔語文亦無王所征
伐之國凡鄭氏以為軍旅久出征伐士卒勞苦等
事皆非詩義也軍旅久出士卒勞苦是
大舉兵也在於朝廷乃一大事宜有所伐主名與

其勝敗事迹不應詩無明文序又不言旁稽史傳皆無其事不知鄭氏何據而爲説也詩曰苑彼桑柔其下侯旬捋采其劉瘼此下民據詩但以桑柔無葉不能蔭覆人喻王無得（德）不能庇民爾鄭以詩言捋采其劉乃云羣臣恣放損王之德者亦非詩人本意也又曰誰能執熱逝不以濯者厭亂之辭也鄭以謂治國之道當用賢者不唯取喻踈遠又與下文意不聯屬亦非詩義也其餘小失

甚多至其本義理自可見故不復具列也毛於刺厲之詩常以昊天上帝爲斥王至此一篇鄭獨以昊天爲上天鄭旣不從可知毛說非矣本義曰桑柔將采病此下民者以桑爲無葉不能蔭人喻王無德不能庇民也他木皆有枝葉而詩人獨以桑爲喻者惟桑以葉用於人常見將采爲空枝而人不得蔭其下故以爲喻也四牡騤騤臣吏奔走於道路也旟旐有翩庶民召集

於兵役也此臣民勞苦之辭也暴虐之政
臣民勞苦不息則禍亂日生而不可平夷
無國不至於泯滅民人雖衆皆爲灰燼矣
黎衆也此汎言暴政之爲害有國必械有
民必盡既則歎嗟哀王爲國所行之道方
頻急如此也靡所止疑云徂何往者謂歎
止則不知所安行則不知所往此臣民勞
苦怨詐之辭也君子實維秉心無競誰生
厲階至今爲梗者民歸其咎於上之辭也

言諸君子本無疆爭之心而何人生此禍亂之階爲今人之病意若禍有根原其來也遠而今人適遭之爾其實刺禍由王致也我生不辰逢天僤怒謂不幸生此虐王之時天方降怒於王而臣民遭此亂亡之禍也自西徂東靡所定處者不知逃亂之所也多我覯痻孔棘我圉者謂民疲病矣又急迫之以禦捍寇咨[盜]爲謀爲毖亂况斯削者刺王謀事不慎亂日滋而國日削也

告爾憂恤誨爾序爵誰能執熱逝不以濯
其何能淑載胥及溺者言王之臣遭王虐
政如蹈水火也序爵者謂外則守土公侯
伯子男內則在位公卿大夫士告誨之者
謂芮伯也告王以可憂之事誨王以方今
內外守土在位之臣皆有去王之心謂遭
王暴虐思得賢君以紓患如執熱者孰不
思往就水滌濯其煩也既以火喻矣則又
曰今羣臣逃禍不暇何能自守善道譬如

遇水患者不思逃避以苟免則相與就溺矣是謂厭亂之辭也如彼遡風亦孔之僾者芮伯既以禍亂日滋而國家日削群臣各懷去就之心以告誨王可憂可恤而王不能聽如彼嚮風而歎未必聞也蓋呼聲者順風則聞遠而遠逆風則難故以爲喻者民有肅心荓云不逮好是稼穡力民代食者言民本無怠惰之心而不逮於事者言王盡民之力於稼穡而重斂之爲羣臣

禄食也　稼穡維寶代食維好言者稼穡可寶當以禄養賢材而刺王不然也天降喪亂滅我立王降此蟊賊稼穡卒痒哀恫中國具贅卒荒靡有旅力以念穹蒼者言天降喪亂將滅亡我王室而歲又蝗螟爲災稼穡盡病哀痛群臣具列於位如贅疣而使中國卒至荒亂無有同力以念天災而救患者也其餘鄭氏得其義雖小有不合不害大義者皆可通也故不煩復解

瞻卬七章三章章十句四章章八句

瞻卬凡伯刺幽王大壞也凡伯天子大夫也春秋魯隱公七年冬天王使凡伯來聘

瞻卬昊天則不我惠孔填不寧降此大厲昊天斥王也填久厲惡也○箋云惠愛也仰視幽王爲政則不愛我下民甚久矣天下不安王乃下此大惡以敗亂之邦靡有定士民其瘵蟊賊蟊疾靡有夷屆罪罟不收靡有夷瘳瘵病夷常也罪罟設罪以爲罟瘳愈也○箋云屆極也天下騷擾邦國無有安定者士卒與民皆勞病其爲殘酷痛病與民如蟊賊之害禾稼然爲之無常亦無止息時施刑罪以羅罔天下而不收斂爲之亦無常無止息時此日王所六大惡人有土田女反有之人有民人女覆奪之○箋云此言王削黜諸侯及卿大夫無罪者覆猶反也此宜無罪女反收

之彼宜有罪女覆說之（收拘收也說赦也）哲夫成城哲婦傾城（哲知也○箋云哲謂多謀慮也城猶國也丈夫陽也陽動故多謀慮則成國婦人陰也陰靜故多謀慮乃亂國）懿厥哲婦為梟為鴟（○箋云懿有所痛傷之聲也厥其也其幽王也梟鴟惡聲之鳥喻襃姒之言無善）婦有長舌維厲之階亂匪降自天生自婦人匪教匪誨時維婦寺（寺近也○箋云長舌喻多言語是王降大厲之階階所由上下也今王之有此亂政非從天而下但從婦人出爾又非有人教王為亂語王為惡者是維近愛婦人用其言故也）鞫人忮忒譖始竟背豈曰不極伊胡為慝（忮害忒變也○箋云鞫窮也譖不信也竟猶終也胡何慝惡也婦人之長舌者多謀慮好窮屈人之語忮害轉化其言無常始於不信終於信終又背違人豈謂其是不得中乎反云維我言何用為惡不信也）如賈三倍君子是識婦無

公事休其蠶織休息也婦人無與外政雖王后猶以蠶織爲事古者天子爲藉千畝冕而朱紘躬秉耒諸侯爲藉百畝冕而青紘躬秉耒以事天地山川社稷先古敬之至也天子諸侯必有公桑蠶室近川而爲之築宫仞有三尺棘牆而外閉之及大昕之朝君皮弁素積卜三宫之夫人世婦之吉者使入蠶于蠶室奉種浴于川桑于公桑風戾以食之歲既單矣世婦卒蠶奉繭以示于君遂獻繭于夫人夫人曰此所以爲君服與遂副褘而受之少牢以禮之及良日后夫人繅三盆手遂布于三宫夫人世婦之吉者使繅遂朱綠之玄黄之以爲黼黻文章服既成矣君服之以祀先王先公敬之至也○箋云識知也賈物而有三倍之利者小人所宜知也君子反知之非其宜也今婦人休其蠶桑織紝之職而與朝廷之事其爲非宜亦猶是也孔子曰君子喻於義小人喻於利

天何以刺何神不富舍爾介狄維予胥忌刺責富福狄遠忌怨也○箋云介甲也王之爲政既無過惡天何以責王見變異乎神何以不福王而有災害也王不念此而改修德乃舍女被甲夷狄來侵犯中國者反與我相怨謂其疾怨羣臣叛違也

不弔不祥威儀不類人之云亡邦國殄瘁類善殄盡瘁病也○箋云弔至也王之為政德不至於天矣不能致徵祥於神矣威儀又不善於朝廷矣賢人皆言奔亡則天下邦國將盡困病

天之降罔維其優矣人之云亡心之憂矣優渥也○箋云優寬也天下羅罔以取有罪亦甚寬謂但以災異譴告之不指加罰於其身疾王為惡之甚賢者奔亡則人心無不憂

天之降罔維其幾矣人之云亡心之悲矣幾危也○箋云幾近也言災異譴告離人身近愚者不能覺

觱沸檻泉維其深矣心之憂矣寧自今矣不自我先不自我後○箋云檻泉正出涌出也觱沸其貌涌泉之源所由者深喻已憂所從來久也惡政不先已不後已怪何故正當之

藐藐昊天無不克鞏藐藐大貌鞏固也○箋云藐藐美也王者有美德藐藐然無不

能自堅固於其位

者徵箴之也

無忝皇祖式救爾後。箋云式用也後謂子孫也

論曰詩云瞻卬昊天則不我惠孔填不寧

降此大厲者述民呼天而仰訴之辭也言

天不惠養我使久不安而降此大惡謂命

此幽王爲君故使邦靡有定而士民病也

其下遂陳幽王之事也又曰藐藐昊天無

不克鞏無忝皇祖式救爾後者此稱天以

戒王之辭也言藐藐昊天無不能鞏固周

室無自爲敗亂則上不忝先祖下全爾子

孫也而毛鄭以昊天皆爲斥王者非也又云微箴之者亦非也據詩述幽王有人之土田奪人之民人收無罪而說有罪等事直陳其過惡而斥言之者多矣以何假微箴也哲夫成城哲婦傾城但謂士多才智爲謀慮則能興人之國婦有才智者干外事則傾敗人之國爾此義不待訓解而可知而鄭謂丈夫陽也婦人陰也及陽動陰靜等語皆其衍說汨亂本義者匪教匪誨時

維婦寺者謂婦人與寺人皆王所親近者

其日相親近則不待教誨而習成其性爾

婦寺者謂舉類而言爾而毛訓寺爲近鄭

謂近愛婦人寺無訓近之義且詩所刺婦

人本不謂疎遠者不假更言近也婦無公

事休其蠶織者謂婦人不當與外事苟無

公事則但當樂其蠶織爾休之義當如心

逸日休之休而毛鄭以爲休息也謂婦止

不蠶織而干公事考詩之文義不如此也

公事者王后以下所治宫中之内政及其祭祀之事也

歐陽文忠公毛詩本義卷第十一

歐陽文忠公毛詩卷第十二

翰林學士兼龍圖閣學士朝散大夫給事中知制誥充史館脩撰判祕閣歐陽　脩

維天之命一章八句

維天之命太平告文王也告太平者居攝五年之末也文王受命不卒而崩今天下太平故承其意而告之明六年制禮作樂○維天之命於穆不已孟仲子曰大哉天命之無極而美周之礼也○箋云命猶道也天之道於乎美哉動而不止行而不已於乎不顯文王之德之純假以溢我我其收之駿惠我文王純大假嘉溢愼收聚也○箋云純亦不已也溢盈溢之言也於乎不光明與文王之施德教之無倦已美其與天同功也以嘉美之道饒衍與我我聚其歛之以制法度以大順我文王之意謂為周礼六官之職也書曰考朕昭子刑乃單文祖德曾

孫篤之成王能後厚行之也。箋云曾猶重也自孫之子而下事先祖皆稱曾孫是言曾孫欲使後王皆厚行之非維今也

論曰維天之命者謂天命文王爾鄭以命爲道謂天道動而不止行而不已者以詩下文考之非詩人之本意也序言以太平告文王者謂成王繼紹文武之業於時天下治安乃歸其美於祖考作爲歌頌因其祭祀而歌之其於祭文王也乃述文王之有盛德以受天命之事爾蓋頌作於成王之時而已其年數早晚不可知亦不必知

而鄭謂告太平在周公居攝五年之末者既無所據出於臆說因謂既告之後遂制禮作樂又解駿惠我文王謂爲周禮六官之職者皆詩文所無以感後人者不可不正也

本義曰成王謂天命文王以興周文王中道而崩天命不已王其後世乃大顯文王之德假以及我我其承之以大順文王之德不敢遺又戒其子孫益篤承之也假之

爲言如不以禮假人之假溢及也如水溢而旁及也成王謙言天本命文王興周而文王不卒遂假以及我爾不言武王主於祭文王也

烈文一章十三句

烈文成王即政諸侯助祭也新王即政必以朝享之禮祭於祖考告嗣位也

○烈文辟公錫茲祉福惠我無疆子孫保之烈光也文王錫之○箋云惠愛也光文百辟卿士及天下諸侯者天錫之以此祉福也又長愛之無有期竟子孫得傳世安而居之謂文王武王以純德受命定天位無封靡于爾邦維王其崇之念

茲戎功繼序其皇之封大也靡累也崇立也戎大皇美也○箋云崇厚也皇君也無大累於女國謂諸侯治國無罪惡也王其厚之增其爵土也念此大功勤也不廢謂卿大夫能守其職得繼世在位以其次序其君之者謂有大功王則出而封之無競維人四方其訓之不顯維德百辟其刑之於乎前王不忘競彊訓道也前王武王也○箋云無彊乎維得賢人也得賢人則國家彊矣故天下諸侯順其所爲也不勤明其德乎勤明之也故卿大夫法其所爲也於乎先王文王武王其於此道人稱頌之不忘

論曰詩云錫茲扯福毛以爲文王錫之鄭以爲天錫之據序言成王新即政諸侯來助祭於廟則扯[祉]福當爲文王所錫宜從毛

義爲是無封靡于爾邦是詩人述成王告

在廟諸侯之語云無封不在于爾邦而毛

鄭以爲無大累於爾邦者非也無競維人

四方其訓之鄭於抑箋與此同意亦非詩

人之本義也詩人述成王即位之初與群

臣謀政事於庙中則訪落是也王之見于

庙也諸侯來助祭已事而去而以禮遣之

則臣工是也其序皆言詩人所述之事至

於烈文之序但云諸侯助祭而不言詩人

所述之事其言畧而不備者以詩文甚明
而易見故序不復言也今考詩意乃是詩
人述成王初見於廟諸侯來助祭既祭而
君臣受福自相勑戒之辭也
本義曰成王祭於廟乃呼助祭之諸侯曰
烈文辟公文武錫兹祉福惠我君臣以無
疆之休子孫其永保之無封靡于爾邦者
猶言無封不在于爾邦謂有封必在于爾
邦也言我周之爵命封建于爾邦是先王

所以尊崇諸侯宜念此大功世維其序而增大之故曰維王其崇之又曰念兹戎功繼序其皇之此君勑其臣之辭也莫疆於人乃以其一身所修而為四方之訓者王也其可不顯明其德而使百辟為法乎嗚呼前世之王皆不忘勉疆於此此臣戒其君之辭也

天作一章七句

天作祀先王先公也先王謂大王已下先公謂盩至不窋○天作高

山大王荒之作生荒大也天生萬物於高山大王行道能大天之所作也。箋云高山謂岐山也書曰導岍及岐至于荊山天生此高山使興雲雨以利萬物大王自豳迁焉則能尊大之廣其德澤居之一年成邑二年成都三年五倍其初彼作矣文王康之彼徂矣岐有夷之行夷易也。箋云彼彼萬民也徂往行道也彼萬民居岐邦者皆築作宮室以為常居文王則能安之後之往者又以岐邦之君有佼易之道故也易曰乾以易知坤以簡能易則易知簡則易從易知則有親易從則有功有親則可久有功則可大可久則賢人之德可大則賢人之業以此訂大王文王之道卓爾与天地合其德子孫保之

論曰天作高山太王荒之考詩本義但謂天有此高山太王依以為國爾荒奄也謂奄有之爾鄭謂高山為岐山者是也又言

天生此高山使興雲雨者衍說也何山不興雲雨乎毛又謂天生萬物於高山太王行道能安天之所作者益非也且物生於平地多而高山少豈獨能安山之生物乎彼作矣文王康之者作起也彼太王也謂天起高山太王奄有之太王起於此而文王安之彼徂矣岐有夷之行者徂往也謂太王自豳往迁岐夷其險阻而行言艱難也故其下言戒子孫保之也鄭謂彼作矣

爲作宮室又云岐邦之君有佼易之道者皆非也

時邁一章十五句

時邁巡守告祭柴望也巡守告祭者天子巡行邦國至于方嶽之下而封禪也書曰歲二月東巡守至于岱宗柴望秩于山川徧于羣神○時邁其邦昊天其子之實右序有周薄言震之莫不震疊懷柔百神及河喬嶽允王維后邁行震動疊懼懷來柔安喬高也高嶽岱宗也○箋云薄猶甫也甫始也允信也武王既定天下時出行其邦國謂巡守也天其子愛之右助次序其事謂多生賢知使爲之臣也其兵所征伐甫動之以威則莫不動懼而服者言其威武又見畏也王行巡守其至方嶽之下來安羣臣望于山川皆以尊卑祭之信哉武王之宜爲

君美之也明昭有周式序在位明矣知未然也昭然不疑也○箋云昭見也王巡守而明見天之子有周家也以其有俊乂用次第知位言此者著天其子愛之右序之效也載戢干戈載櫜弓矢戢聚櫜韜也○箋云載之言則也王巡守而天下咸服兵不復用此又著震疊之效也我求懿德肆于時夏夏大也○箋云懿美肆陳也我武王求有美德之士而任用之故陳其功於是夏而歌之樂歌大者称夏允王保之箋云允信也信哉武王之德能長保此時夏之美

論曰據詩但言時邁其邦昊天其子之實右序有周爾鄭謂多生賢知使爲之臣者詩既無文鄭何從而得此說由鄭以天其子之既爲子周矣嫌其下文又云實右序

有周義無所屬故贅以多生賢臣之語爾
載戢干戈載櫜弓矢鄭謂王巡守而天下
咸服不復用兵考武王之事蓋天下已定
遂收藏兵器而後巡守爾不得云王巡守
而天下服也我求懿德肆于時夏允王保
之鄭謂我武王求有懿德之士而任用之
故陳其功而歌之如鄭之說是武王陳臣
下之功而歌頌之其下文云允王保之者
是誰呼武王而戒使長保也鄭於此頌其

失尤多也

本義曰時邁者是武王crush紂已定天下以時巡守而其臣作詩頌美其事以為告祭柴望之樂歌也其曰時邁其邦昊天其子之實右序有周者言武王巡守所至之邦昊天當子愛之以其能右助我有周也薄言震之莫不震疊者言武王巡守諸侯聊警動之而諸侯皆警懼而修職也莫不者非一之辭也懷柔百神及河喬嶽允王維

后者言武王又來安其山川百神信矣我
王負天下之君也明昭有周式序在位者
言顯昭有周之命以序諸侯之在位者謂
時遵所至之邦考其功過而升黜之皆天
子巡守所行之事也作頌者既已述巡守
之事乃於卒章頌周之功德以告神因以
戒王曰載戢干戈載橐弓矢者言武王以
武除亂成功而兵不用者又曰我求懿德
肆于時夏者我者作頌之臣自云也言我

求周之美德陳于是夏而歌之遂戒王曰信矣王宜保守之

思文一章八句

思文后稷配天也○思文后稷克配彼天立我烝民莫匪爾極極中也○箋云克能也立當作粒烝衆也周公思先祖有文德者后稷之功能配天昔堯遭洪水黎民阻飢后稷播殖百穀烝民乃粒萬國作人天下之人無不於女時得其中者言反其性貽我來牟帝命率育無此疆爾界陳常于時夏牟麥率用也○箋云貽遺率循育養也武王渡孟津白魚躍入王舟出涘以燎後五日火流爲烏五至以穀俱來此謂遺我來牟天命以是循存后稷養天下之功而廣大其子孫之國無此封竟於女今之經界乃大有天下也用是故陳其久常之功於是夏而歌

之夏之屬有九書說鳥以穀俱來云穀紀后稷之德

臣功一章十五句

臣工諸侯助祭遣於廟也○嗟嗟臣工敬爾在公王釐爾成來咨來茹嗟嗟勑之也工官也公君也○箋云臣謂諸侯也釐理咨謀茹度也諸侯來朝天子有不絕臣之義於其將歸故於庙中正君臣之禮勑其諸官卿大夫云敬女在君之事王乃平理女之成功女有事當來謀之來度之於王之庙無自專嗟嗟保介維莫之春亦又何求如何新畬田二歲曰新三歲曰畬○箋云保介車右也月令孟春天子親載耒耜措之于參保介之御間莫晚也周之季春於夏為孟春諸侯朝周之春故晚春遣之勑其車右以時事女歸當何求於民將如新田畬田何急其教農趨時也也介甲也車右勇力之士被甲執兵也於皇來牟將受厥明明昭

上帝迄用康年康樂也○箋云將大迄至也於美乎赤烏以牟麥俱來故我周家大受其光明謂爲珍瑞天下所休慶也此瑞乃明見於天至今用之有樂歲五穀豐熟也命我衆人庤乃錢鎛奄觀銍艾庤具錢銚鎛鎒銍穫也○箋云奄久觀多也我教庶民長女因器終久必多銍艾勸之也

論曰思文曰貽我來牟臣工又曰於皇來牟毛但以牟爲麥而鄭於思文謂武王渡孟津白魚躍入王舟出涘以燎後五日火流爲烏五至以穀俱來此出於今文尚書僞泰誓之文也故於臣工又云赤烏以牟麥俱來甚矣漢儒之好怪也生民曰誕降

嘉種維秬維秠維穈維芑毛謂詩言誕降者天降也鄭遂云天應堯之顯后稷爲之下此四穀之嘉種蓋毛鄭於生民已爲天降四穀之說至於思文臣工又爲此說不獨鄭氏之失毛意似亦同也書稱后稷播時百穀者蓋其爲舜教民耕植以足食爾如後世勸農之官也非謂堯舜已前地無百穀而民不粒食待天降種與后稷而後有也然則百穀草木其有固已久矣安知

此四穀之種爲后稷而降也使天有顯然之迹特爲后稷降此四穀其降在於何地自周秦戰國之際去聖遠而異端起奇書怪說不可勝道而未嘗有天爲后稷降種之說詩又無明文但云誕降則毛鄭何據而云天爲后稷降種也可謂無稽之言矣是以先儒雖主毛鄭之學者亦覺其非但云詩人美大其事推天以爲言爾然則毛鄭於后稷喜爲怪說前後不一也自秦焚

書之後漢初伏生口傳尚書先出而泰誓三篇得於河内女子其書有白魚赤烏之異其後魯共王壞孔子宅得真尚書自有泰誓三篇初無怪異之說由是河内女子泰誓世知其非真棄而不用先儒謂之為(僞)泰誓然則白魚赤烏之事甚為謬妄明智之士不待論而可知然毛鄭之說既存汨亂經義則中人以下不能無惑不可以下正也牟者百穀中一穀爾自漢以前已有

此名故孟子亦言麰麥然而麰又言麥則明非一物蓋麥類也而後之學者以麥不當有二名因以麰爲大麥然謂麰爲麥之類或爲大麥理尚可通若謂來牟爲麥則非爾且毛鄭所據僞泰誓但云以穀俱至則在百穀之中不知爲何穀是毛鄭妄信僞書不可知之穀臆度以爲麥而苟欲遷就來牟之說爾古今諸儒謂來牟爲麥者更無他書所見直用此二頌毛鄭之說爾

是以來牟爲麥始出毛鄭而二家所據乃臆度僞秦誓不可知之言爾其可信哉爾雅釋草載詩有所諸穀之名黍稷稻粱之類甚多而獨無麥謂之來牟是以毛公之前說詩者不以來牟爲麥可知矣然來牟既不爲麥而於爾雅亦無他解詁旁考六經牟無義訓多是人名地名爾然則闕其不知可也來牟之義既未詳則二篇之義亦當闕其所未詳

敬之一章十二句

敬之，羣臣進戒嗣王也。○敬之敬之，天維顯思，命不易哉。無曰高高在上，陟降厥士，日監在茲。顯，見。士，事也。○箋云：顯，光。監，視也。羣臣見王謀即政之事，故因時戒之曰：敬之哉！敬之哉！天乃光明，去惡與善，其命吉凶，不變易也。無謂天高又高在上，遠人而不畏也。天上下其事，謂轉運日月，施其所行，日月瞻視，近在此也。維予小子，不聰敬止。日就月將，學有緝熙于光明。佛時仔肩，示我顯德行。小子，嗣王也。將，行也。光，廣也。佛，大也。仔肩，克也。○箋云：緝熙，光明也。佛，輔也。時，是也。仔肩，任也。羣臣戒成王以敬之敬之，故承之以謙云：我小子耳，不聰達於敬之之意，日就月行，習之以積漸也。且欲學於有光明之光明者，謂賢中之賢也。輔佛是任，示道我以顯明之德行。是時自知未能成文武之功，周公始有居攝之志。

論曰敬之一章毛鄭失其義者三四則所
得者幾何也陟降厥士日監在茲毛但易
士爲事而都無其說鄭遂云天上下其事
謂轉運日月施其所行且天之蒼然在上
者一氣也運行晝夜照臨萬物者日月之
明也其所以降監善惡禍福於人者乃天
之至神也而鄭氏遂言天運日月以月月
瞻視何其淺也緝熙詩書之常語也而毛
鄭常以爲光明至於北頌云學有緝熙于

光明然則緝熙不爲光明可以悟矣而二家對執遂云學有光明于光明謂賢中之賢也豈爲通義哉示我顯德行者成王答群臣見戒之意爾鄭謂成王自知未能成文武之功周公始有居攝之志且周公所以居攝者以武王初崩成王幼未能視事遂代之攝行政事爾蓋自武王崩之初即攝政也豈待嗣君祭廟見群臣自陳不能於詩頌然後始有居攝之意耶况考詩文

了無此語鄭氏之言不惟衍說實惑後人不可以不正也命不易哉當爲難易之易毛鄭以爲变易之易者非也

本義曰羣臣之戒成王曰敬之哉天道甚顯然其命不易無以天高爲去人遠凡一士之微其陟降天常監見之况於王者乎其舉止善惡天監不遠也命不易哉云者言王者積功累仁至於受命而王甚艱難也成王乃荅羣臣見戒之意爲謙恭之辭

曰維予小子不聰明於敬天之道但當以日月勉彊積學而增緝廣大至於其道光明然更賴羣臣以輔助我所負荷之任而告示我以顯然可修之德行也

酌一章九句

酌告成大武也言能酌先祖之道以養天下也周公居攝六年制禮作樂歸政成王乃後祭於廟而奏之其始成告之而已○於鑠王師遵養時晦時純熙矣是用大介鑠美遵率養取晦昧也○箋云純大熙興介助也於美乎文王之用師率殷之叛國以事紂養是闇昧之君以老其惡是周道大興而天下歸往矣故有致死之士助之

我龍受之蹻蹻王之造載用有嗣龍和也蹻蹻武貌造爲也○箋云龍寵也來助我者我寵而受用之蹻蹻之士皆爭來造王王則用之有嗣傳相致實維爾公允師公事也○箋云允信也王之事所以舉兵克勝者實維女之事信得用師之道

論曰於鑠王師遵養時晦毛傳但云遵率養取晦昧而更無他説爲義疏者述其意云率此師以取是晦昧之君謂誅紂以定天下則毛公謂於鑠王師者武王之師也鄭箋云文王之用師率叛國以事紂則鄭又以爲文王之師也二説自相違異毛謂

武王之師是矣而遵養時晦毛鄭之說皆非也養之爲言不待訓詁而其義自明毛訓爲取者苟欲曲就己之說爾遵養當連言及下時晦共爲一事而毛鄭皆斷遵一字獨爲一義而養時晦又爲一義如此豈成文理毛以遵爲率師鄭謂遵爲文王率殷之叛國以事紂且毛謂率師猶以上文有牟師之言如鄭之說是詩人但著一遵字而使後世知是文王率殷之叛國以事

紂杜鄭之臆說穿鑿可知矣毛謂武王率師以取闇君雖非詩人所謂遵養時晦之義然率師取紂實是武王之事但詩人之意與毛不同爾若鄭謂文王養紂以老其惡者是厚誣文王也紂爲暴虐比干直諫以死孔子目爲殷之仁人蓋比干非不知紂之不可諫然不忍棄其君而不救其惡使陷於惡禍敗遂冒死以進者猶冀可救於萬一孔子以其愛君之意篤故以仁人

目之如鄭所謂文王者異乎仁人之用心也孔子於湯武之事心甚非之其於論樂云武未盡善略見其意而無明言以貶之但咨嗟歎息極稱文王之美而已美於此則非於彼可知矣此聖人之深意也苟如鄭説則文王幸紂爲不善養成其惡利而取之此小人尚或不爲而孔子尚何極称其美哉是故知文王之用心者惟孔子一言而爲萬世信者亦惟孔子也由是言之

鄭氏可謂厚誣矣鄭氏此說近世學者多以爲非而著論以辨之余於此頌同衆論而正之也

本義曰於鑠王師者美武王之師也遵養時晦者循養以自晦之道謂有師而不耀其威武養之以晦也時純熙矣是用大介者介助也時至而後動乘時而興用王師爲大助也謂周興以德不專用武以師助其爾興我龍受之者謂武王之功興此王

業成王寵受而承之也蹻蹻王之造言蹻蹻然武功武王之所爲也載用有嗣者謂後世能承其業爲有嗣矣實維爾公允師者武王用師實天下之至公信可謂王師也矣

有駜三章章九句

有駜頌僖公君臣之有道也（有道者以禮義相與之謂也）○有駜有駜駜彼乘黄（駜馬肥彊貌馬肥彊則能升高進遠臣彊力則能安国○箋云此喻僖公之用臣必先致其禄食禄食足而臣莫不盡其忠）夙夜在公在公明明（箋云夙早也言）

時臣憂念君事早起夜寐在於公之所在於公之所但明義明德也礼記曰大学之道在明明德

振振鷺鷺于下鼓咽咽醉言舞于胥樂兮

振振群飛貌鷺白鳥也以興絜白之士咽咽鼓節也○箋云于於胥皆也僖公之時君臣無事則相與明義明德而已絜白之士群集於君之朝君以礼樂與之飲酒以鼓節之咽咽然至於無筭爵則又舞燕樂以盡其歡君臣於是則皆喜樂也

有駜有駜駜彼乘牡夙夜在公在公飲酒

言臣有餘敬君有餘惠

振振鷺鷺于飛鼓咽咽醉言歸于胥樂兮

箋云飛喻群臣飲酒醉欲退也

有駜有駜駜彼乘驓

青驪曰驓

夙夜在公在公載燕

箋云載之言則也

自今以始歲其有君子有穀詒孫子于胥樂兮

歲其有豐年也○箋云穀善詒遺也君臣安樂則陰陽和而有豐

年其善道則可以遺子孫也

論曰有駜之義毛以爲馬肥彊貞又謂馬肥彊則能升高進遠臣彊力則能安國據詩但述乘馬肥彊爾毛以喻臣能彊力已爲述（衍）說而鄭又謂喻僖公用臣必先足其禄食則莫不盡忠意謂畜馬者必先豐其養飼養飼豐則馬肥彊馬肥彊則能盡力以喻養臣者必先豐其禄食禄食足則臣盡忠者皆詩文所無又妄意詩人而委曲

爲說故失詩之義愈遠也振振鷺鷺于下
毛以爲興潔白之士鄭又謂僖公君臣無
事相與明義明德而已潔白之士羣集於
君之朝君與之飲酒鄭所謂君臣明義明
德者解在公明明也故爲義疏者廣鄭之
說謂僖公君臣既明德義則潔白之士慕
其所爲羣集於朝因謂在公爲舊臣振鷺
爲新來之士不惟詩無明文又妄爲分別
非詩之本義若以首章之義如鄭說則舊

臣夙夜在公而新來之士飲酒醉舞此豈
近於人情所以然者皆由委曲生意爲衍
說以自累也據序言頌君臣之有道者謂
僖公君臣知治國之道致其國治民安然
後君臣燕樂有威儀爾振鷺取其能自修
潔翔集有威儀也鄭於周頌箋傳是矣
本義曰有駜有駜駜彼乘黄者僖公寵錫
其臣車馬之盛也夙夜在公在公明明者
其臣修其官稱其車服之謂也在公明明

者謂修明其職也振振鷺鷺于下鼓咽咽醉言舞于胥樂兮者言其群臣能自修潔有威儀君臣燕飲以相樂也胥相也其先言在公而後言胥樂者先公而後私也下章飲酒載燕其義皆同卒章箋傳是矣

那一章二十二句

那祀成湯也微子至于戴公其間禮樂廢壞有正考甫者得商頌十二篇於周之大師以那爲首禮樂廢壞者君怠慢於爲政不修祭祀朝聘養賢待賓之事有司忘其礼之儀制樂師失其聲

之曲折由是散亡也自正考甫至孔子之時又無七篇矣正考甫孔子之先也其祖弗甫何以有宋而授厲公○猗與

那與置我鞉鼓猗歎辭那多也鞉鼓樂之所成也夏后氏足鼓殷人置鼓周人縣鼓○箋云置讀曰植植鞉鼓者爲楹貫而樹之美湯受命伐桀天下而作護樂故歎之多其改夏之制乃始植我殷家之樂鞉與鼓也鞉雖不植貫而搖之亦植之類奏鼓簡簡衎我烈祖湯孫奏假綏我思成衎樂也烈祖湯有功烈之祖也假大也○箋云奏鼓奏堂下之樂也烈祖湯也湯孫大甲也假升綏安也以金奏堂下諸縣其聲和大簡簡然以樂我功烈之祖成湯湯孫大甲又奏升堂之樂弦歌之乃安我心所思而成之謂神明來格也禮記曰齊之日思其居處思其笑女思其志意思其所樂思其所嗜齊三日乃見其所爲齊者祭之日入室僾然必有見乎其位周旋出户肅然必有聞乎其容声出户而聽愾然必有聞乎其歎息之声此之謂思成鞉鼓淵淵嘒嘒管聲既和且平依我磬聲嘒嘒然和也平正平也依倚也磬声之清者也以象萬物之成周尚臭殷

尚聲〇箋云磬玉磬也堂下諸縣與諸管声皆和平不相奪倫又與玉磬之聲相依亦謂和平也玉磬尊故異言之

於赫湯孫穆穆厥聲庸鼓有斁萬舞有奕於赫湯孫盛矣湯爲人子孫也大鍾曰庸斁斁然盛也奕奕然閑也〇箋云穆穆美也於盛矣湯孫呼大甲也此樂之美具声鍾鼓則斁斁然有次序其于舞又閑習我有嘉客亦不夷懌自古在昔先民有作溫恭朝夕執事有恪夷說也先王稱之曰在古古曰在昔昔曰先民有作有所作也恪敬也〇箋云嘉客謂二王後及諸侯來助祭者我客之來助祭者亦不說懌乎言說懌也乃大古而有此助祭之礼非專於今也其礼儀溫溫然恭敬執事薦饌則又敬也顧予烝嘗湯孫之將箋云顧猶念也將猶扶助也嘉客念我殷家有時祭之事而來者乃大甲之扶助也序助者來之意也

論曰詩云置我鞉鼓毛鄭皆讀置爲植謂

三代之鼓異制夏足鼓殷植鼓周縣鼓湯伐桀定天下作濩樂始用植鼓故詩人歎美之者非也如毛鄭之說鞉貫而搖之非植鼓則置不讀爲植已可知矣且詩人稱頌成湯之功德當舉其大者如正域彼四方奄有九有聖敬日躋式于九圍武王載旆有虔秉鉞之類是也湯作大濩雖是成功之樂詩人歌頌之必亦舉其大者據禮家之說三代器服無一物相襲者至於

樂舞其器甚衆商人改夏制者不可勝數
不獨植鼓也鼓衆樂器中一器爾鞉器之
尤小者也商人歌頌成湯功德不應遺大
而舉小若曰鼓植取其變夏制而立殷制
大者頗多又况鞉非植鼓手書曰下管鞉
鼓蓋自虞夏以來舊物常用者詩人必不
引以爲成湯之美事以此可知毛鄭之非
也據序云那祀成湯也若依序説商人作
頌以爲祀湯之樂歌述其祀時樂舞之盛

以衎樂先祖則得之矣古人作頌之體此類甚多如周頌我將祀文王但述祀時羊牛肥腯執競祀武王亦言祀時鍾鼓管磬之類是也頌曰湯孫奏假毛謂湯孫者成湯也言湯善爲人子孫也鄭謂爲湯孫者太甲也二家之説皆非也且湯孫者當是湯之孫爾若以湯爲孫則是商人謂其先祖爲孫理豈得通鄭以湯孫爲太甲者但以世次數之太甲於湯爲孫爾至烈祖祀中

宗又云湯孫之將殷武序高宗又云湯孫之緒則那所謂湯孫者不得爲太甲也頌言湯孫者序主祀之時王爾自太甲以下至紂皆可爲湯孫不知頌作於何時所斥者何王爾蓋商有天下六百年而爲周自天下爲周而微子封於宋又四百餘年而孔子始得商頌於宋宋之禮壞樂崩久矣其頌亡失之餘纔五篇僅存爾當孔子得頌時已不知其作於何王之世也然則湯

孫不知是商之何王鄭以爲太甲者妄意而言爾置當讀如置器之置綏我思成者綏安也思語助也安然而成者謂下章所陳管磬和調而成聲也毛引禮記齊日之説亦非也思讀如不可射思之思

本義曰猗那之頌詩人述商王祀其先祖成湯美其樂舞及其助祭諸侯與其執事之臣皆由商王之能將其事也其述樂也先自其小者故先言鞉鼓次言管磬次言

庸鼓次言萬舞皆述其聲容之美又言諸侯助祭者皆悦懌羣臣執事者皆恭恪一章三稱其主祀之時王而謂之湯孫者言其能主商祀之烝嘗可謂湯之孫子矣其大義止於如此爾其始云湯孫奏假者能奏此樂而升薦之鄭訓假爲升是也其又云於赫湯孫者謂於赫湯之孫也詩人作此頌以爲祀成湯之樂歌其言湯孫能修祀事則可若於赫者歎美之辭也不應自

稱盛美之孫以誇其先祖故當爲於赫湯之孫也卒云湯孫之將者謂能將祀事也其述樂先小者而間稱湯孫至于再三者蓋詩無定體作者之意或然也

烈祖一章二十二句

烈祖祀中宗也中宗殷王大戊成湯之玄孫也有桑穀之異懼而修德殷道復興故表顯之號爲中宗

○嗟嗟烈祖有秩斯祜申錫無疆及爾斯所旣載酒酤賚我思成秩常申重酤酒賚賜也○箋云祐福也賚讀如往來之來嗟嗟乎我功烈之祖成湯旣有此一天下之常福天又重賜之以無竟界之期其福乃及女之此所女女中宗也言承湯之業能興之也旣載清酒於尊酌以

裸獻而神灵来至我致齊之所思則用成重言嗟嗟美歎之深亦有和羹既戒既平鬷
假無言時靡有争綏我眉壽黄耇無疆戒至鬷總假大也總大無言無争也○箋云和羹者五味調腥孰得節食之於人性安和喻諸侯有和順之德也我既裸獻神灵來至亦復由有和順之
諸侯来助祭也其在庙中既恭肅敬戒矣既齊士手列矣至于設薦進俎又總升堂而齐一皆服其戰勸其事寂然無言語者無争訟者此由其心平性和神灵用之故安我以壽考之福歸美焉約軝錯衡八鸞鶬鶬以假
以享我命受溥將自天降康豐年穰穰八鸞鶬鶬言文德之有声也假大也○箋云約軝轂飾也鸞在鹿四馬則八鸞假升也享獻也將猶助也諸侯来助祭者乘篆轂金飾錯衡之車駕四馬其八鸞鶬鶬然声和言車服之得其正也以此来朝升堂獻其國之所有於我受政教至祭祀又溥助我言得萬國之歡心也天於是下平安之福使年豐
來假來饗降福無疆箋云享謂獻酒使神享之也諸侯助祭者來升堂来獻酒神灵

又下與我久長之福顧予烝嘗湯孫之將箋云此祭中宗諸侯來助之所言湯孫之將者中宗之享此祭由湯之功故本言之

論曰序言烈祖祀中宗則嗟嗟烈祖者中宗也鄭執那頌烈祖以爲成湯者非也如丙以甲爲祖戊亦可以丙爲祖矣此古今人之常也是則湯之後世以湯爲祖中宗之後世以中宗爲祖此常事也何必曲爲之說哉頌云亦有和羹既戒既平鬷假無言時靡有爭毛訓假爲大而已鄭謂和羹喻諸侯有和順之德者非也其失自左氏

傳春秋也左傳魯昭二十年晏子爲齊侯
陳和同之異云和如羹焉者其意本譏齊
侯與子猶同欲不得爲和也因引和羹爲
喻以謂和者鹹酸異味相濟爲和以喻君
臣以可否相濟爲和故曰君臣亦然因引
此頌云亦有和羹但謂羹當以五味相和
爾古人引詩喻事多不用詩本義但取其
一句足以曉意而已如鵲巢本述后妃而
魯穆叔引以喻晉君有國而趙孟治之之

類是也方晏子引頌和羹雖非詩義而未
爲甚失鄭則不然據詩上言既載清酤下
言既有和羹乃是直陳祭時酒與羹爾鄭
何據而爲喻諸侯哉詩無明文乃是臆說
也至於鄭解鬷假無言以謂諸侯助祭總
升堂而齊一寂然無言而杜預注左氏傳
言總大政能使上下皆如和羹以此見先
儒各用其意爲解以就成已說豈是詩人
本意也至如詩人云來假來享降福無疆假

至也據詩但言神至而饗乃降福爾蓋鄭訓假爲升遂云諸侯助祭者來升堂獻酒而神享且諸侯助祭古無獻酒之禮今詩又無明文亦鄭之臆說也

本義曰嗟嗟我烈祖中宗以其有當之福申錫及爾者爾時主祀之王也旣載清酤賚我思成謂以清酒祼獻而神賚我使成祀事也亦有和羹者言調和此羹之人謂膳夫也旣戒旣平者戒慎其事也鬷假無

言時靡有爭者謂執事之臣總至無喧譁
又不交侵其職位以見在朝之人皆肅恭
而舉動得禮所以神明錫以眉壽黃耇之
福也約軝錯衡八鸞鶬鶬者此始謂助祭
之諸侯也以假以享者謂諸侯既至而助
享也我受命溥將自天降康豐年穰穰者
我時至受天命溥將此祭祀而天降豐穰
使我備物而祭致神歆饗而降福也上云
以享者謂諸侯來助祭致享於神也下云

來享者謂神來至而歆饗也

長發七章一章八句四章章七句一章九句一章六句

長發大禘也大禘郊祭天也礼記曰王者禘其祖之所自出以其祖配之是謂也○濬哲維商長發其祥洪水芒芒禹敷下土方外大國是疆幅隕既長濬深洪大也諸夏爲外幅廣也隕均也○箋云長猶久也隕當作圓圓謂周也深知乎維商家之德也久發見其禎祥矣乃用洪水禹敷也下土之正四方定諸夏廣大其竟界之時始有王天下之萌兆歷虞夏之世故爲久也有娀方將帝立子生商有娀契母也將大也契生商也○箋云帝黑帝也禹敷也下土之時有娀氏之國亦始廣大有女簡狄吞鳳卵而生契堯封之於商後湯王因以爲天下號故云帝立子生商玄王桓撥受小

國是達受大國是達率履不越遂視旣發玄王契也
桓大撥治履礼也○箋云承黑帝而立子故謂契爲玄王遂猶徧也發行也玄王廣大其政治始堯封之商爲小國舜之永年乃益其土地爲大國皆能達其教令使其民循礼不得踰越乃徧省視之教令則盡行也
相土烈烈海外有截相土契孫也烈烈威也○箋云截整齊也相土居夏后之世承契之業入爲王官之伯出長諸侯其威武之盛烈烈然四海之外率服截爾整齊
帝命不違至于湯齊至湯與天心齊○箋云帝命不違者天之所以命契之事世世行之其德浸大至於湯而當天心
湯降不遲聖敬日躋昭假遲遲上帝是祗帝命式于九圍不遲言疾也躋升也九圍九州也○箋云降下假暇祗敬式用也湯之下士尊賢甚疾其聖敬之德日進然而以其德聰明寬暇天下之人遲遲然言急於己而緩於人天用是故愛敬之也天於是又命之使用是於天下言王之也
受小球大球爲下國綴旒何天之休球玉綴表旒章也○箋云

綴猶結也旒旌旗之垂者也休美也湯既爲天所命則受小王謂尺二寸圭也受大三謂珽也長三尺執圭搢珽以與諸侯會同結定其心如旌旗之旒縿著焉檐負天之美譽爲衆所歸鄉不競不絿不剛不柔敷政優優百祿是遒絿急也優優和也遒聚也○箋云競逐也不逐不與人爭前後受小共大共爲下國駿厖何天之龍共法駿大厖厚龍和也○箋云共執也小共大共猶所執搢小球大球也駿之言俊也龍當作寵寵榮名之謂敷奏其勇不震不動不戁不竦百祿是總戁恐竦懼也○箋云不震不動不可驚憚也武王載旆有虔秉鉞如火烈烈則莫我敢曷武王湯也旆旗也虔固曷害也有之言又也上既美則剛柔得中勇毅不懼於是有武功有王德乃建旆興師出伐又同持其鉞志在誅有罪也其威勢如猛火之炎熾誰敢御害我苞有三蘖莫遂莫

達九有有截苞本蘖餘也○箋云苞豐也天豐大先三王之後世謂居以大國行天子之礼樂然而無有能以德自遂達於天者故天下歸鄉湯九州齊一截然韋顧既伐昆吾夏桀有韋国者有顧国者有昆吾国者○箋云韋豕韋彭姓也顧昆吾皆已姓也三国黨於桀惡湯先伐韋顧克之昆吾夏桀則同時誅也昔在中葉有震且業允也天子降予卿士葉世也業危也○箋云中世謂相士也震猶威也相士始有征伐之威以為子孫討惡之業湯遵而與之信也天命而子之下予之卿士謂生賢佐也春秋傳曰畏君之震師徒撓敗實維阿衡實左右商王阿衡伊尹也左右助也○箋云阿倚衡平也伊尹湯所倚依而取平故以為官名商王湯也

論曰帝立子生商帝上帝也而鄭以為黒帝鄭感讖緯不經之說汨亂六經者不可

勝數學者稍知正道自能識爲非聖人之
言然今著于箋以害詩義不可以不去也
至玄王桓撥又云承黑帝而立子者亦宜
去也書稱格王正厥事寧王遺我大寶龜
商頌亦云武王載旆之類甚多蓋古人往
往以美稱加王爾玄者深微之謂也老氏
言玄之又玄是矣不必爲黑也苞有三蘖
莫遂莫達九有有截韋顧旣伐昆吾夏桀
毛以苞爲本蘖爲餘訓詁是矣鄭何抝而

爲三王之後乎考文求義謂一本而生三蘖也然則大者爲本小而附者爲蘖夏所謂本也韋也顧也昆吾也所謂三蘖者達生長也謂此三蘖莫能遂達其惡皆伐而去之并掖其本也其曰九有有截者皆(蓋)湯已爲天下所歸用此九有之師以伐三蘖并其本而去之也

歐陽文忠公毛詩本義卷第十二

歐陽文忠公詩本義卷第十三

翰林學士兼龍圖閣學士朝散大夫給事中知制誥充史館修撰判秘閣　歐陽　脩

義解

甘棠美召伯也其詩曰蔽芾甘棠勿剪勿伐召伯所茇毛鄭皆謂蔽芾小貌茇舍也召伯本以不欲煩勞人故舍於棠下棠可以容人舍其下則非小樹也據詩意乃召伯死後思其人愛其樹而不忍伐則作詩益時非小樹矣毛鄭謂蔽芾爲小者失詩義矣蔽能蔽風

日俾人舍其下也芾茂盛貌蔽芾乃大樹之
茂盛者也
日月衛莊姜遭州吁之難傷已不見荅於先
君也其詩曰日居月諸東方自出父兮母兮
畜我不卒者謂父母不能畜養我終身而嫁
我於衛使至困窮也女無不嫁其曰畜我不
卒者困窮之人尤怨之辭也鄭謂莊姜尊莊
公如父母而遇我不終者非也妻之事夫尊
親如父母無此理也

谷風刺夫婦失道也衛人化其上淫於新昏
而棄其舊室其詩曰毋逝我梁毋發我笱我
躬不閱遑恤我後者舊室被棄之辭也禁其
新昏毋發我笱者言棄妻將去猶顧惜其家
之物既而歎曰我身尚不容安能恤其後事
乎以見其妻雖去而猶不忘其家所以深嫉
其夫也鄭謂禁其新昏毋之我家以取我室
家之道者非也蓋舊室所以見棄者爲有新
昏爾尚安能禁其毋之我家乎又云何暇憂

我後所生之子孫者非也據詩意後後事也
簡兮剌不用賢也衛之賢者仕於伶官也其
詩曰有力如虎執轡如組左手執籥右手秉
翟者謂此賢者才力皆可任用而反使執籥
秉翟為伶官也萬舞止是惜其非所宜為也
豈以為能哉矧能籥舞豈足為文武道備鄭
云能籥舞言文武道備者非也
木瓜美齊桓公也衛國有狄人之敗桓公救
而封之衛人思之欲厚報也其詩曰投我以

木瓜報之以瓊琚匪報也求以爲好也鄭謂
欲令齊長以爲玩好結巳國之恩者非也詩
人但言齊德於衛衛思厚報求爲兩國之好爾
當爲繼好息民之好木瓜薄物瓊琚寶玉取
厚報之意爾豈以爲玩好也
蘀兮刺忽也君弱臣強不倡而和也其詩曰
蘀兮蘀兮風其吹女鄭謂風喻號令喻君有
政教臣乃行之近得之矣又曰叔兮伯兮倡
予和女毛謂君唱臣和是矣鄭謂群臣無其

君自以強弱相服女倡矣我則和之者非也詩人本謂蘀須風吹則動臣須君倡則和爾如鄭之說與上文意不相屬非詩人之本意國君以伯叔稱其臣者蓋大臣也

野有蔓草民窮於兵革男女失時思不期而會焉其詩曰野有蔓草零露漙兮有美一人清揚婉兮邂逅相遇適我願兮此詩文甚明白是男女昏娶失時邂逅相遇於野草之間爾何必仲春時也周禮言仲春之月會男女

之無夫家者學者多以此說爲非就如其說
乃是平時之常事兵亂之世何待仲春鄭以
蔓草有露爲仲春遂引周禮會男女之禮者
衍說也
伐檀刺貪也在位貪鄙無功而受禄君子不
得進仕爾其詩曰坎坎伐檀兮寘之河之干
兮河水清且漣漪毛謂伐檀以俟世用若俟
河水清且漣漪如毛之說是寘檀於濁河之
側以俟河清不可得也據詩文乃寘檀於清

河之側爾礿無俟清之意如毛之説非也詩人之意謂伐檀將以爲車行陸而寘於河干河水雖清漣然檀不得其用如君子之不得仕進莫能施其用矣其下章伐輻伐輪義皆同也

羔裘晉人刺其在位不恤其民也其詩曰羔裘豹袪自我人居居豈無他人維子之故鄭謂此民卿大夫采邑之民爾又云我不去者念子故舊之人據詩乃晉人述其國民怨上

之辭云我豈無他國可往猶顧子而不去爾
在位者晉國執政之大臣民於上位何論故
舊序但云不恤其民鄭何據而限以卿大夫
采邑皆曲說也
七月陳王業也其詩曰三之日于耜四之日
舉趾同我婦子饁彼南畝田畯至喜據詩農
夫在田婦子往饁田大夫見其勤農樂事而
喜爾鄭易喜爲饎謂饎酒食也言餉婦爲田
大夫設酒食也鄭多改字前世學者巳非之

然義有不通不得已而改者猶所不取況此義自明何必改之以曲就衍說也

南山有臺樂得賢也其詩曰南山有臺北山有萊樂只君子邦家之基鄭謂山有草木以自覆蓋成其高大喻人君有賢臣以自尊顯者非也考詩之義本謂高山多草木如周大國多賢才爾且山以其高大故草木託以生也豈由草木蓋覆然後成其高大哉

菁菁者莪樂育材也君子能長育人材則天

下喜樂之矣其詩曰菁菁者莪在彼中阿既見君子樂且有儀育材之道博矣人之材性不一故善育材者各因其性而養成之或教於學或命以官勸以爵禄勵以名節使人人各極其所能然則君子所以長育之道亦非一也而鄭氏引禮家之説曰人君教學國人秀士選士俊士造士進士養之以漸至於官之者拘儒之狹論也又曰既教學之又不征役者衍説也既見君子樂且有儀謂此君子

樂易而有威儀爾樂易所以容衆有儀所以
爲人法也而鄭謂有官爵然後得見君子見
則心喜樂又以禮義見接者亦衍説也鄭氏
於詩常患以衍説害義如其所説則未仕之
人不見君子而不得教育矣
采芑宣王南征也其詩稱述將帥師徒車服
之盛威武之容而其首章曰薄言采芑于彼
新田于此菑畝者言宣王命方叔爲將以伐
荆蠻取之之易如采芑爾芑苦菜也人所常

食易得之物于新田亦得之于菑畝亦得之如宣王征伐四夷所往必獲也言采芑猶今人云拾芥也其所以往而必得之易者由命方叔爲將而師徒車服之盛威武之容如詩下章所陳是也毛鄭於此篇車服物名訓詁尤多其學博矣獨於采芑之義失之以謂宣王中興必用新美天下之士鄭又謂和治軍士之家而養育其身可謂迂疎矣

頍弁刺幽王也暴戾無親孤危將亡也其詩

曰如彼雨雪先集維霰箋云喻幽王不親九族亦有漸自微至甚如先霰後大雪非詩意也考詩之意非謂不親九族有漸謂其危亡有漸爾謂國將亡必先離其九族如雪將降必先下霰見有霰下知必有雪見其九族離心知必亡國必然之理也故其下文云死喪無日無幾相見也

魚藻刺幽王也言萬物失其性王居鎬京將不能以自樂故君子思古之武王焉其詩曰

魚在在藻有頒其首王在在鎬豈樂飲酒鄭謂魚之依水草猶人之依明王明王之時魚處於藻得其性則肥充詩人言有述事者有比物者一句之中不能兼此兩義也魚藻述事之言也詩人謂幽王時萬物失其性而不安其生王亦不能長有其樂也乃思古武王之時萬物得其性故王亦能安其樂其言魚在在藻者言物萬之得其性也王在在鎬者謂武王能安其樂爾其義止於如此而已鄭謂魚

依水草如人依明王者非詩人之本意也

板剌厲王也其詩曰上帝板板下民卒癉者上帝天也其民呼天而訴曰上帝板板者謂天宜愛養下民而今反使民皆病也其義如此而已毛鄭以謂上帝斥王者非也其下云天之方難又以爲斥王者亦非也天之方蹶方虐方懠及天之牖民皆呼天而訴之辭也其謂天之方虐者天不宜酷虐蓋民怨尤之辭猶言天未悔禍也苟如鄭說其卒章云敬

天之怒又豈得爲斥王乎故凡言天者皆謂
上天也
雲漢仍叔美宣王也遇災而懼側身修行欲
銷去之其詩曰昊天上帝則不我遺胡不相
畏先祖于摧毛訓摧爲至初無義理鄭又改
摧爲嗺嗺嗟也改字先儒不取據詩摧當爲
摧壞之義謂旱既太甚人民飢饉不能爲國
則將摧壞先祖之基業爾故其下章又云父
母先祖胡寧忍予者其義同也而毛鄭皆謂

先祖文武爲民父母者亦非也盖詩人述宣
王訴于父母及先祖爾
召旻凡伯刺幽王大壞也其詩曰旻天疾威
天篤降喪又云天降罪罟皆述周之人民呼
天而怨訴之辭也其義與瞻卬同而毛鄭常
以爲斥王者皆非也
有客微子來見祖廟也其詩曰有客有客亦
白其馬毛以爲亦周鄭以爲亦武庚者其説
皆非也毛鄭之意謂亦者又也有因之辭也

以謂彼旣爲是此又爲是者爲亦也其謂亦周亦武庚者謂周人與武庚乘白馬而微子亦乘白馬也今考詩之文不然詩言亦者多矣若抑曰哲人之愚亦維斯戾者似因上文先述庶人之愚然庶人之愚自云亦職維疾則又無所因以此知其不然也卷阿曰鳳皇于飛亦集爰止鄭以爲亦衆鳥其義不通已見別論至其下章又云亦傳于天則鄭更無所說菀柳曰有鳥高飛亦傳于天鄭亦無所

說蓋其義不通不能為說也至於人亦有言亦孔之哀民亦勞止之類甚多皆非有所亦蓋亦者詩人之語助爾然則亦白其馬者謂有客乘白馬爾況詩無周及武庚之言二家妄自為說所以不同也

閟宮頌僖公也其詩曰赫赫姜嫄其德不回上帝是依無災無害彌月不遲毛謂上帝是依依其子孫鄭謂依其身也天依憑而降精氣鄭之此說是用履帝武敏歆之說也其言

怪妄生民之論詳矣而毛謂依其子孫者亦非也其上下文方言姜嫄生后稷時事與上帝依其子孫文意不相屬據詩意依猶賴也謂上帝是賴者言姜嫄賴天帝之靈而生后稷無災害爾

取捨義

綠衣衛莊姜傷已也言妾上僭夫人失位也其詩曰綠兮衣兮綠衣黄裏毛謂綠間色黄正色者言間色賤反爲衣正色貴反爲裏以

喻妾上僭而夫人失位其義甚明而鄭改緑爲褖謂褖衣當以素紗爲裏而反以黄先儒固已不取鄭氏於詩改字者以謂六經有所不通當闕之以俟知者若改字以就巳説則何人不能爲説何字不可改也況毛義甚明無煩改也當從毛

旄丘責衛伯也狄人迫逐黎侯黎侯寓于衛衛不能脩方伯連帥之職黎之臣子以責於衛也其卒章曰叔兮伯兮褎如充耳毛謂大

夫褎然有尊盛之服而不能稱鄭謂充耳塞耳也言衛諸臣如塞耳無聞知也據詩四章皆責衛之辭其卒章云充耳者謂衛諸臣聞我所責如不聞也鄭義爲長當從鄭

出其東門閔亂也鄭公子五爭兵革不息男女相棄思保其室家焉其詩曰出其闉闍有女如荼毛謂荼英荼也言皆喪服也鄭謂荼茅秀物之輕者飛行無常考詩之意云如荼者是以女比物也毛謂喪服踈矣且棄女不

當喪服而下文云雖則如荼匪我思且言女
雖輕美匪我所思爾以文義求之不得爲喪
服當從鄭
載驅齊人刺襄公也盛其車服與文姜淫播
其惡於萬民焉其詩曰四驪濟濟垂轡瀰瀰
魯道有蕩齊子豈弟毛云言文姜於是樂易
然者謂文姜爲淫穢之行曾不畏忌人而襄
公乘驪垂轡而行魯道文姜安然樂易無慙
恥之色也其義甚明鄭改豈字爲闓轉引古

文尚書以弟爲圛而訓圛爲明以謂闓明猶
發夕也迺跡甚矣當從毛
敝笱刺文姜也魯桓公微弱不能防閑文姜
使至淫亂其詩曰敝笱在梁其魚魴鰥毛謂
鰥大魚也鄭謂鰥魚子也孔穎達正義引孔
叢子言鰥魚之大盈車則毛爲大魚不無據
矣鄭改鰥字爲鯤遂以爲魚子其義得失不
較可知也詩人之意本以魯桓弱不能制彊
則蔽笱不能制大魚是其本義苟如鄭說則

小猶不能制大可知義亦可通然鰥爲大魚非毛臆説又其下文言從者如雲雨是其黨衆盛恣行無所畏忌以見齊子彊盛宜以大魚爲比皆當從毛

園有桃刺時也大夫憂其君儉嗇不能用其民也其詩曰園有桃其實之殽毛謂園有桃其實之食國有民得其力鄭謂魏君薄公稅省國有不取於民食園桃而已考詩之意本刺魏君儉嗇不能用其民者謂不知爲國者

用有常度其取於民有道而過自儉嗇爾非謂其不取於民但食桃也桃非終歲常食之物於理不通其曰園有桃其實之殽謂園有桃尚可取而食況有人民反不能取之以道至使國用不足而爲儉嗇乎毛說爲是當從毛

椒聊刺晉昭公也君子見沃之盛彊知其蕃衍盛大子孫將有晉國焉其詩曰椒聊之實蕃衍盈升彼其之子碩大無朋毛謂朋比也

鄭謂平均無朋黨彼其之子曲沃桓叔也詩人但憂桓叔盛大將奪晉國夲不美其爲政平均也毛以朋爲比比者以類相附之謂也無朋者謂桓叔盛大無與爲比謂將盛出於倫類也當從毛

綢繆刺晉亂也國亂則昬姻不得其時其詩曰綢繆束薪三星在天毛謂三星參星也男女待禮而成若薪芻待人事而後束鄭謂三星心星也二月之合宿故嫁娶者以爲候今

我東薪於野乃見在天則三月之末四月之中見於東方矣故云不得其時參心皆三星知鄭義爲得者以其所見之月候嫁娶早晚爲有理毛以東薪喻男女成昏於義不類鄭謂因東薪於野而見天星義簡而直故皆當從鄭

蜉蝣刺奢也昭公國小而迫好奢而任小人也其詩曰蜉蝣之羽衣裳楚楚考詩之意謂曹國迫小而昭公無法自守將至危亡但好

奢侈而整飾其衣服楚楚然如蜉蝣雖有羽翼不能久生也鄭謂不知君臣死亡無日如渠略者是也毛謂渠略猶有羽翼以自修則是昭公不能修飾衣服不如渠略爾與詩之義正相反也當從鄭

下泉思治也曹人疾其公侵刻下民也其詩曰洌彼下泉侵彼苞稂毛謂稂童梁非溉草得水而病鄭謂稂當作涼涼草蕭著之屬毛鄭皆謂泉流浸病其草如共公爲政困病其

民大意則同但稂爲童梁其義自通何煩改字理當從毛

楚茨刺幽王也其詩曰或肆或將毛謂肆者陳于牙將者齊其肉鄭謂或肆其骨體於俎或奉持而進之詩之大義毛鄭皆得之無所違異惟此一句雖不害大義然各爲一說使學者莫知所從以理考之當從鄭

玄鳥祀高宗也其詩曰天命玄鳥降而生商毛謂春分玄鳥降有娀氏女簡狄配高辛氏

帝辛與之祈于郊禖而生契故本其爲天所
命以玄鳥至而生焉古今雖相去遠矣其
爲天地人物與今無以異也毛氏之說以今
人情物理推之事不爲怪宜其有之而鄭謂
吞乙卵而生契怪妄之說也秦漢之間學者
喜爲異說謂高辛氏之妃陳鋒氏女感赤龍
精而生堯簡狄吞乙卵而生契姜嫄履大人
迹而生后稷高辛四妃其三皆以神異而生
子蓋堯有盛德契稷後世皆王天下數百年

學者喜爲之稱述欲神其事故務爲奇說也至帝摯無所稱故獨無說鄭學博而不知統又特喜讖緯諸書故於怪說尤篤信由是言之義當從毛

歐陽文忠公毛詩本義卷第十三

歐陽文忠公詩本義卷第十四

翰林學士兼龍圖閣學士朝散大夫給事中知制誥充史館修撰判秘閣歐陽脩

時世論

按鄭氏譜周南召南言文王受命作邑於豐乃分岐邦周召之邑爲周公旦召公奭之采地使施先公太王王季之教於已所職六州之國其民被二公之德教尤純至武王滅紂巡守天下陳其詩以屬太師分而國之其得聖人之化者繫之周公謂之周南其得賢人

之化者繫之召公謂之召南今考之於詩義皆不合而爲其說者又自相抵捂所謂被二公之德教者是周公旦召公奭所施太王王季之德教爾今周召之詩二十五篇關雎葛覃卷耳樛木螽斯桃夭兎罝芣苢皆后妃之事鵲巢采蘩小星皆夫人之事夫人乃太姒也麟趾騶虞皆后妃夫人德化之應草蟲采蘋殷其雷皆大夫妻之事漢廣汝墳羔羊摽有海江有汜野有死麕皆言文王之化蓋此

二十二篇之詩皆述文王太姒之事其餘三篇甘棠行露言召伯聽訟何彼穠矣乃武王時之詩烏有所謂二公所施先公之德教哉此以譜考詩義皆不能合者也譜言得聖人之化者謂周公也得聖〔賢〕人之化者謂召公也謂旦奭共行先公之德教而其所施自有優劣故以聖賢別之爾今詩所述既非先公之德教而二南皆是文王太姒之事無所優劣不可分其聖賢所謂文王太姒之事者其德

教自家刑國皆其夫婦身自行之以化其下久而變討之惡俗成周之王道而著於歌頌爾蓋譜謂先公之德教者周召二公未嘗有所施而二南所載文王太姒之化二公亦又不得而與然則鄭譜之説左右皆不能合也後之爲鄭學者又謂譜言聖人之化者爲文王賢人之化者爲太王王季然譜本謂二公行先公之教袀不及文王則爲鄭學者又自相抵捂矣今詩之序曰關雎麟趾之化王者

之風故繫之周公鵲巢騶虞之德諸侯之風
故繫之召公至於關雎鵲巢所述一太姒爾
何以爲后妃何以爲夫人二南之事一文王
爾何以爲王者何以爲諸侯則序皆不通也
又不言詩作之時世蓋自孔子没群第子散
亡而六經多失其旨詩以諷誦相傳五方異
俗物名字訓往往不同故以六經之失詩尤
甚詩三百餘篇作非一人所作非一國先後
非一時而世久失傳故於詩之失時世尤甚

周之德盛於文武其詩爲風爲雅爲頌風有周南召南雅有大雅小雅其義非類一或當時所作或後世所述故於詩時世之失周詩尤甚自秦漢以來學者之說不同多矣不獨鄭氏之失也昔孔子嘗言關雎矣曰哀而不傷太史公又曰周道缺詩人本之衽席關雎作而齊魯韓三家皆以爲康王政衰之詩皆與鄭氏之說其意不類蓋常以哀傷爲言由是言之謂關雎爲周衰之作者近是矣周之

爲周也遠自上世積德累仁至於文王之盛征伐諸侯之不服者天下歸者三分有二其仁德所及下至昆虫草木如靈臺行葦之所述蓋其功業盛大積累之勤其来遠矣其盛德被天下者非一事也大姒賢妃又有内助之功爾而言詩者過爲稱述遂以關雎爲王化之本以謂文王之興自太姒始故於終篇所述德化之盛皆云后妃之化所致至於天下太平麟趾與騶虞之瑞亦以爲后妃功化

之成効故曰麟趾關雎之應騶虞鵲巢之應也何其過論歟夫王者之興豈專由女德惟其後世因婦人以致衰亂則宜思其初有婦德之助以興爾因其所以衰思其所以興此關雎之所以作也其思彼之辭甚美則哀此之意亦深其言緩其意遠孔子曰哀而不傷謂此也司馬遷之於學也雜博而無所擇然其去周秦未遠其爲説必有老師宿儒之所傳其曰周道缺而關雎作不知自何而得此

言也吾有取焉昔吴季札聞魯人之歌小雅
也曰思而不貳怨而不言其周德之衰乎猶
有先王之遺民焉而太史公亦曰仁義陵遲
鹿鳴刺焉然則小雅者亦周衰之作也周頌
昊天有成命曰二后受之成王不敢康所謂
二后者文武也則成王者成王也猶文王之
爲文王武王之爲武王也然則昊天有命當
是康王已後之詩而毛鄭之説以頌皆是成
王時作遂以成王爲成此王功不敢康執競

曰執競武王無競維烈不顯成康上帝是皇自彼成康奄有四方所謂成康者成王康王也猶文王武王謂之文武爾然則執競者當是昭王已後之詩而毛以爲成大功而安之鄭以爲成安祖考之道皆以爲武王也據詩之文但云成康爾而毛鄭自出其意各以增就其已說而意又不同使後世何所適從哉噫嘻曰噫嘻成王者亦成王也而毛鄭亦皆以爲武王由信其已說以頌皆成王時作也

詩所謂成王者成王也成成康者成王康王也豈不簡且直哉而毛鄭之説豈不迂而曲也以爲成王康王則於詩文理易通如毛鄭之説則文義不完而難通然學者捨簡而從迂捨直而從曲捨易通而從難通或信焉而不知其非或疑焉而不敢辯者以去詩時世遠茫昧而難明也余於周南召南辯其不合者而關雎之作取其近是者焉蓋其説合於孔子之言也若雅也頌也則辨之而不敢必而

有待焉夫毛鄭之失患於自信其學而曲遂其說也若余又將自信則是笑奔車之覆而疾驅以追之也然見其失不可不辨辨而不敢必使余之說得與毛鄭之說並立於世以待夫明者而擇焉可也

本末論

關雎鵲巢文王之詩也不下繫之文王而下繫之周公召公召公召公自有詩則得列於本國周公亦自有詩則不得列於本國而上繫於豳

豳大王之國也考其詩則周公之詩也周召周公召公之國也考其詩則文王之詩也何彼穠矣武王之詩也不列於雜(雅)而寓于召南之風棠棣周公之詩也不列於周南而寓於文王之雅衛之詩一公之詩也或繫之邶或繫之鄘或繫之衛詩述在位之君而風繫已亡之國晉之爲晉久矣不得爲晉而謂之唐鄭去咸林而徙河南爲鄭甚新而遂得爲鄭自漢以來其說多矣蓋詩之類例不一如此

宜其說者之紛然也問者曰然則其將柰何應之曰吾之於詩有幸有不幸也不幸者遠出聖人之後不得質吾疑也幸者詩之本義在爾詩之作也觸事感物文之以言善者美之惡者刺之以發其揄楊[揚]怨憤於口道其哀樂喜怒於心此詩人之意也古者國有采詩之官得而録之以屬太師播之於樂於是考其義類而別之以風爲雅頌而比次之以藏于有司而用之宗廟朝廷下至鄉人聚會此

此太師之職也世久而失其傳亂其雅頌亡其次序又采者積多而無所擇孔子生於周末方修禮樂之壞於是正其雅頌刪其煩重列於六經著其善惡以為勸戒此聖人之志也周道既衰學校廢而異端起及漢承秦焚書之後諸儒講說者整齊殘缺以為之義訓恥於不知而人人各自為說至或遷就其事以曲成其己學其於聖人有得有失此經師之業也惟是詩人之意也太師之職也聖人之

志也經師之業也今之學詩者不出於此四者而罕有得焉者何哉勞其心而不知其要逐其末而忘其本也何謂本末作此詩述此事善則美惡則刺所謂詩人之意者本也正其名別其類或繫於此或繫於彼所謂太師之職者末也察其美刺知其善惡以爲勸戒所謂聖人之志者本也求詩人之意達聖人之志者經師之本也講太師之職因其失傳而妄自爲之說者經師之末也今夫學者得

其本而通其本斯盡善矣得其本而不通其末闕其所疑可也雖其本有所不能達者猶將闕之況其末乎所謂周召邶鄘唐豳之風是可疑也考之諸儒之說既不能通欲從聖人而質焉又不可得然皆其末也若詩之所載事之善惡言之美刺所謂詩人之意幸其具在也然頗爲衆說汨之使其義不明今去其汨亂之說則本義粲然而出矣今夫學者知前事之善惡知詩人之美刺知聖人之勸

戒是謂知學之本而得其要其學足矣又何求焉其末之可疑者闕其不知可也蓋詩人之作詩也固不謀於太師矣今夫學詩者求詩人之意而已太師之職有所不知何害乎學詩也若聖人之勸戒者詩人之美刺是已知詩人之意則得聖人之志矣

十月之交解

小雅無厲王之詩著其惡之甚也而鄭氏自十月之交已下分其篇以爲當刺厲王又妄

指毛公爲詁訓時移其篇第因引前後之詩以爲據其説有三一曰節刺師尹不平此不當譏皇父擅恣子謂非大亂之世者必不容二人之專不然李斯趙高不同生於秦也其二曰正月惡褒姒滅周此不當疾豔妻之説出於鄭氏非史傳所聞況褒姒之惡天下萬世皆同疾而共醜者二篇譏之殆豈過哉其三曰幽王時司徒乃鄭桓公友此不當云番維司徒子謂史記所載鄭桓公在幽王八年

方爲司徒爾豈止相公哉是三説皆不合於經不可按法爲鄭氏者獨不能自信而欲指他人之非斯亦感〔惑〕矣今考雨無正巳下三篇之詩又其亂説歸向皆無刺厲王之文不知鄭氏之説何從而爲據也孟子曰説詩者不以文害辭不以辭害意非如是其能通詩乎

歐陽文忠公毛詩本義卷第十四

歐陽文忠公毛詩本義卷第十五

翰林學士兼龍圖閣學士朝散大夫給事中知制誥充史館修撰判秘閣歐陽脩

詩解統序

五經之書世人號爲難通者易與春秋夫豈然乎經皆聖人之言固無難易繫人之所得有深淺今考於詩其難亦不讓二經然世人反不難而易之用是通者亦罕使其存心一則人人皆能明而經無不通矣大抵謂詩爲不足通者有三曰章句之書也曰淫繁之辭

也曰猥細之紀也若然孔子爲泛儒矣非唯
今人易而不習之考于先儒亦無幾人是果
不足通歟唐韓文公最爲知道之篤者然亦
不過議其序之是否豈足明聖人本意乎易
書禮樂春秋道所存也詩關此五者而明聖
人之用焉迹其道不知其用之與奪猶辨其
物之曲直而欲制其方圓是果於其成乎故
二南牽於賢聖國風感於先後幽居變風之
末感者弱於私見而謂之兼上下二雅混於

小大而不明三頌昧於商魯而無辨此一經大槩之體皆所未正若先儒既無所取捨後人因不得其詳由是難易之說與馬毛鄭二學其說纖辭辨固已廣博然不合于經者亦不爲少或失於疎略或失於謬妄蓋詩載關雎上兼商世下及武成平桓之間君臣得失風俗善惡之事闊廣遼邈有不失者鮮矣是亦可疑也子欲志鄭學之妄益毛氏疎略而不至者合之於經故先明其統要十篇庶不

爲之蕪泥云爾

二南爲正風解

天子諸侯當大治之世不得有風風之生天下無王矣故曰諸侯無正風然則周召可爲正乎曰可與不可非聖人不能斷其疑當文王與紂之時可疑也二南之詩正變之間可疑也可疑之際天下雖悪紂而主文王然文王不得全有天下爾亦曰服事於紂焉則二南之詩作於事紂之時號令征伐不止於受

命之後爾豈所謂周室衰而關雎始作乎史氏之失也推而別之二十五篇之時在商不得爲正在周不得爲變焉上無明天子號令由已出其可爲之正乎二南起王業文王正天下其可謂之變乎此不得不疑而輕其與奪也學詩者多推於周而不辨於商故正變不分焉以治亂本之二南之詩在商爲變而在周爲正乎或曰未論曰推治亂而迹之當不誣矣

周召分聖賢

聖人之治無異也一也統天下而言之有異焉者非聖人治之然矣由其民之所得有淺深焉文王之化出乎其心施乎其民豈異乎然孔子以周召爲別者蓋上下不得兼而民之所化有淺深爾文王之心則一也無異也而說者以爲由周召聖賢之異而分之何哉大抵周南之民得之者深故因周公之治而繫之豈謂周公能行聖人之化乎召南之民

得之者淺故因召公之治而繫之豈謂召公能行聖人之化乎殆不然矣或曰不繫於雅頌何也曰謂其本諸侯之詩也又曰不統於變風何也曰謂其周迹之始也列於雅頌則終始之道混矣雜於變風則文王之迹始矣惟頌焉不可混周迹之始其將略而不具乎聖人所以慮之也由是假周召而分焉非因周召聖賢之異而别其稱號爾蓋民之得者深故其心厚心之感者厚故其詩切感之薄

者亦猶其深故其心淺心之淺者故其詩略是以有猶〔異〕焉非聖人私於天下而淺深厚薄殊矣二南之作當紂之中世而文王之初是文王受命之前也世人多謂受命之前則太姒不得有后妃之號夫后妃之號非詩人之言先儒序之云爾考於其詩感〔咸〕於其序是以異同之論爭起而聖人之意不明矣

王國風解

六經之法所以法不法正不正由不法與不

正然後聖人者出而六經之書作焉周之衰
也始之以夷懿終之以平桓平桓而後不復
支矣故書止文侯之命而不録後春秋起周
平之年而治其事詩自黍離之什而降於風
絶於文侯之命謂敎令不足行也起於周平
之年謂正朔不足加也降於黍離之什謂雅
頌不足興也敎令不行天下無王矣正朔不
加禮樂偏出矣雅頌不興王者之迹息矣詩
書貶其失春秋憫其微無異焉爾然則詩處

於衛後而不次於二南惡其近於正而不明也其體不加周姓而存王號嫌其混於諸侯而無王也近正則貶之不著矣無王則絶之太遽矣不著云周者召二南至正之詩也次於至正之詩是不得貶其微弱而無異二南之詩爾若然豈降之乎太遽云者春秋之法書王以加正月言王人雖微必尊於上周室雖弱不絶其王苟絶而不與豈尊周乎故曰王號之存黜諸侯也次衛之下别正變也桓

王而後雖欲其風不可得也詩不降於厲幽之年亦猶春秋之作不在惠公之世爾春秋之作傷典誥之絶也黍離之降憫雅頌之不復也幽平而後有如宣王者出則禮樂征伐不在諸侯而雅頌未可知矣柰何推波助瀾縱風止燎乎

豳問

或問七月豳風也而鄭氏分爲雅頌其詩八章以其一章二章爲風三章四章五章六章

之半爲雅又以六章之半七章八章爲頌一篇之詩別爲三體而一章之言半爲雅而半爲頌詩人之義果若乎應之曰七月周公之作也其言豳土寒暑氣節農桑之候勤生樂事男女耕織衣食之本以見太王居豳興起王業艱難之事此詩之本義毛鄭得之矣其爲風爲雅爲頌吾所不知也所謂七月之本義幸在者吾既得之矣其末有所難知者闕之可也雖然吾知鄭氏之說自相牴牾者矣

今詩之經毛鄭所學之經也經以爲風而鄭氏以爲雅頌豈不戾哉夫一國之事謂之風天下之政謂之雅以其成功告於神明謂之頌此毛鄭之說也然則風諸侯之事雅天子之事今所謂七月者謂之風可矣謂之雅頌則非天子之事又非告功於神明者此又其戾者也風雅頌之爲名未必然然則於其所自爲說有不能通也問者又曰鄭氏所以分爲雅頌者豈非以周禮籥章之職有吹豳詩

雅頌之説乎應之曰今之所謂周禮者不完之書也其禮樂制度蓋有周之大法焉至其考之於事則繁雜而難行者多故自漢興六經復出而周禮獨不爲諸儒所取至以爲黷亂不驗之書獨鄭氏尤推尊之宜其分豳之風爲雅頌以合其事也問者又曰今豳詩七篇自鳲鳩以下六篇皆非豳事獨七月一篇豈足以自爲一國之風然則七月而下七篇寓於豳風爾豳其自有詩乎周禮所謂豳雅

豳頌者豈不爲七月而自有豳詩而今亡者乎至於七月亦嘗亡矣故齊魯韓三家之詩皆無之由是言之豳詩其猶有亡者乎應之曰經有其文猶有不可知者經無其事吾其可逆意而爲然乎

十五國次

國風之號起周終豳皆有所次聖人豈徒云哉而明詩者多泥於蹤說而不通或者又以爲聖人之意不在於先後之次是皆不足爲

訓法者大抵國風之次以兩而合之分其次以爲比則賢善者著而醜惡者明矣或曰何如其謂之比乎曰周召以淺深比也謂衞王以世爵比也鄭齊以族氏比也魏唐以土地比也秦陳以祖裔比也檜曹以美惡比也豳能終之以正故居末焉淺深云者周得之深故先於召得失云者衞爲紂都而紂不能有之周幽東遷無異是也加衞於先明幽紂之惡同而不得近於正焉姓族云者周法尊其同

姓而異姓者爲後鄭先於齊其理然也土地云者魏本舜地唐爲堯封以舜先堯明晉之亂非魏偏儉之等也祖商云者陳不能與舜而襄公能大於秦子孫之功陳不如矣穆姜卜而遇艮之隨乃引文言之辭以爲卦說夫穆姜始筮時去孔子之生尚十四年爾是文言先於孔子而有乎不然左氏不爲誕妄也推此以迹其怪則季扎觀樂之次明白可驗而不足爲疑矣夫黍離已下皆平王東遷相

王失信之詩是以列於國風言其不足正也
借使周天子至甚無道則周之樂工敢以周
王之詩降同諸侯乎是皆不近人情不可爲
法者昔孔子大聖人其作春秋也旣微其辭
然猶不公傳於人第口授而已況一樂工而
敢明白彰顯其君之惡哉此又可驗孔子分
定爲信也本其事而推之以著其妄庶不爲
無據云

定風雅頌解

詩之息久矣天子諸侯莫得而自正也古詩之作有天下焉有一國焉有神明焉觀天下而成者人不得而私也體一國而成者衆不得而遠也會神明而成者物不得而欺也不私焉雅著矣不遠焉風一矣不欺焉頌明矣然則風生於文王而雅頌雜於武王之間風之變自夷懿使雅之變自厲幽始霸者興變風息焉王道廢詩不作焉秦漢而後何其滅然也王通謂諸侯不貢詩天子不採風樂官

不達雅頌國史不明變非民之不作也詩作於民之情性情性其能無哉職詩者之罪也通之言其幾於聖人之心矣或問成王周公之際風有變乎曰豳是矣幸而成王悟也不然則變而不能復乎豳之去雅一息焉蓋周公之心也故能終之以正

魯頌解

或問諸侯無正風而魯有頌何也曰非頌也不得已而名之也四篇之體不免變風之例

爾何頌乎嬪惟一章而魯頌章句不等頌無
頌字之號而今四篇皆有其序曰季孫行父
請命于周而史克作之亦未離乎彊也頌之
本一人是之未可作焉訪於衆人衆人可之
猶曰天下有非之者又訪於天下天下之人亦曰
可然後作之無疑矣僖公之政國人猶未全
其惠而春秋之貶尚不能逃未知其頌何從
而興乎頌之美者不過文武文武之頌非當
其存而作者首也皆追述也僖公之德孰與文

武而曰有頌乎先儒謂名生於不足宜矣然聖人所以列爲頌者其說有二貶魯之彊一也勸諸侯之不及二也請於天子其非彊乎特取於魯其非勸乎或曰何謂勸曰僖公之善不過復土宇修宫室大牧養之法爾聖人猶不敢遺之使當時諸侯有過於僖公之善者聖人忍絶去而不存之乎故曰勸爾而鄭氏謂之備三絶何哉大抵不列於風而與其爲者所謂憫周之失貶魯之彊是矣豈鄭氏

之云乎

魯問

或問魯詩之頌僖公盛矣信乎其克淮夷伐戎狄服荆舒荒徐宅至于海邦蠻貊莫不從命何其盛也泮水曰既作泮宫淮夷攸服矯矯武臣在泮獻馘又曰既克淮夷孔淑不逆又曰憬彼淮夷來獻其琛閟宫曰戎狄是膺荆舘是懲又曰淮夷來同魯侯之功又曰遂荒徐宅至于海邦淮夷蠻貊及彼南夷莫不

率從其武功之盛威德所加如詩所陳五霸
不及也然魯在春秋時常爲弱國其與諸侯
會盟征伐見於春秋史記者可數也皆無詩
人所頌之事而淮夷戎狄荊舒徐人之事有
見於春秋者又皆與頌不合者何也按春秋
僖公在位三十三年其伐邾者四敗莒滅項
者各一此魯自用兵也其四年伐楚侵陳六
年伐鄭是時齊桓公方稱霸主兵率諸侯之
師而魯亦與焉爾二十八年圍許是時晉文

公方稱伯主兵率諸侯而魯亦與焉爾十五年楚伐徐魯救徐而徐敗十八年宋伐齊魯救齊而齊敗二十五年齊人侵伐魯鄙魯乞師于楚楚爲伐齊取穀春秋所記僖公之兵止於是矣其自主兵所伐邾莒項皆小國雖能滅項反見執於齊其所伐大國皆齊晉主兵其有所救者又力不能勝而輒敗由是言之魯非彊國可知也焉有詩人所頌威武之功乎其所侵伐小國春秋必書烏有所謂克

服淮夷之事乎惟其十六年一會齊侯于淮爾是會也淮夷侵鄫齊侯來會謀救鄫爾由是言之淮夷未嘗服於魯也其曰戎狄是膺荆舒是懲者鄭氏以謂僖公與齊桓舉義兵北此當戎與狄南艾荆及群舒按僖公即位之元年齊桓二十七年也齊桓十七年伐山戎遠在僖公未即位之前至僖公十年齊侯許男伐戎魯又不與鄭氏之說既謬而詩所謂戎狄是膺者孟子又曰周公方且膺之如孟

子之說豈僖公事也荆楚也僖公之元年楚成王之十三年也是時楚方疆盛非魯所能制僖之四年從齊桓伐楚而齊以楚疆不敢速進乃次于陘而楚遂與齊盟于召陵此豈魯僖得以爲功哉六年楚伐許又從齊桓救許而力不能勝許男卒面縛銜璧降于楚十五年楚伐徐又從齊桓救徐而又力不能勝楚卒敗徐取其婁林之邑舒在僖公之世未嘗與魯通惟三年徐人取舒一見爾蓋舒爲

徐取之矣然則鄭氏謂僖公與齊栢南艾荆又群舒者亦謬矣由是言之所謂戎狄是膺荆舒是懲者皆與春秋不合矣楚之伐徐取婁林齊人徐人伐英氏以報之蓋徐人之有楚伐也不求助於魯而求助於齊以報之以此見徐非魯之與國也則所謂遂荒徐宅者亦不合於春秋矣詩孔子所刪正也春秋孔子所侯(脩)也詩之言不妄則春秋踈謬矣春秋可信則使(詩)妄作也其將柰何應之曰吾固已

言之矣雖其本有所不能達者猶將闕之是也惟闕其不知以俟焉可也

商頌解

古詩三百始終於周而仲尼兼以商頌豈多記而廣録者哉聖人之意存一頌而有三益大商祖之德其益一也予紂之不憾其益二也明武王周公之心其益三也曷謂大商祖之德曰頌具矣曷謂予紂之不憾曰憫廢矣曷謂明武王周公之心曰存商矣按周本紀

稱武王伐紂下車而封武庚於宋以爲商後及武庚叛周公又以微子繼之聖人之意雖惡紂之暴而不忘湯之德故始終不絶其爲後焉或曰商頌之存豈異是乎曰其然也而人莫之知矣非仲尼武王周公之心殆而成湯之德微毒紂之惡有不得其著矣向所謂存一頌而有三益焉者豈妄云哉

序問

或問詩之序卜商作乎衛宏作乎非二人之

作則作者其維（誰）乎應之曰書春秋皆有序而著其名氏故可知其作者詩之序不著其名氏安得而知之乎雖然非子夏之作則可以知也曰何以知之應之曰子夏親受學於孔子宜其得詩之大旨其言風雅有變正而論關雎鵲巢繫之周公召公使子夏而序詩不爲此言也自聖人没六經多失其傳一經之學分爲數家不勝其異説也當漢之初詩之説分爲齊魯韓三家晚而毛氏之詩始出久

之三家之學皆廢而毛詩獨行以至于今不絕今齊魯之學没不復見而韓詩遺說往往見於他書至其經文亦不同如逶迤郁夷之類是也然不見其終始亦莫知其是非自漢以來學者多矣其卒捨三家而從毛公者蓋以其源流所自得聖人之旨多歟今考毛詩諸序與孟子說詩多合故吾於詩常以序爲證也至其詩有小失隨而正之惟周南召南失者頗多吾固已論之矣學者可以察焉

歐陽文忠公毛詩本義卷第十五

歐陽文忠公毛詩本義卷第十六

翰林學士兼龍圖閣學士朝散大夫給事中知制誥充史館撰修判秘閣歐陽　脩

詩譜補亡序

鄭氏譜序云自共和以後得太史年表接於春秋而次序乃明今詩諸國惟衛齊變風在共和前餘皆宣王已後予之舊圖起自諸國得封而止於詩止之君旁繫于周以世相當而詩列右方依鄭所謂循其上而省其下及旁行而考之之說也然有一君之世當周數

王者則考其詩當在某王之世隨事而列之如鄘柏舟衛淇奥皆衛武公之詩柏舟之作乃武公即位之初年當繫宣王之世淇奥美其入相當在平王之時則繫之平王之世其詩不可知其早晚其君又當數世之王則皆列於最後如曹共公身歷惠襄頃三世之王其詩四篇頃王之世之類是也今既補之鄭則第取有詩之君而略其上下不復次之而粗述其興滅于後以見其終始若周之詩失

其世次者多今爲鄭補譜且從其說而次之亦可據以見其失在予之别論此不著焉

周召

文王　武王

關雎　甘棠

葛覃　何彼穠矣

卷耳

樛木

螽斯

桃夭
兔罝
芣苢
漢廣
汝墳
麟趾
鵲巢
采蘩
草蟲

采蘋

行露

羔羊

殷其雷

摽有梅

小星

江有汜

野有死麕

騶虞

周詩世次依毛鄭說則此如考於實則其
失尤多已具予之別論大小論亦然自邶
鄘已下或有依毛鄭之說而又失錯者各
隨而正之如後

邶 鄘 衛

夷王 厲 共和 宣 幽 平 桓 莊 釐 惠 襄

頃侯 釐侯 釐侯 釐侯 武公 武公 州吁 黔牟 惠公 惠公 文公

邶栢府 武公 莊公 宣公 惠公 懿公 鄘

鄘 栢公 惠公 戴公 蝃蝀

栢舟　衛淇奥　邶燕燕　文公　相鼠

右武公　右武公　日月　鄘載馳　干旄

邶綠衣　終風　右戴公

衛考槃　擊鼓

衛碩人　凱風

右莊公　右州吁　邶雄雉

匏有苦葉

谷風

式微

旄丘

簡兮

泉水

北門

北風

靜女

新臺

二子乘舟

衛氓

竹竿

伯兮

有狐

右宣公

衛墻有茨

鄘君子階老

桑中

鶉之奔奔

芄蘭

右惠公

脩據史記年表及衛世家云周武王封康叔於衛康叔卒子康伯立卒子孝伯立卒子嗣伯立卒子達伯立卒子靖伯立卒子貞伯立卒頃侯立當夷王時衛之變風始作至于襄公凡十二君而有詩者六次于譜自成公已下無詩又二十四君至于君角爲秦始皇帝所滅鄘栢舟衛淇奥已鮮於左惠公歷桓莊蟹惠四王之世而詩皆

在初年蓋皆惠公幼時之詩也文公歷惠
襄二王之世而定之方中乃其即位二年
之時故繫於惠王之時

檜 鄭

夷王 厲 共和 宣 幽 平 桓 莊 釐 惠 栢公

桓公 武公 栢公 莊公 昭公 子儀 厲公

羔裘 莊公 昭公 子亹 厲公 文公

素冠 緇衣 厲公 昭公

隰有萇楚 右武公 山有扶蘇 出其東門 清人

匪風　將仲子　羔裘　蘀兮　野有蔓草

右檜無　叔于田　遵大路　狡童　溱洧

世次其　大叔于田　女曰雞鳴　楊之日手　右厲公

詩在幽　右莊公　右莊公　東門之墠

厲之際　有女有車　風雨

右昭公　子衿

褰裳　右昭公

右厲公

脩曰鄭桓公以周宣王二十二年始封于

鄭立三十五年爲犬戎所殺子武公立當平王時而鄭之變風始作至于文公凡七君而有詩者五次于譜自穆公已下無詩凡十六君至于君乙而爲韓哀所滅莊公共叔段之亂在平王之世則大叔于田已上三篇當繫平王時有女同車昭公前立時事褰裳厲公未會諸侯已前亦前立之事故皆繫於桓世

齊

謚 孝 夷 厲 共和 宣 幽 平 桓 莊
哀公 胡公 武公 武公 莊公 莊公 厲公 襄公
胡公 獻公 厲公 釐公 襄公
鷄鳴 武公 文公 南山
還 成公 甫田
著 莊公 盧令
東方之日 敝笱
東方未明 載驅
右哀公 猗嗟 右襄公

脩據周武王封太公於齊卒子乙公立卒子癸公立卒子哀公立當懿王時齊之變風始作凡十君至于襄公而有詩者二次于譜自桓公已下無詩凡十六君至于康公貸爲田和所篡

魏

平　　桓

葛屨

汾沮洳

園有桃

十畝之間

伐檀 碩鼠 右魏無世家其詩在平桓之間

唐

共和 宣 幽 平 桓 莊 釐 惠

靖侯 僖侯 殤侯 文侯 鄂侯 晉侯 晉侯 献侯

僖侯 獻侯 文侯 昭侯 小子侯 武公

穆侯 孝侯 哀侯 無衣 葛生

殤侯 鄂侯 晉侯 有杕之杜 采苓

蟋蟀　山有樞

右僖公

揚之水

椒聊

綢繆

杕杜

羔裘

鴇羽

右昭公

脩據周成王封弟叔虞于唐卒子燮立改

爲晉侯卒子武侯立卒子成侯立卒子厲侯立卒子靖侯立卒子僖侯立當宣王時唐之變風始作凡十三君至于獻公有詩者四次于譜自惠公巳下無詩又十九君至于靖公爲魏韓趙所滅

秦

厲　共和　宣　幽　平　桓　莊　釐　惠　襄

秦仲　秦仲　秦仲　莊公　襄公　文公　武公　武公　德公　穆公

莊公　襄公　文公　靈公　德公　宣公　康公　黃鳥

車鄰　駟鐵　出公　成公　右穆公　晨風

右秦　小戎　武公　穆公　無衣

蒹葭　渭陽

終南　權輿

右襄公　右康公

修據周孝王封非子於秦邑爲附庸非子卒秦侯立卒子公伯立卒子秦仲立當周宣王時命爲大夫而變風始作凡十一君王于康公有詩者三次于譜共和巳下無

詩又二十一君是爲始皇帝

陳

共和　宣　幽　平　桓　莊　釐　惠　襄　頃

幽公　釐公　武公　平公　桓公　莊公　宣公　宣公　宣公　共公

釐公　武公　夷公　文公　厲公　宣公　穆公　靈公

宛丘　衡門　平公　桓公　莊公　共公　株林

東門之枌　東門之池　防有鵲巢、澤陂

右幽公　東門之楊　月出　右靈公

右釐公

修據周武王封嬀蒲（滿）於陳是爲胡公卒子申公立卒弟相公立卒申公子孝公立卒子慎公立卒子幽公立當周厲王時陳之變風始作凡十三君至于靈公有詩者五次于譜成公已下又六君至於湣公而楚惠王滅陳

曹

惠王　襄　頃

莊公　共公　共公

僖公　　　侯人

昭公　　　鳲鳩

共公　　　下泉

蜉蝣

右昭公

修據周武王封叔振鐸于曹卒子太伯脾

立卒子仲君立卒子宫伯立卒子素伯立

卒弟幽伯立卒弟戴伯立卒子惠伯立卒

子碩角立卒弟繆公立卒子桓公立卒子

莊公立卒釐公立卒子昭公立當周惠王時
曹之變風始作至于共公凡二君有詩次
于譜其公巳下無詩又十君至于伯陽宋
景公滅曹

豳

成王　周公

七月

鴟鴞

伐柯

九罭

破斧

東山

狼跋

王

平王　桓王　莊王

黍離　兔爰　丘中有麻

君子于役　采葛

君子陽陽　大車

楊之水

中谷有蓷

葛藟

二雅

文王　武王　成王　康昭穆共懿孝夷　厲王　宣宣　幽王

鹿鳴　魚麗　四牡　南陔　民勞　六月　節南山

皇皇　白華　南有嘉　板　采芑　正月

者華　華黍　魚　蕩　車攻　十月之交

常棣　大明　南山　抑　吉日　雨無正

伐木　下武　有臺　桑柔　小旻
天保　文王有　由庚　鴻鴈　小宛
采薇　聲　崇丘　庭燎　小弁
出車　由儀　沔水　巧言
杕杜　蓼蕭　鶴鳴　巷伯
棫樸　湛露　祈父　谷風
旱麓　彤弓　白駒　蓼莪
靈臺　菁菁　黃鳥　大東
綿　者莪　我行其野　四月

思齊　行葦　斯干　北山
文王　既醉　無羊　無將大車
皇矣　鳧鷖　雲漢　小明
生民　假樂　崧高　鼓種
烝民　楚茨
公劉　韓奕　信南山
泂酌　江漢　甫田
卷阿　常武　瞻彼洛矣
大田

裳〻者華

桑扈

鴛鴦

頍弁

車舝

青蠅

賓之初筵

魚藻

采菽

角弓

菀柳

都人士

采綠

黍苗

隰桑

白華

緜蠻

瓠葉

漸漸之石

苕之華

何草不黃

瞻卬

召旻

詩譜補亡後序

歐陽子曰昔者聖人已沒六經之道幾熄於戰國而焚於秦自漢以來收拾亡逸發明遺義而正其訛謬得以粗備傳於今者豈一人

之力哉後之學者因迹前世之所傳而較其得失或有之矣若使徒抱焚餘殘脫之經倀倀於去聖人千百年後不見先儒中見（閒）之說而欲特立一家之學者果有能哉吾未之信也先儒之論苟非詳其終始而抵捂質諸聖人而悖理害經之甚有不得已而後改易者何以徒爲異論以相訾也毛鄭於詩其學亦已博矣予嘗依其箋傳考之於經而證以序譜惜其不合者頗多蓋詩述商周自生民玄

鳥上陳稷契下迄陳靈公千五六百歲之間旁及列國君臣世次國地山川封域圖牒鳥獸草本蟲魚之名與其風俗善惡方言訓詁盛衰治亂美刺之由無所不載然則孰能無失於其間哉予疑毛鄭之失既多然不敢輕爲改易之意其爲說不止於箋傳而已恨不得盡見二家之書不能偏通其旨夫不盡見其書而欲揣其是非猶不盡人之辯而欲斷其訟之曲直其能果於自決乎其能使之必服乎世言鄭氏詩

譜最詳求之久矣不可得雖崇文總目秘書所藏亦無之慶曆四年奉使河東至于絳州偶得焉其文有注而不見名氏然首尾殘缺自周公致太平已上皆亡之其國譜旁行尤易爲訛舛悉皆顛倒錯亂不可復考凡詩雅頌兼列商魯其正變之風十有四國而其次比莫詳其義惟封國變風之先後不可以不知周召王豳同出於周邶鄘并於衛檜䰟無世家其可考者陳齊衛晉曹鄭秦此封國之先後也豳齊衛檜

陳唐秦鄭魏曹此變風之先後也周南召南邶鄘衛王鄭齊豳秦魏唐陳曹此孔子未删之前周太師樂歌之次第也周召邶鄘衛王檜鄭齊魏唐秦陳曹豳此鄭氏詩譜次第也黜檜後陳此今詩次比（一作第）也初子（予）未見鄭譜嘗略考春秋史紀本紀世家年表而合以毛鄭之說爲詩圖十四篇今因取以補鄭譜之亡者足以見二家所說世次先後甚備因據而求其得失較然矣而仍存其圖庶幾一見子（予）於鄭氏之學盡心焉爾

夫盡其説而不通然後得以論正予豈好爲異論哉凡補其譜十有五補其文字二百七譜序自周公致太平已上皆亡其文予取孔頴達正義所載之文補足因爲之注自周公已下即用舊注云增損塗乙改正者三百八十三而鄭氏之譜復完矣

詩圖總序附

周之詩自文王始成王之際頌聲興焉周之盛德之極文王之詩三十七篇其二十三篇

繫之周公召公爲周南召南其八篇爲小雅
六篇爲大雅武王之詩六篇四篇爲小雅二
篇在召南之風成王之詩五十三篇其十篇
爲小雅十二篇爲大雅三十一篇爲頌是爲
詩之正經其後二世昭王立而周道微缺又
六世厲王政益衰變雅始作厲王死于彘天
下無君周公召公行政謂之共和凡十四年
而厲王之下太子宜臼遷于洛邑號東周周
室益微而平王之詩貶爲風下同列國至於

桓莊而詩止矣初成王立周公攝政管蔡作亂周公及其大夫作詩七篇周之太史以爲周公詩主道豳國公劉太王之事故繫之豳謂國變風而諸侯之詩無正風其變風自懿王始作懿王時齊風始變夷王時謂風始變次厲王時陳風始變厲王崩周召共和唐風始變次宣王時秦風始變至平王時鄭風始變惠王時曹風始變陳最後至頃王時猶有靈公之詩於是止矣蓋是文王至頃凡二十

世王澤竭而詩不作今鄭之詩次比考於舊史先後不同周召王豳皆出於周邶鄘合於衛檜魏世家絕其可考者七國而已陳齊衛晉曹鄭魏此變風之先後也周召邶鄘衛王鄭齊豳秦魏唐陳檜曹此孔子未刪詩之前季札所聽周樂次第也周召邶鄘衛王鄭齊魏唐秦陳檜曹豳此今詩之次第也考其得封之先後爲國之大小與其詩作之時皆失其次説者莫能究焉其外魯頌四篇商頌五篇鄭

康成以爲魯得用天子之禮樂故有頌而商頌至孔子之時存者五篇而夏頌已亡故録魯詩以備三頌著爲後王之法監三代之成功莫法大於夏矣康成所作詩譜圖自共和而後始得春秋次序今其圖亡今略準鄭遺說而依其次第推之以見前儒之得失今既依鄭爲圖故風雅變正與其序所不言而說者推定世次皆且從鄭之意其所失者可指而見焉司馬遷謂古詩三千餘篇孔子删

之存者三百鄭學之徒皆以遷說之謬言古詩雖多不容十分去九以予考之遷說然也何以知之今書傳所載逸詩何可數焉以圖推之有更十君而取其一篇者又有二十餘君而取其一篇者由是言之何啻乎三千詩三百一十一篇亡者六篇存者三百五篇云

歐陽文忠公毛詩本義卷第十六

毛詩有詁訓傳鄭詩有箋歐陽詩有

論有本末義毛鄭之詩三百五篇而歐

陽詩乃百十四篇何也毛鄭二家之學其三百五篇中不得古人之意者百十四篇歐陽公爲之論以辨之曰是不然也其詩之本義則如是也有論而無本義者因論而議見者也如毛鄭之所注皆得之則歐陽之書不作矣關雎之序兼論四書之大旨此獨著其數語何也明關雎之義者也一篇之文自有本書亦猶三五五篇

之文自有本書也泛論五統解十附之本義之下何也明乎學詩者所當講究之事如易之有繫辭說卦序卦雜卦也詩譜無三頌何也譜之作爲分類有異同而後有譜周頌皆作於成王之時魯頌爲一僖公商頌同得於正考父無待於譜而明非缺也大儒著作之體如此不知者以是爲不全之書其知者謂歐陽氏全書也鏤

板于永康之守居庶傳之者不失其
眞開禧三年端午紫巖張燿謹題